Peter Baier

... und dann winkt der Pilot

© 2020 Peter Baier

Verlag & Druck: tredition GmbH, Halenreie 40-44, 22359 Hamburg

ISBN
Paperback: 978-3-347-01059-8
Hardcover: 978-3-347-01060-4
e-Book: 978-3-347-01061-1

Da, in der zweiten Reihe, die Dritte von links, das ist Sabine. Robert lächelt verlegen, obwohl er ganz allein in seinem Zimmer sitzt. Als wäre er wieder der kleine Berti von damals. Er lässt das vergilbte Klassenfoto sinken und blickt gedankenverloren aus dem Fenster. Die Nachmittagssonne taucht den herbstlichen Garten in warme Farben.

Sabine, seine erste Liebe! Er weiß nicht mehr, wie oft er sich in den siebzig Jahren danach noch verliebt hat, an Sabine aber kann er sich ganz genau erinnern. Eine Schulbank in der Fensterreihe eines Klassenzimmers taucht vor ihm auf...

Die Flasche steht schon seit dem Unterrichtsbeginn vor zwei Stunden auf der Fensterbank. Wahrscheinlich schmeckt die Brause inzwischen ziemlich lasch, doch Berti würde viele seiner Sammelbilder von Flugzeugen und Zeppelinen dafür hergeben, wenn er einmal aus der Flasche trinken dürfte. Nicht, weil er Durst hat. Nein, er hätte einfach gerne den Strohhalm im Mund, mit dem Bine, so wird sie von den andern Mädchen genannt, trinkt. Sabine ist blond, hat lange Zöpfe, große blaue Augen und eine süße Stupsnase. Sie ist etwas größer als Berti. Wenn sie ihn doch nur ein wenig mehr beachten würde!

Als die Lehrerin ihm den Platz neben dem Mädchen zuwies, klopfte sein Herz vor Freude und Aufregung. Sie gefiel ihm vom ersten Augenblick an. Doch heute ist nun schon sein dritter Tag in der neuen Klasse, und sie hat noch kein Wort mit ihm geredet. Immer ist sie mit ihren doofen Freundinnen beschäftigt, quatscht und kichert mit Ute und Susanne, die in der Bank vor ihnen sitzen.

In der großen Pause steht Berti wieder ganz allein im Schulhof. Die Mädchen hüpfen nach undurchsichtigen Regeln über die großen Steinplatten des Hofs. Da kann er nicht mitmachen. Das wäre unmännlich, die andern Jungs würden ihn verächtlich anschauen. Und die Mädchen wollen sowieso nicht, dass ein Junge mit ihnen spielt. Die Buben rennen rum, schubsen einander und schreien. Berti mag das nicht, ihm ist das alles zu wild. Er würde lieber mit den Mädchen spielen. Aber das geht natürlich nicht.

Er denkt an gestern, als er nach der Schule mit Hans zusammen auf dem Heimweg war. Lieber wäre er alleine gegangen, aber er wurde den lauten und derben Jungen einfach nicht los. Hans, einen halben Kopf größer als er, wohnt nur einige Häuser von ihm entfernt.

Der Weg von der Schule nach Hause führt durch einen kleinen Park. Dort, auf den Blättern einer Buche, sah Berti ein paar Maikäfer. Vorsichtig knipste er ein Blatt vom Baum und bewegte es ganz langsam durch die Luft, um den darauf sitzenden Käfer genau betrachten zu können.

Hans sah ihm kurz zu und griff sich dann, als ob er Berti zeigen wollte, wie man mit solchen Käfern richtig umgeht, gleich zwei von einem Zweig. Er hielt sie zwischen Daumen und Zeigefinger jeder Hand und drehte sie auf den Rücken, so dass man ihren dunklen Panzerbauch und die fein gezackten Beine sah. Dann steckte er das spitze Körperende des einen Käfers unter die Hornplatte am Rücken des anderen und schob, dreckig grinsend, die Enden der Maikäfer ineinander. Die Käferbeine bewegten sich wild und verzweifelt, Berti schaute den großen Jungen entsetzt an, aber er traute sich nicht zu protestieren. Schließlich warf Hans die Käfer auf den Boden und trat auf sie ein.

Am Abend, beim Gute-Nacht-Sagen, fragte seine Mama, warum er so traurig sei. Berti erzählte von seinem Erlebnis auf dem Heimweg von der Schule durch den Park, er sah wieder die am Boden liegenden Tiere vor sich und hörte das fürchterliche Knacken der Hornpanzer, als die Schuhe von Hans sie zermalmten. Seine Mutter nahm ihn in den Arm und sagte, er solle sich von diesem brutalen Kerl fernhalten.

Berti sieht den andern Kindern zu, keiner beachtet ihn. Plötzlich wird er angerempelt. Sein Milchbecher fällt auf den Boden, die Milch fließt über die Steine. Breitbeinig steht Hans vor ihm und schnauzt ihn an, warum er so blöd im Wege stehe.

„Du bist blöd!", ruft Berti und bereut sofort, dass ihm diese Worte rausgerutscht sind. Hans schubst ihn mit beiden Händen, so dass er mehrere Schritte zurücktaumelt.

Berti würde sich jetzt gerne unauffällig davonmachen, doch dazu ist es schon zu spät. Andere Kinder haben sich um die beiden Jungen geschart, sie stehen im Mittelpunkt einer gaffenden Gruppe. Alle wollen sehen, wie es dem Neuen in diesem Streit ergeht.

Es ist auf einmal mucksmäuschenstill. Hans steht mit erhobenen Fäusten vor Berti und lauert auf dessen Reaktion. Ohne sich umzusehen weiß Berti, dass auch Sabine im Kreis der Neuglerigen steht, aus dem Augenwinkel sieht er ihre Freundinnen. Auch er nimmt die Arme hoch, es fällt ihm schwer, aber das geht nun nicht anders. Wie zwei Boxer stehen sie sich in einem engen Ring aus Zuschauern gegenüber.

Hans kommt ihm noch größer vor. Wenn der jetzt zuschlägt, ist Berti ein für alle mal als Verlierer und Schwächling abgestempelt.

„Feigling!" Berti hat das Gefühl, die höhnische Stimme von Hans halle durch den ganzen Schulhof, Verachtung schlage ihm von allen Seiten entgegen. Es gibt kein Entrinnen, er hat nur eine Chance: er muss schneller sein als der andere.

Als Bertis rechte Faust im Gesicht von Hans einschlägt, ist der völlig überrumpelt. Damit hat er nicht gerechnet. Verdutzt greift er sich an seine Nase, spürt das aus ihr fließende warme, schmierige Blut auf seiner Hand. Auch Berti ist erschreckt von der Wirkung seines Schlages.

Hans holt tief Luft, seine Augen blitzen vor Wut, diesem mickrigen Bürschchen wird er es zeigen! Er holt weit aus.

In diesem Moment öffnet sich der Kreis der Umstehenden, ein Lehrer steht mit strenger Miene vor den Streitenden. Als er das blutige Gesicht des Größeren sieht, fordert er beide Buben auf, mit ihm zu kommen.

Die andern Kinder sind längst im Klassenraum und der Unterricht hat schon wieder begonnen, als die Direktorin Hans und Berti ins Zimmer bringt. Sie redet eine Weile mit der Lehrerin.

Berti geht zu seinem Platz. Er spürt, wie ihn alle ansehen. Am liebsten würde er jetzt stehen bleiben und laut bekannt geben, dass er einen Direktoratsverweis bekommen hat. Jawohl, einen Direktoratsverweis!

Er hat das Gefühl, ein paar Zentimeter gewachsen zu sein. Als er sich auf seinen Stuhl setzt, blicken Sabines Augen ihn zum ersten Mal direkt an. Leise fragt sie ihn, ob er von ihrer Brause trinken wolle. Er nickt, nimmt den Strohhalm in den Mund und zieht einen großen Schluck aus der Flasche. Als er dem Mädchen die Limonade zurückgibt, fühlt er sich unendlich stark. Er könnte die ganze Welt umarmen.

Der alte Mann schreckt auf. Eine vertraute Stimme hat ihn aus seinen träumerischen Erinnerungen geholt. Er sitzt vor einer Fensterbank, aber da steht keine Brauseflasche. Sein Blick fällt in einen sonnenbeschienenen Herbstgarten.

„Robert, kommst Du?"

Seine Liebste ruft aus der Küche, sie hat den Nachmittagskaffee hergerichtet.

„Sag mal, Julia", fragt er, während er sich auf die Eckbank setzt, „wann hast Du zuletzt einen Maikäfer gesehen?"

Sie schaut ihn überrascht aus ihren großen blauen Augen an.

„Gibt's die überhaupt noch?"

„Und kannst Du Dich noch erinnern, wie Brause geschmeckt hat?"

„Du meinst die Limo aus Brausewürfeln. Es gab Erdbeere, Zitrone, am liebsten mochte ich Waldmeister! Ach, ist das lange her..."

Zum Verlieben schön sieht sie aus, wenn sie so versonnen lächelt. Er kann kaum glauben, dass er diesen Schatz noch gefunden hat. In diesem Alter und durch diesen Zufall. Wegen einer Orchideenvase! Und, nicht zu vergessen, wegen einiger schlecht gebrannter Porzellantassen, ohne dieses Teeservice wäre alles niemals so gekommen. Wenn's nach ihm geht, soll das seine endgültig letzte Liebesgeschichte sein.

"Aber wie kommst Du denn grade jetzt auf Maikäfer und Brausewürfel-Limonade?", wundert sich Julia.

"Ich habe in alten Alben geblättert. Da bin ich auf ein Klassenfoto aus meiner Grundschulzeit gestoßen. Und dabei ist mir ein Erlebnis aus dieser Zeit eingefallen, das ich völlig vergessen hatte."

Und dann erzählt er ihr von seiner ersten Liebe. Und von vielem anderem, das ihm jetzt auf einmal wieder einfällt. Als hätte jemand eine Plane abgenommen, die alles verdeckt hat.

Marianne verdunkelt die Fenster, bevor sie das Licht einschaltet. Das ist so vorgeschrieben, auch wenn es vermutlich nichts nützt. Die Bomber finden ihre Ziele trotzdem. Meistens kommen sie bei Nacht. Bisher war ihr Stadtteil nur wenig betroffen, doch lange wird das nicht mehr gut gehen. Vor einem Monat, an einem helllichten Vormittag, sind die Bomben zum ersten Mal auf Stuttgart niedergegangen. Ganz nah, in kaum zwei Kilometer Entfernung, sind sie eingeschlagen. Viele Häuser sind in Flammen aufgegangen, ganze Straßenzüge liegen jetzt in Schutt und Asche, Breitscheidstraße, Schwabstraße, Rosenbergstraße... Mehr als 100 Tote und noch viel mehr Verletzte hat es gegeben.

Seit Wochen schon hofft Marianne darauf, dass es nun endlich klappt mit der Evakuierung ins Oberland. Onkel Herbert und Tante Erna sind einverstanden, aber sie haben noch keine Verwandten-Meldekarte geschickt. Die braucht man, um eine Abreisebescheinigung zu bekommen.

Ihr zweijähriger Sohn sitzt auf dem Boden und spielt mit Bauklötzen. Sie nimmt ihn hoch, um ihn fürs Bettchen umzuziehen. Es ist schon Oktober und ziemlich kühl in der Nacht. Sie zieht dem Kleinen den Schlafanzug über die Unterwäsche, damit er, falls sie wieder in den Luftschutzkeller müssen, dort nicht friert.

Der kleine Robert hat bisher kaum etwas bemerkt vom Krieg, doch es wird von Tag zu Tag schwieriger, die Unbeschwertheit des Kindes zu bewahren. Als um Mitternacht das Heulen der Luftschutzsirenen ertönt, versucht Marianne, ihn nicht durch hastige Bewegungen zu erschrecken, während sie ihn aus seinem Gitterbett hebt. Sie zieht ihm sein Jäckchen an, wirft sich den Mantel über und schlägt Berti in die warme Decke ein. Mit ihrem Kind im Arm eilt sie hinaus auf die dunkle Straße. Vor ihr, im unruhigen Schein von Taschenlampen, laufen schon einige Nachbarn in Richtung Luftschutzraum, der in ungefähr 150 Meter Entfernung auf der rechten Straßenseite in den Hang gebaut ist.

Die Luft in dem schwach erleuchteten Raum ist stickig, die Menschen lehnen sich eng gedrängt an die Wände oder hocken auf dem Boden. Es gibt schon fast so etwas wie eine feste Sitzordnung, die Leute nehmen immer die selben Plätze wie beim letzten Mal. Auf einer Bank ohne Lehne sitzen ein paar alte Damen, sie rücken enger zusammen, um Marianne und ihrem Kleinen Platz zu schaffen. Man kennt sich, begrüßt sich mit einem wortlosen Kopfnicken.

Erste Detonationen sind in einiger Entfernung zu hören. Berti blickt neugierig in die Runde, doch da sind mal wieder keine fröhlichen Menschen zu sehen, wie immer in dieser finsteren Höhle. Er klettert seiner Mama auf den Schoß, hüpft auf und nieder und ruft:

„Singen, Mama, Lied singen!"

Rundum heben sich die Köpfe, ein verzagtes Lächeln huscht über manches Gesicht. Die bedrückte Stimmung schlägt für einige Augenblicke in Erleichterung und Staunen um. Die Leute im Bunker scheinen sich zu freuen, dass da ein ganz kleiner Mensch, der doch noch viel hilfloser ist als sie selbst, unbeirrt gute Laune hat.

Marianne wippt mit den Knien und singt mit leiser Stimme:

„Hoppe, hoppe, Reiter..."

Die Leute blicken freundlich, einige fast bewundernd, auf die junge Frau und ihr Kind.

„Fällt er in den Graben...", singt sie grade, da schlägt, in nächster Nähe, krachend eine Bombe ein. Die Menschen im Bunker zucken zusammen und ziehen die Köpfe ein, der kleine Berti beginnt laut zu weinen. Mariannes Herz klopft wild, sie versucht, ihren Atem zu beruhigen, damit ihre eigene Angst sich nicht auch auf ihr Kind überträgt. Sie schmiegt den Kleinen eng an sich, um ihn und sich selbst zu beruhigen. Doch sein Weinen wird lauter.

Da legt die alte Frau Grüninger, die auf der Bank neben ihr sitzt, ihren Arm um Mariannes Schulter und beginnt ihrerseits zu singen:

„Auf der schwäbsche Eisebahne..."

Sie schaukelt dazu im Takt hin und her, als ob sie auf einer Faschingsveranstaltung wäre. Ist die Alte jetzt verrückt geworden? Ein paar Sekunden lang blicken die Leute sich irritiert an, doch dann stimmen einige von ihnen, und es werden immer mehr, ein:

„Schtuegert, Ulm und Biberach..."

Marianne ist völlig verwirrt von dem seltsamen plötzlichen Stimmungsumschwung. Aber auch sie singt jetzt leise:

"...Meckabeira, Durlesbach" und macht die Schaukelbewegungen ihrer Nachbarin mit.

Mit ihrem Gesang übertönen die Menschen im Luftschutzkeller die Explosionen von draußen, singen gegen ihre Angst an. Die Frau Grüninger staunt selbst über die ansteckende Wirkung ihres Gesangs. Sie wollte doch nur das weinende kleine Kind beruhigen. Liebevoll blickt sie, während ihre Stimme leiser wird, auf Berti. Und der hört tatsächlich auf zu weinen und schaut mit großen Augen in die Runde.

Die Detonationen entfernen sich langsam und nach einigen Minuten ist es wieder gespenstisch still. Die schwere Tür des Bunkers wird geöffnet. Als die Leute ins Freie treten, schlägt ihnen der beißende Geruch explodierter Bomben entgegen. Doch es ist kein Feuerschein in unmittelbarer Nähe zu sehen. Es ist sehr dunkel, erst in einigen Kilometern Entfernung brennen einzelne Gebäude, im Zentrum der Stadt jedoch und im Westen lodern die Flammen lichterloh.

Marianne rennt mit ihrem Kind so rasch wie möglich heim. Gott sei Dank, das Haus und ihre Wohnung sind wieder verschont geblieben.

Am nächsten Morgen stellt sie fest, dass auch alle anderen Häuser in der Umgebung unbeschädigt sind. Nur in zwei Gärten sind Bomben niedergegangen und haben tiefe Krater hinterlassen.

Es dauerte noch mehr als ein Vierteljahr, bis es endlich soweit war mit der Evakuierung. Als sie im Allgäu eintrafen, war es dort noch winterlich, doch das Frühjahr kündigte sich bereits an.

Onkel Herbert und Tante Erna besitzen das größte und gepflegteste Haus des Dorfes. Außer ihnen wohnen nur Landwirte im Dorf, der Onkel aber ist Versicherungskaufmann und betreibt eine Agentur im nahen Leutkirch. Anscheinend vermittelt er auch Kredite und vermakelt Immobilien, ganz genau blickt Marianne nicht durch, womit alles er sein Geld verdient. Auf jeden Fall scheint er zu den wichtigen Leuten im Ort zu gehören.

Tante Erna hat ihnen ein großes, helles Zimmer im Obergeschoss zur Verfügung gestellt. Von hier aus hat man einen herrlichen Blick über den großen Garten hinweg in die beschauliche Hügellandschaft rund ums Dorf.

Zwar versucht Marianne, sich nützlich zu machen, der Tante zu helfen, doch da fällt gar nicht viel an. Es ist wie Ferien auf dem Lande. Einerseits herrlich. Aber auch ein wenig peinlich. Denn bisher hat Marianne die Tante und den Onkel gar nicht richtig gekannt, sie sind ja nur "entfernt verwandt". Ein einziges Mal nur haben sie sich früher gesehen. Und nun lässt sich Marianne hier verwöhnen.

Mariannes Ahnen mütterlicherseits sind Bauern aus dem Oberland. Ihre Großmutter war das dritte von elf

Kindern einer vermutlich recht armen bäuerlichen Familie und ist als junge Frau nach Stuttgart gegangen, um in der Fabrik zu arbeiten. Dort hat sie ihren späteren Mann, Mariannes Opa, kennengelernt.

Erna ist die Tochter einer jüngeren Schwester von Mariannes Großmutter. Als Marianne ein junges Mädchen war, hat ihre Oma sie mal zu einem Besuch bei ihrer Nichte Erna mitgenommen. Die war damals grade frisch verheiratet und wohnte mit ihrem Mann bereits im eigenen geräumigen Haus. Marianne blieb vor allem dieser Umstand in Erinnerung, denn sie lebte mit ihren Eltern und vier Geschwistern ziemlich beengt in einer großstädtischen Mietwohnung. Sie teilte sich ein kleines Zimmer mit ihrer jüngeren Schwester Paula, die drei Brüder hatten ebenfalls ein gemeinsames Zimmer.

Seit diesem einmaligen Besuch hatte Marianne keinen Kontakt mehr zu Erna und ihrem Mann gehabt, doch in der Not des Krieges hat sie sich nun wieder an die Verwandtschaft auf dem Land erinnert.

Sie ist wirklich eine ganz liebe Frau, die Tante Erna, zu Berti wie eine Oma, zu ihr wie eine ältere Freundin. Der Onkel hat viel zu tun mit seinen Geschäften, doch auch er ist freundlich und hilfsbereit. Marianne ist den beiden sehr dankbar für ihre Gastfreundschaft.

Neulich hat Tante Erna ihr im Vertrauen erzählt, dass der Onkel Herbert nicht viel hält vom Führer. Er sei zwar in der Partei, aber eigentlich nur, weil alle das sind und weil es "fürs Gschäft" gut sei. Marianne war sehr verwundert, eigentlich schon fast empört, aber sie hat nichts dazu gesagt. Schließlich steht sie in der Schuld der beiden.

Für Berti ist das Leben herrlich hier. Das ist, ganz abgesehen von der ständigen Bedrohung durch Luftangriffe in der Großstadt, eine völlig andere Welt als in Stuttgart. Das Kind ist begeistert von den vielen Tieren, die es auf den Bauernhöfen rundum zu sehen gibt. Kühe, Schweine, Hühner, sogar einige Pferde. Seine Mama ist mit ihm in den ersten Tagen viel durch den Ort gegangen und hat ihm gezeigt, was für spannende Sachen es hier zu entdecken gibt.

Inzwischen kennt er sich so gut aus, dass er manchmal ganz alleine von einem Stall zum anderen spaziert. Die Bauersleute und ihre Mägde und Knechte mögen den Kleinen und passen auf, dass er den Tieren nicht zu nahe kommt in seiner Begeisterung.

Total erschöpft steht der Fremde vor der Tür. Tante Erna ruft Marianne herbei, und auch die braucht ein paar Sekunden, bis sie den Mann erkennt. Sie stößt vor Schreck einen Schrei aus, dann schließt sie ihn zitternd in die Arme und weiß nicht, ob sie vor Freude, Mitleid oder Entsetzen weint.

Paul ist fast bis zur Unkenntlichkeit abgemagert, nur noch ein kümmerlicher Rest seiner einst lockigen dunklen Haare kräuselt sich auf seinem Kopf. Dass er so unverhofft hier auftauchen konnte, verdankt er einer Schulterverletzung. Es ist zwar kein "Heimatschuss" gewesen, der das Ende des Krieges für ihn bedeutet hätte, aber der Streifschuss hat immerhin eine kurze Pause von der Front gebracht.

Sie haben ihn in ein Lazarett in Pommern eingeliefert. Nachdem die Wunde versorgt war, haben sie ihm, vermutlich weil das Lazarett überfüllt war, einen kleinen "Heimaturlaub" genehmigt. Mit einem Transportflug wurde er nach München mitgenommen, von dort war es nicht mehr weit ins Allgäu.

Was für ein Glück, dass er seine Pause vom Krieg nicht in Stuttgart, sondern im Oberland einlegen kann! Hier könnte man immer noch meinen, die Welt sei in Ordnung und friedlich.

In vier Wochen muss er sich wieder zurückmelden. Sie versuchen, ihn in der kurzen Zeit ein wenig aufzupäppeln. Die erste Mahlzeit, die Tante Erna ihm servierte, eine Portion Schweinebraten mit Kartoffelknödeln und Kraut, verschlang er mit Heißhunger und musste sich anschließend übergeben. Danach musste er sich regelrecht zwingen, langsam zu essen und gründlich zu kauen, ab dem dritten Tag erst konnte er die herzhafte Kost der Tante so richtig genießen.

Sie haben ein weiteres Bett in Mariannes Zimmer gestellt. Auf einer herrlich weichen Matratze und unter einer feinen Decke fühlt sich Paul so himmlisch geborgen, dass er an den ersten beiden Tagen nur zum Essen aufsteht. Oft erwacht er allerdings verwirrt aus unruhigen Träumen und muss sich erst bewusst machen, dass er nicht in einem russischen Heuschober oder auf dem Waldboden liegt.

Berti hat den fremden Mann in Uniform mit dem Verband um die linke Schulter am Anfang sehr ängstlich angeschaut.

„Das ist Dein Papa!", sagte Marianne zu ihrem Sohn. Doch den schien das kein bisschen zu beeindrucken. Er hielt sich am Kleid seiner Mama fest und versuchte, sich hinter ihr zu verbergen. Glücklicherweise schien die reservierte Haltung seines Söhnchens zu seiner Begrüßung den Vater nicht sehr zu stören. Er war viel zu kaputt, um beleidigt zu sein.

Nachdem Paul dann zum ersten Mal einigermaßen ausgeschlafen aus seinem Bett aufgestanden war, sah sein Kind ihn schon viel neugieriger und mutiger an. Und kurz danach trat es dem großen Mann schon ziemlich zutraulich entgegen.

Inzwischen geht Paul mit seinem dreijährigen Sohn manchmal spazieren. Da sprechen ihn gelegentlich die

Bauern der umliegenden Höfe an und verwickeln ihn in Gespräche, während sein Bub den Bauernhof erkundet. Bei einem Glas Schnaps reden die einheimischen Männer gern mit dem Soldaten auf Urlaub über die Lage an der Front und darüber, wann es denn nun endlich so weit ist mit dem Endsieg. Von solchen Gesprächen kommt Paul besonders wortkarg zurück.

Mit Onkel Herbert aber versteht er sich gut, der stellt keine dummen Fragen. Er ist überhaupt einer, der nicht so viel redet und sich lieber sein Teil denkt.

Auch zwischen Marianne und ihrem Mann spielen Worte keine große Rolle in diesen Tagen. Sie hat ihn nur einmal nach seinen Erlebnissen gefragt und sofort gemerkt, dass dies ein Fehler war. Er wollte nicht antworten. Nein, er kann anscheinend gar nicht antworten. Die Frontereignisse müssen so fürchterlich sein, dass Paul sie nicht in Worte fassen kann. Es war dumm von ihr, darüber reden zu wollen. Der Mann braucht seine Ruhe.

Nach drei rasend schnell vergangenen Wochen muss Paul sich wieder auf den Weg machen. Wenn er sich nicht rechtzeitig zurückmeldet, droht ihm ein Verfahren wegen Fahnenflucht. Schon bald wird er wieder zum Fronteinsatz beordert werden.

Marianne tritt ans Küchenfenster und blickt in den Garten. Es ist ein sonniger Sommertag, das Kind spielt allein auf der Wiese hinter dem Haus, als ein Brummen die nachmittägliche Stille unterbricht. Das Geräusch kommt von oben, ein Flugzeug. Es nähert sich rasch. Berti lässt Eimer und Schäufelchen fallen und winkt zum Himmel.

Auch Tante Erna ist gerade zum Fenster gekommen, als plötzlich die Schnauze des Fliegers sich nach unten neigt. Im Tiefflug kommt er direkt auf das Haus zu. Jetzt sehen sie es: das ist keine Maschine der deutschen Luftwaffe, es ist ein feindliches Jagdflugzeug! Gleich wird das Maschinengewehr losbellen, die Spur der Einschüsse wird die Wiese aufwühlen und auf das Kind zurasen! Oder eine Bombe wird einschlagen! Der kleine Junge hebt schützend die Arme über den Kopf, die beiden Frauen schreien entsetzt auf.

Die Maschine donnert über das Haus, zieht wieder hoch. Die Frauen sehen sich fassungslos und ungläubig an. Der Flieger hat keine Bombe abgeworfen! Und er hat auch nicht geschossen! Aber die schießen doch immer! Auf Fahrzeuge, auf Menschen, auf alles. Warum hat der nicht geschossen?

Und warum weint der Bub nicht? Er muss doch fürchterlich erschrocken sein! Berti sieht wie gebannt der mit lautem Dröhnen wieder in den Himmel aufsteigenden Maschine nach. Sie fliegt eine weite Kurve, das Kind folgt ihr mit seinen Blicken. Einen Moment atmet Marianne erleichtert auf, doch dann stockt ihr erneut der Atem. Der Flieger entfernt sich nicht, sondern steuert wieder auf sie zu!

„Berti, komm! Schnell, ganz schnell! Komm, Berti!!"

Doch der Junge achtet nicht auf die panischen Rufe von Mutter und Tante. Als das Flugzeug zum Sturzflug ansetzt, zeigt er keinerlei Anzeichen von Angst, er winkt begeistert nach oben. Die Maschine rast zum zweiten Mal über Haus und Garten - wieder ohne zu schießen. Dieses Mal jedoch fliegt sie keinen Bogen, sie steigt auf und wird immer kleiner, bis sie in den Wolken verschwindet. Und der kleine Berti blickt ihr nach. Fast könnte man meinen, er sei enttäuscht, weil der Flieger kein weiteres Mal kommt.

Marianne sinkt auf den Küchenstuhl und vergräbt das Gesicht in den Händen. Ihr wird schwindlig, ihr Herz rast, sie braucht Minuten, bis sie wieder einigermaßen ruhig atmet.

Was sich da eben ereignet hat, das ist ja unglaublich. Ein Wunder ist das! Aus irgend einem unerklärlichen Grund hat das Maschinengewehr des Fliegers gleich zweimal nicht funktioniert. Ihr Berti jedenfalls ist ein Glückskind, dem kann nicht viel Schlimmes passieren im Leben, er hat einen Schutzengel von unüberbietbarer Fürsorglichkeit.

Es wäre aber auch zu paradox gewesen! Sie sind schließlich hierher aufs Land evakuiert worden, um in Sicherheit zu sein. In Sicherheit vor den Bombenhageln, die immer häufiger und mit immer katastrophaleren Folgen auf die Städte niedergehen.

Der Frost kommt schon früh in diesem Jahr. Berti erlebt seinen ersten richtigen Winter mit all seinen Kinderfreuden und Abenteuern. Marianne, deren Bauch seit dem Herbst unübersehbar wächst und die sich oft hinlegen muss, hat oft nicht genug Kraft, mit ihrem Sohn im Schnee zu toben. Dann kümmert sich Tante Erna um den Buben, spielt mit ihm Schneeballschlacht oder baut mit ihm zusammen einen Schneemann im Garten. An sonnigen Tagen fährt Berti manchmal stundenlang mit dem Schlitten vom kleinen Hügel am Rand der Wiese. Wenn er nach einem solchen Tag abends mit roten Backen in der Küche sitzt, schmeckt ihm das Essen ganz besonders gut, und danach schläft er tief und fest in seinem Bettchen.

Mitte Februar fährt Onkel Herbert Marianne mit seinem Opel "Kapitän" ins Krankenhaus nach Leutkirch. Als die Mama nach einer Woche wieder zurück gebracht wird, hat sie ein kleines Brüderchen für Berti bei sich.

Wenige Wochen später meldet der Rundfunk das Ende des Krieges. Freude und Erleichterung darüber sind jedoch nur von kurzer Dauer, schon nach wenigen Tagen werden sie durch eine neue Angst abgelöst. Radio und Zeitung melden, dass die Franzosen ins Oberland einziehen werden.

In der französischen Armee dienen angeblich sehr viele Afrikaner. Über deren Untaten sind die schlimmsten Berichte im Umlauf. Sie seien, wird erzählt, äußerst brutal, die farbigen Soldaten plünderten hemmungslos und vergewaltigten reihenweise deutsche Frauen und Mädchen.

Drei Tage später sind sie da. Nicht nur im Ort, nein, direkt bei ihnen! Innerhalb von Minuten ist die Hölle los. Panzer und Lkws fahren im Dorf ein, verteilen sich auf die verschiedenen Anwesen. Auf Onkel Herberts Hof fahren ein paar Jeeps vor, die Leitung der Division, oder wie immer sich der Trupp nennt. Die französischen Offiziere haben sich das attraktivste Anwesen im Dorf ausgesucht, und das ist nun mal das von Onkel Herbert.

Der anscheinend Höchste von den Franzosen kommt in Tante Ernas Küche, wohin sie sich geflüchtet haben. Auf französisch, ein paar Brocken Deutsch dazwischen, erklärt er, das Haus sei beschlagnahmt. Aber die Familie könne hierbleiben.

Onkel und Tante, Marianne, Berti und das Baby müssen jeweils in eine kleine Kammer umziehen. Die Küche lässt man ihnen auch. Alle anderen Räume sind ab sofort von der französischen Armee belegt.

Marianne befällt die blanke Angst. Denn die feindlichen Offiziere haben ihre „Ordonnanzen" mitgebracht, niedrigere Dienstgrade, ihre Hilfskräfte. Und einige von denen sind Neger! Mit diesen Ungeheuern wohnen sie nun unter einem Dach!

Überall rennen plötzlich fremde Männer rum, weiße und schwarze. Türen schlagen, ständig klingen laute Stimmen durchs Haus, piepsen Funkgeräte, eine Hektik ohnegleichen.

Marianne schlägt den Kragen ihres Mantels hoch, zieht Arme und Beine eng an den Körper und macht sich klein. Es ist ein kühler und regnerischer Septembertag, eisig fegt der Fahrtwind über die offene Ladefläche des Lastwagens.

In aller Herrgottsfrühe sind sie aufgebrochen. Onkel Herbert hat sie zum Bahnhof gebracht, dann ging es mit dem Zug bis Ulm. Dort wurden sie, zusammen mit vielen anderen, auf Transportwagen der amerikanischen Army verladen.

Die Zeit der Evakuierung ist vorbei, Marianne und ihre Kinder werden wieder nach Stuttgart transportiert. Seit bald einem halben Jahr ist der Krieg nun zu Ende. Es heißt, Stuttgart sei wieder bewohnbar. Stadt und Umland sind jetzt amerikanische Besatzungszone.

Zwar gibt es ein grundsätzliches Zuzugsverbot für die Stadt, aber Leute, die evakuiert waren, dürfen wieder kommen. Und der Herr Achleitner hat geschrieben, sie könnten in die Wohnung rein. Die Gasversorgung würde immer noch nicht funktionieren, schrieb er, aber die Wasserleitung sei in Ordnung. Und er habe Holz besorgt und Briketts, davon könne auch sie etwas haben für den Ofen im Wohnzimmer.

Marianne hat erst gezögert, aber dann fand sie, sie sollte Onkel Herbert und Tante Erna nicht länger als nötig zur Last zu fallen. Die beiden haben sie lange genug beherbergt und durchgefüttert.

Die Kinder halten sich tapfer bei der anstrengenden Fahrt über holprige und kurvenreiche Straßen. Manni schläft die meiste Zeit, eingeschlagen in eine warme Decke und an seine Mama geschmiegt. Wenn der Kleine anfängt zu quengeln, gibt ihm Marianne den Schnuller, dann ist er wieder zufrieden. Die schaukelnde Fahrt und das Motorengeräusch scheinen eine beruhigende Wirkung auf ihn zu haben.

Berti sitzt zwischen den Erwachsenen auf einer Holzbank. Er mustert mit großen Augen die amerikanischen Soldaten, die als Begleiter mitfahren. Vor allem ihre Uniformen und Pistolen haben es ihm angetan. Als einer von ihnen Berti eine Orange schenkt, freut der sich wie ein Schneekönig. Allerdings weiß er nicht so recht, was er damit anfangen soll, dieses Obst hat er noch nie gesehen, geschweige denn gegessen. Der freundlich lächelnde Ami schält die Orange und zeigt dem Kind, wie man so ein Ding isst. Vorsichtig probiert Berti, es scheint ihm zu schmecken. Das Kind strahlt über das ganze Gesicht.

Mariannes Anspannung löst sich ein wenig, sie ist plötzlich sehr müde. Sie döst auf dem schaukelnden Armylaster vor sich hin und lässt die Ereignisse der letzten beiden Jahre in ihrer Erinnerung aufscheinen. Weiterzudenken traut sie sich nicht. Sie sind unterwegs in eine sehr unbestimmte Zukunft.

Im Schlaf an den neben ihr sitzenden Mann angelehnt, schreckt sie plötzlich hoch, als der Lastwagen abbremst und in eine enge Kurve fährt. Marianne blickt sich um, orientiert sich. Der kleine Berti ist immer noch putzmunter, er scheint weitere Kontakte zu den um ihn sitzenden Erwachsenen geknüpft zu haben und sich prächtig zu unterhalten.

Unter den amerikanischen Soldaten sind auch einige Farbige. Ein wenig überrascht stellt Marianne fest, dass sie nun vor denen, ganz anders als noch vor einem halben Jahr, keine besondere Angst mehr verspürt.

Im Nachhinein muss Marianne zugeben, dass ihre Panik vor den Besatzungssoldaten unbegründet gewesen ist. Die Offiziere, die in Onkel Herberts Haus einzogen, waren durchaus freundlich, und auch ihre Untergebenen benahmen sich zu Mariannes Erstaunen tadellos.

Etwas verschämt denkt sie daran, dass einer der französischen Offiziere sogar richtig charmant zu ihr war. Unter anderen Umständen hätte sie sich sogar vorstellen können - na ja, jedenfalls war der sehr nett.

Und Berti schloss richtig Freundschaft mit einem der Neger! Seine Begeisterung für den afrikanischen Soldaten hatte Marianne zunächst sehr beunruhigt. Sie versuchte, ihren Buben von den fremden Männern fernzuhalten, doch Berti ließ sich nicht kontrollieren.

Kaum war er aufgestanden, suchte er im ganzen Haus nach „Schuschu". Der, ein stets fröhlicher, kohlrabenschwarzer junger Mann aus dem Senegal, kümmerte sich rührend um das zutrauliche Kind. Die beiden hatten sichtlich viel Spaß miteinander. Der kleine, aufgeweckte weiße Junge mit dem hellblonden Lockenkopf gefiel ihm offenbar genauso, wie der freundliche schwarze Mann mit dem breiten Lächeln und den strahlenden Augen das Kind begeisterte. Schuschu verwöhnte Berti, wie der es noch nie erlebt hatte. Mit kleinen Geschenken in Form von Süßigkeiten, vor allem aber, indem er sich so viel mit ihm beschäftigte. Wann immer er Zeit hatte, spielte und tobte er mit dem Kleinen. Manchmal setzte er ihn sogar auf den Lenker seines Fahrrads und fuhr mit ihm spazieren.

Jeden Morgen nach dem Frühstück hatte der Bub nichts Eiligeres zu tun, als aus Tante Ernas Küche zu rennen und im ganzen Haus nach seinem schwarzen Freund Ausschau zu halten.

Für den kleinen Berti war die Zeit der Evakuierung im Oberland rundum schön, auch, oder vielleicht sogar vor allem, in der Zeit der französischen Besatzung. Auch Marianne hat sich, alles in allem, wohl gefühlt bei den entfernten Verwandten. Doch für die war die Einquartierung der jungen Familie natürlich eine Belastung, vor allem ab dem Zeitpunkt, als außerdem die Franzosen im Haus waren. Das konnte nicht ewig so weitergehen.

Was wird nun auf sie zukommen? Wie wird es ihr mit den Kindern in der Stadt gehen, ganz allein, ohne Mann? Nach seinem kurzen Heimaturlaub, das ist jetzt mehr als zwei Jahre her, hat sie von Paul nur noch eine kurze Nachricht aus Russland bekommen. In den allerletzten Kriegswochen war das. Und jetzt ist er in Gefangenschaft. Hoffentlich wird er bald entlassen.

Aber vielleicht... Nein, das darfst Du nicht denken, er lebt bestimmt noch!

Es ist später Nachmittag, als sie nach langer und anstrengender Fahrt Stuttgart erreichen. Je näher sie der Stadt kamen, desto stiller wurde es auf dem Wagen. Schon in den Vororten waren erst einzelne, dann immer mehr zerbombte Häuser zu sehen, mit jedem zusätzlichen Kilometer Richtung Zentrum nahm die Zahl der Ruinen zu.

Die Stadt ist nicht wiederzuerkennen, den Rückkehrern bietet sich ein fürchterlicher Anblick, in ihren Gesichtern spiegelt sich das Grauen. Marianne versucht vergeblich, das Gefühl zu unterdrücken, es sei der pure Wahnsinn, hierher zurückzukommen. Wie konnte sie nur so dumm sein, das Oberland, in dem sie doch wie im Paradies lebten, zu verlassen?

Berti hat Recht gehabt. Lautstark hat er dagegen protestiert, Schuschu und all die anderen schönen und aufregenden Dinge bei Tante Erna aufzugeben. Er wollte unbedingt bleiben. Aber der Herr Achleitner hat geschrieben, das Haus und ihre Wohnung seien fast unbeschädigt. "Fast" hat er geschrieben. Was das wohl genau bedeutet?

Auf seiner Fahrt durch die Stadt hält der Wagen ein paarmal an, um einzelne Leute absteigen zu lassen. Am Schlossplatz schließlich ist Endstation, die letzten Passagiere klettern vom Wagen. Sie finden sich in einer Trümmerwüste wieder. Entsetzt blicken sie um sich und sehen nur Ruinen. In allen Himmelsrichtungen nichts als Mauerreste einst imposanter Gebäude.

Alle Gespräche sind verstummt, die amerikanischen Soldaten sind mit dem Lastwagen weitergefahren.

Eine kurze Weile stehen die Menschen wie gelähmt, dann gehen sie schweigend auseinander, machen sich auf den Weg zu ihren Wohnungen und Häusern, hoffen darauf, dass es sie überhaupt noch gibt.

Marianne, einen Rucksack auf dem Rücken, trägt das Baby auf dem linken Arm, in der rechten Hand ihren Koffer. Der kleine Berti schleppt auch einen Rucksack. Die bedrückte Stimmung hat auch ihn erfasst, immer wieder blickt er mit großen Augen zu seiner Mama hoch. Sie stellt den Koffer auf den Boden und streicht ihm über seinen Lockenkopf.

Schweigend gehen sie weiter. Überall zwischen den Trümmern sieht man Menschen, es sind viele, sie scheinen alle nach etwas zu suchen. Trotzdem liegt eine gespenstische Stille über dem einst vor Leben strotzenden Stadtzentrum. Das Baby weint, Marianne stellt erneut den Koffer ab, versucht, den Kleinen zu beruhigen. Doch es gelingt ihr nicht.

"Komm, lass uns weitergehen", sagt sie zu Berti, der jetzt auch Tränen in den Augen hat.

Sie kommen sehr langsam voran. Nach einer halben Stunde haben sie die Ruinen der Innenstadt hinter sich gebracht, jetzt geht es die Straßen hinauf, auf die Anhöhe an der Nordseite des Stuttgarter Talkessels. In der Azenbergstraße legen sie wieder eine Pause ein. Hier liegt nicht alles in Trümmern, zwischen den Ruinen stehen noch einzelne Häuser, manche sehen sogar fast unbeschädigt aus.

Ein junger Mann zieht einen Leiterwagen hinter sich die Straße herauf. Ein paar Metallrohre liegen auf dem Wagen, anscheinend hat er die aus den Ruinen geborgen. Er bleibt stehen, mustert die Frau und ihre Kinder.

"Könnten Sie vielleicht..." setzt Marianne an, obwohl es ihr schwer fällt, den fremden Mann um etwas zu bitten. Er nickt und hebt den Koffer wortlos auf seinen Wagen, geht mit ihnen und seiner Last weiter.

Berti schiebt den Wagen von hinten, zumindest sieht es so aus. Eigentlich lehnt er sich mehr an, stützt sich ab, aber die gute Absicht ist erkennbar und der Mann lächelt ihm einige Male aufmunternd zu. Nach einem knappen Kilometer ist er bei seinem Ziel angekommen, einem offensichtlich stark beschädigten aber anscheinend trotzdem bewohnbaren Haus.

"Alles Gute", sagt er und hebt den Koffer vom Wagen. "Danke", antwortet Marianne, für mehr Konversation hat sie keine Kraft.

Sie haben einen fast einstündigen Fußmarsch hinter sich, als sie schließlich erschöpft in der Schottstraße ankommen. Auf halber Höhe gelegen, ist sie vom Bombenhagel der letzten Kriegsmonate weniger betroffen als das Zentrum. Das Haus, in dessen Erdgeschoss Mariannes kleine Wohnung liegt, ist im Vergleich zu anderen Gebäuden recht glimpflich davongekommen. Die Front des Gebäudes wird durch schwere Holzbalken gestützt. Risse im Mauerwerk und Einschlaglöcher, vermutlich von den Splittern in nächster Nähe explodierter Bomben, sind zu sehen.

Aber das Haus steht noch, das ist die Hauptsache. Einige Nachbargebäude auf der gegenüberliegenden Straßenseite dagegen sind nur noch Schutthaufen.

Marianne reißt alle Fenster Ihrer Wohnung auf. Bei zwei von ihnen sind die Scheiben zerbrochen, der Herr Achleitner hat sie mit Pappe notdürftig abgedichtet. Doch es scheint noch alles da zu sein, die Möbel stehen unversehrt am alten Platz, selbst das Geschirr in der Küche ist noch komplett und nichts davon ist zerbrochen. Und auch die Schränke samt Inhalt sind unangetastet, es ist nicht eingebrochen worden.

Berti hat sich erschöpft aufs Sofa fallen lassen, Marianne hat die staubige Decke vom Kinderbettchen in der Ecke des Schlafzimmers genommen, sie am Fenster abgeschüttelt und das wieder schlafende Baby darauf abgelegt.

Dann geht sie nach oben, um sich bei den Achleitners zurückzumelden. Die alten Leute sind die ganze Zeit über hier geblieben, sie wollten nicht all ihr Hab und Gut unbeaufsichtigt lassen.

Es wird ein langer Brief. Ein Brief, den Marianne nicht versenden kann, denn sie hat ja keine Adresse von ihrem Mann. Sie weiß nicht einmal, ob er überhaupt noch lebt, weiß nicht, ob sie ihn jemals wiedersehen wird. Doch sie muss ihm nun endlich berichten, von ihrem Leben mit dem fünfjährigen Berti und dem kleinen Manni, der nun auch schon eineinhalb Jahre alt ist und von dem Paul ja noch gar nichts weiß.

Ja, mein lieber Mann, Du hast nun zwei Söhne! Höchste Zeit, dass Du heim kommst! Ich hoffe so sehr, dass Du bald wieder da bist, ich weiß nicht, wie ich es ohne Dich schaffen soll!

Im Oberland ging es uns gut, da haben wir auch reichlich und gutes Essen gehabt. Jetzt, seit fast einem Jahr schon, müssen wir mit sehr kargen Rationen auskommen. Wir ernähren uns, wie alle, vor allem von Kartoffeln. Ansonsten gibt es auf Lebensmittelmarken nicht viel, ein bisschen Brot, sehr wenig Fett, Zucker und Mehl.

Die monatliche Fleischration für einen Erwachsenen beträgt 500 g. Am 1. April wurde die monatliche Brotration für Erwachsene von 9600 g auf 6400 g gekürzt, Ende Mai dann auf nur noch 4000 g.

Frische Milch gibt es nicht, nur Milchpulver. Und für alles muss man ewig lange anstehen. Oft macht das Berti, Dein großer Sohn ist wirklich sehr tüchtig. Ich kann ihm, wenn ich den kleinen Manni nicht allein lassen will, manchen Auftrag erteilen. Der Junge ist schon ziemlich selbständig, man kann sich auf ihn verlassen.

Was man nicht auf Lebensmittelmarken bekommt, versuche ich, das machen fast alle so, bei Hamsterkäufen zu „organisieren". Auch da ist mir unser großer Bub eine wertvolle Hilfe.

Vor ein paar Wochen sind wir mit dem Zug nach Endersbach gefahren. Die Frau Achleitner hat derweil den Kleinen beaufsichtigt. Ich habe ein paar Schmuckstücke und das alte Silberbesteck von Deiner Oma in den Rucksack gepackt.

Es ist mir sehr schwer gefallen, lieber Paul, das Besteck einzupacken, aber ich konnte Dich ja nicht um Dein Einverständnis fragen. Es geht halt nicht anders, ich muss alles alleine entscheiden.

Weil an den Wochenenden viele Leute zum Hamstern aufs Land fahren, haben wir uns an einem Werktag auf den Weg gemacht. Doch die Remstalbahn war trotzdem gerammelt voll. Mit Mühe haben wir uns ins Wageninnere gekämpft. Viele standen während der Fahrt auf dem Perron, einige Männer sogar auf dem Trittbrett.

Von Endersbach aus klapperten wir die Bauernhöfe ab, marschierten bis Beutelsbach und Strümpfelbach. Berti machte alles tapfer mit, ohne zu maulen.

Die Bauern waren nicht sehr freundlich. Manche öffneten ihre Türen gar nicht, wenn ich anklopfte; andere knallten sie gleich wieder zu, wenn sie sahen, wer da vor ihnen stand.

Sie gaben viel zu wenig für das Silber, das ich zum Tausch gegen Lebensmittel anbot. Wenn sie überhaupt was gaben. Oft sagten sie nur so was wie

„Mir hen selber nix" oder „Mir kennat net jedem was gäba".

Eine mürrische Frau reagierte, als ich sie fragte, ob ich vielleicht Kartoffeln oder ein paar Eier haben könnte, mit der Frage

„Was biedat se denn?"

„Eine schöne Silberkette zum Beispiel habe ich und wertvolles Silberbesteck."

„I brauch koin Schmuck. Wann soll i den denn traga? On Bschdeck hen mir au gnuag. Mir hen älles, was mr brauchat."

„Das ist ja schön für Sie", hab ich geantwortet, „wir haben nicht mal genug zu essen."

Aber das hab ich gleich wieder bereut, ich hab's wohl auch in einem etwas vorwurfsvollen Ton gesagt. Jetzt ist die Mürrische ganz ungehalten geworden.

„Des isch net mai Schuld."

„Natürlich nicht, aber vielleicht können Sie sich vorstellen, wie schwer es ist für mich, meinem Kind ausreichend was zum Essen zu geben. Es gibt doch nichts in der Stadt."

„Mir schaffet ond machet onser Sach. Älles andre endressiert mi net."

Dann fiel die Haustür zu.

So hart sind die. Dabei leben sie doch in einer Umgebung ohne Zerstörung! Keine Ruinen, keine Bombenkrater. Kühe, Schweine und Hühner in den Ställen, und Gärten mit Obstbäumen um die Häuser.

Immerhin, manche waren nicht ganz so abweisend, und beim Anblick des kleinen Berti kriegten einige der Bauersfrauen tatsächlich ein bisschen Mitleid.

Spät am Abend kamen wir wieder heim, Kartoffeln, Äpfel, ein wenig Speck und Eier im Gepäck. Auch Berti trug einen kleinen Rucksack. Ein paar Eier hab ich Achleitners gegeben.

Berti ist völlig erschöpft in einen tiefen Schlaf gefallen, erst um 10 Uhr am nächsten Morgen ist er wieder aufgewacht. Doch ich bin mir ganz sicher, dass es gut gewesen ist, ihn mitzunehmen, alleine hätte ich noch weniger bekommen. Und außerdem hab ich gedacht, mit dem kleinen Kind sehe ich vielleicht harmloser und unverdächtiger aus, wenn wir in eine Kontrolle geraten sollten. Denn offiziell ist ja, obwohl alle es machen, das Hamstern verboten. Glücklicherweise sind wir nicht kontrolliert worden.

Unsere zweite Hamsterfahrt vor ein paar Tagen war noch weniger erfolgreich als die erste. Wir brachten nur Kartoffeln und ein bisschen Gemüse mit, einen großen Blumenkohl und ungefähr zwei Pfund Möhren. Aber das ergab endlich mal wieder ein paar schöne Gemüsemahlzeiten, drei Tage lang konnten wir uns davon satt essen, am vierten Tag gab's noch eine Suppe aus den Resten.

Gute Nachrichten gibt's nicht viele. Immerhin, seit einem Monat funktioniert die Gasversorgung wieder. Während ich vorher alles mit dem kleinen Ofen im Wohnzimmer machen musste, kann ich jetzt wieder am Herd kochen. Das ist eine große Erleichterung. Allerdings hab ich halt leider nicht viel, was ich kochen könnte.

Ja, mein lieber Paul, es ist nicht leicht, auch nicht für uns. Für Dich ist es ja wahrscheinlich, ganz bestimmt sogar, noch viel schwerer.

Wenn ich eine Adresse von Dir hätte und diesen Brief wegschicken könnte, würde ich nicht so jammern. Weil es Dir ja noch viel schlechter geht. Aber Du kannst ihn ja sowieso nicht lesen Und so hab ich halt mal geschrieben, wie es uns wirklich geht.

Lieber Paul, ich bete jeden Tag darum, dass Du bald heim kommst.

Wenn Berti seinem Papa geschrieben hätte, aber das konnte er ja noch nicht, hätte sich das ein wenig anders angehört. Natürlich ist das Essen bei Tante Erna besser gewesen und mehr als jetzt. Bei ihr hatte er nie Hunger, jetzt dauernd. Aber wenn es nun was gibt, schmeckt es auch. Hier in der Stadt gibt es keinen Schuschu, auch keine Kühe und Pferde, aber dafür andere spannende Sachen.

Für die größeren Kinder sind die Ruinen tolle Spielplätze. Das Betreten der zerstörten Häuser ist natürlich streng verboten. Es ist sehr gefährlich, aber gerade deshalb ist es so interessant.

Die älteren Jungen suchen in den Trümmern nach Fundstücken. Und da kann man so manches finden. Geschirr, Bücher, Bombenhülsen. Manchmal sogar eine richtige Granate, die nicht explodiert ist.

Berti traut sich nicht so recht, aber er schaut gern zu, was die anderen da so machen. Und einmal stieg er sogar den großen Buben nach, über eine schuttbeladene Treppe, in den Keller einer Ruine. Als er unten angekommen war, hörte er, wie die ganz komische Sachen redeten. Über Mädchen. Und dann sah er, dass die ihre Hosen heruntergelassen hatten und was mit ihren Pimmelchen machten. Da kehrte Berti dann doch lieber um und kletterte wieder auf der Treppe nach oben.

Das hätte er natürlich seinem Papa nicht geschrieben, und seiner Mama erzählte er davon auch nichts. Auf jeden Fall aber findet er das Leben nach wie vor spannend, auch ohne das gute Essen von Tante Erna, die Schokolade von Schuschu und die Fahrten mit ihm auf dem Fahrrad.

Wie sie den anschließenden Winter eigentlich überstanden haben, das hat sich Marianne später oft überlegt. Es war der „Hungerwinter" in ganz Europa, mehrere Hunderttausend sollen damals in Deutschland verhungert sein. Die ganze Zeit davor schon hatte man kaum etwas zu essen, jetzt wurde es noch weniger, die ohnehin kleinen Rationen wurden noch kleiner.

Und es war kalt, sehr, sehr kalt. Gott sei Dank hat es der Herr Achleitner geschafft, im Herbst jemanden zu organisieren, der die kaputten Fenster reparierte. Mit der Pappe in den Fensterrahmen statt Glas, da wären sie vermutlich erfroren. Es war so schon schwer genug, die Wohnung einigermaßen ausreichend zu erwärmen. Marianne hatte nur einen kleinen Holzvorrat und ein paar Briketts, damit heizte sie täglich ein paar Stunden den Ofen im Wohnzimmer, das musste reichen für die ganze Wohnung. Am wärmsten war es im Bett, unter der dicken Federdecke, da verbrachten sie möglichst viel Zeit.

Als Paul im März 1947 aus amerikanischer Gefangenschaft nach Hause kam, war die ganz harte Zeit vorbei. Er war in leidlich guter Verfassung, er hatte Glück gehabt. Nur ein paar Tage war er in russischer Gefangenschaft, dann wurde er von den Amis übernommen, und bei denen war es ihm nicht schlecht gegangen. Viel besser jedenfalls als bei den Russen.

Endlich waren sie eine richtige Familie, endlich war Marianne nicht mehr allein mit ihren Kindern, endlich hatten die Buben einen Vater! Berti allerdings empfand das gar nicht unbedingt als neues Glück.

Manni war noch zu klein, um die Veränderung wirklich bewusst wahrnehmen zu können, er war bisher versorgt und war es weiterhin. Der Papa trat sozusagen unmerklich in sein Leben, er konnte sich langsam und selbstverständlich an ihn gewöhnen, so dass er später das Gefühl hatte, der wäre schon immer dagewesen.

Für Berti aber bedeutete die Ankunft des Vaters zunächst mal vor allem eine Störung vertrauter Verhältnisse und Abläufe. Bisher war er der große Bub seiner Mama gewesen, die nur für ihn und sein kleines Brüderchen da war. Er hat von seiner Mama öfter mal einen Auftrag bekommen und hat ihn meistens gut erledigt. Sie war, alles in allem, mit ihm zufrieden und er mit ihr, sie sind fast immer prima miteinander ausgekommen.

Und jetzt kommt da plötzlich einer, der auch was von der Mama will. Und der vor allem rumkommandiert und alles durcheinander bringt, was bisher doch ganz gut lief.

Es ist nichts mehr wie früher. Selbst das Schlafen ist jetzt anders, viel schlechter. Manni und er haben bisher mit der Mama im Schlafzimmer geschlafen, er im großen Bett bei ihr, sein Brüderchen im Kinderbett. Doch seit der Vater da ist, hat sich auch das geändert. Jetzt darf der zu der Mama ins Bett.

Am Abend, wenn es Zeit ist für sie, werden Manni und er zunächst zwar, wie früher, ins Schlafzimmer gebracht.

Die Mama singt, wie immer, das Gutenachtlied. Neu ist, dass jetzt halt der Vater neben ihr steht. Singen tut der allerdings nicht.

Und wenn dann später die Eltern auch schlafen gehen, schieben sie das Kinderbett mit Manni ins Wohnzimmer, und ihn tragen sie auch dorthin und betten ihn aufs Sofa. Und da schläft er dann allein, ohne die Mama neben sich.

Paul ist gerade rechtzeitig heimgekehrt, um den Schuleintritt seines ersten Sohnes zu erleben. Es ist allerdings vieles ziemlich provisorisch in der Schule. Der Lehrer von Bertis Klasse, es sind mehr als 50 Jungen und Mädchen, war eigentlich längst pensioniert. Um den Schulbetrieb wieder aufnehmen zu können, wurde er wieder in Dienst gestellt.

Das Schulhaus hat erhebliche Kriegsschäden: Bomben haben im Umkreis des Hauses einige große Trichter im Boden hinterlassen, die Wände haben Risse, die Fenster, deren Scheiben durch die Wucht der Explosionen zerbrochen waren, sind vor Schuljahresbeginn notdürftig repariert worden.

Es ist sehr eng im Klassenzimmer, an den Bänken, die eigentlich für zwei Schüler gedacht sind, sitzen jeweils drei Kinder. Eine große Wandtafel für den Lehrer gibt es nicht. Berti ist eines der wenigen Kinder, die eine Schiefertafel und einen Griffel besitzen. So was kann man zur Zeit nicht kaufen, es ist eine alte Tafel von seinem Opa. Gleich in den ersten Schulwochen findet eine amtsärztliche Untersuchung statt.

Ein paar Monate später, Marianne sortiert auf dem Küchentisch gerade ihre amtlichen Dokumente, buchstabiert der neben ihr sitzende ABC-Schütze, was der Schuldoktor da über ihn aufgeschrieben hat:

"Ein-ge-falle-ner To-rax, was ist das, Mama?"

Mit der Erklärung kann er nicht viel anfangen, außer, dass das durchaus was Besonderes ist. Im Gegensatz zu "un-ter-er-nährt", das sind viele in der Klasse.

Wenn er heute an den Beginn seiner Schulzeit denkt, kann sich Robert nur noch sehr verschwommen erinnern. Lehrer und Unterricht haben ihn anscheinend wenig beeindruckt. Nur einige Begleitumstände des Schulbesuchs sind ihm besser im Gedächtnis geblieben.

Vor allem der erste Winter im Klassenzimmer. In dicken Mänteln, das weiß er noch, saßen sie dicht gedrängt in den Bänken, weil der Raum nicht oder nicht genug geheizt war. Und auch an die „Schulspeisung" kann sich Robert sein Leben lang erinnern. In der Pause schöpfte die Frau des Hausmeisters aus einem großen Bottich jedem Kind eine Portion Eintopf in seinen Blechbecher. Gemeinsam löffelten sie ihre Becher ratzeputz leer, da blieb nichts übrig. Den Weg zur Schule am Mühlbachhof hat Robert ebenfalls noch ganz genau vor sich.

Bertis Schulweg ist ziemlich lang, ungefähr eine halbe Stunde ist er unterwegs. Aber wenn er ankommt, dann hat er schon einiges erlebt. Kurz nach Beginn des Weges geht's eine lange Treppe hoch, ganz viele Stufen sind das. Wenn er bis zehn gezählt hat, ist er immer noch ganz am Anfang der Ehrenhaldenstaffel. Er kann zehnmal bis zehn zählen, und ist noch nicht bei der Hälfte der Treppe.

Endlich oben angekommen, ist man in einer feinen Gegend. "Bessere Häuser" stehen da, mit großen Gärten. Ruinen sieht man dort keine. Ganz droben auf dem Hügel, am oberen Ende des „Tazzelwurms", liegt die Villa vom "Lomba-Wolf". Ein geheimnisvoller Altwarenhändler namens Wolf ist das, der anscheinend mit seinem "Gschäft" reich geworden ist. Eigentlich ist ja die Villa gar nicht zu sehen, denn sie liegt hinter hohen Mauern. Aber eben das ist das Spannende an der Sache. Was wohl alles hinter den Mauern stattfindet? Jeden Tag geht Berti da mit einem leichten Gruseln vorbei.

An einem heißen Sommertag, als er zusammen mit Ute und Marlies zum Nachmittagsunterricht unterwegs ist, haben sie da oben einen unvorhergesehenen Aufenthalt. Ein paar Studentinnen und Studenten der Kunstakademie sitzen dort auf Klapphockern am Wegrand. Sie haben riesige Zeichenblöcke vor sich auf den Knien und malen den Ausblick in die Landschaft, also auf den Killesberg oder, in die andere Richtung, zum Bismarckturm hin. Als die Kinder ihnen über die Schulter schauen, fragen die Studenten, ob sie ein Bild von sich haben wollen. Das kann man natürlich unmöglich ablehnen.

Mit schlechtem Gewissen, aber mit ihren gezeichneten Porträts als Trophäe und Alibi, kommen sie mindestens eine halbe Stunde zu spät in die Schule. So ein Kunstwerk braucht schließlich seine Zeit. Und dass die Bilder gut gelungen sind, das geht schon daraus hervor, dass sie nicht einmal bestraft werden für ihre Verspätung.

Im Frühjahr 1947, kurz nach Pauls Heimkehr, bekamen sie ein erstes CARE-Paket. Was da alles drin war! Rindfleisch und Corned Beef, von dem war sogar Berti ganz begeistert. Dazu Margarine und Schmalz, ein ganzes Kilo Zucker, und sogar Honig! Marianne und Paul freuten sich sehr über den Kaffee, von dem zwei Pfund im Paket waren. Und Berti konnte es kaum fassen, dass auch Schokolade in der Zauberkiste aus Amerika war. Blockschokolade, ein ganzes Pfund, wie man sie in späteren Jahren nur noch zum Backen verwendete, von der aber Robert auch noch als Erwachsener ein richtiger Fan blieb. Schokolade muss dunkel und bitter sein, süße Vollmilchschokolade mochte er nie.

Paul hatte erneut großes Glück. Schon im Herbst, ein halbes Jahr nach seiner Heimkehr, konnte er wieder bei seiner alten Firma, einer großen Versicherungsgesellschaft, anfangen. Von da an ging es ihnen merklich besser. Und mit der Währungsreform im Juni 1948 begann dann die richtig gute Zeit. Auf einmal konnte man fast alles kaufen. Kein Mensch wusste, wo all die Sachen, die es vorher nur auf dem Schwarzmarkt gegeben hatte, plötzlich herkamen, aber jetzt waren sie da. Vor allem gab es nun einigermaßen ausreichend zu essen.

In den Sommerferien, Ende August, fuhr Paul mit seinem großen Sohn für eine Woche nach Herrenberg, in den Gasthof Lamm mit eigener Metzgerei. Das war das Wichtigste, die eigene Metzgerei. Um den unterernährten Berti ein bisschen aufzupäppeln. Und dem Vater tat das natürlich auch gut.

Und ein Jahr später zogen sie um in eine größere Wohnung! Es war eine Firmenwohnung, die nur an Angestellte der Versicherungsgesellschaft vermietet wurde. Sie wohnten nun in einer Dreizimmerwohnung im dritten Stock eines großen Hauses im Westen der Stadt. Die beiden Buben hatten dort gemeinsam ein Zimmer, nur für sich! Das war etwas ganz Besonderes, ein regelrechter Luxus war das. Kaum ein Kind hatte in den frühen Nachkriegsjahren ein eigenes Zimmer.

Sogar ein Badezimmer gab es in der neuen Wohnung. Mit Waschbecken und sogar einer richtigen Badewanne! Mit gasbeheiztem Durchlauferhitzer.

In der alten Wohnung hatte man sich am Spülbecken in der Küche gewaschen. Und immer samstags war gebadet worden. In einer Blechwanne, die aus dem Keller in die Küche geholt wurde. Erst waren die Eltern dran, anschließend wurden Manni und Berti aus dem Wohnzimmer gerufen und nacheinander ins gleiche Wasser gesetzt. Berti als Letzter hatte es da nicht mehr besonders warm. Ein Klo hatte es übrigens in der Wohnung auch nicht gegeben. Das befand sich außerhalb, im Treppenhaus.

Berti besuchte nun die Falkertschule und erlebte zum ersten Mal, wie sich das anfühlt, wenn man sich verliebt hat. Nach dem Rektoratsverweis wegen „gewalttätigem Streit im Schulhof" war er in der neuen Klasse akzeptiert. Der Verweis wirkte auf seine Mitschüler wie eine Auszeichnung. Auch auf Sabine. Sie war fortan eine freundliche und hilfsbereite Nebensitzerin.

Sie erklärte ihm so manches, was für Berti hilfreich war. Zum Beispiel, dass es, wenn man auf eine Frage von Frau Kramer keine Antwort wusste, trotzdem empfehlenswert war, sich zu melden. Die nahm nämlich meistens jemand dran, der sich nicht meldete. Sie hatte offenbar mehr Freude an falschen Antworten, die sie dann korrigieren konnte, als an richtigen.

Ganz anders war das bei dem alten Böhm. Den durfte man nicht angucken, wenn man was nicht wusste, dann kam man auch nicht dran. Er konnte sich keine Namen merken und rief die Schüler mit „Du" auf und Handzeichen.

Wirklich, Sabine war eine prima Kameradin. Aber leider schien sie überhaupt nicht mitzukriegen, dass Berti in sie verliebt war. Wie sehnsuchtsvoll er sie auch anblickte, es zeigte keinerlei Wirkung. Sie kam auch nie zum Spielen auf die Straße. Offenbar hatte sie Wichtigeres zu tun. Sie war sehr musikalisch, spielte Geige und sang in einem Kinderchor.

Vielleicht, überlegte Berti, sollte er auch ein Instrument erlernen, dann könnte er mit ihr zusammen Musik machen. Er überraschte seine Mutter mit der Frage, ob er Klavierunterricht kriegen könne.

„Aber Berti, wir haben doch gar kein Klavier!"

„Aber der Klavierlehrer hat doch eins!"

„Und wo willst Du üben? Da muss man jeden Tag eine Stunde üben, mindestens."

Daran hatte Berti nicht gedacht. Diese Idee war anscheinend doch nicht so gut. Zwei Tage lang sann er über andere Möglichkeiten nach, Sabine zu beeindrucken, zwei Nächte schlief er schlecht. Zwar kannte er den Begriff Liebeskummer noch nicht, doch dieses schlechte Gefühl, das ihn da quälte, musste er irgendwie los werden.

Schließlich beschloss er einfach, dass das Leben trotzdem schön war, auch wenn Sabine ihm nicht verliebt in die Augen sah.

War ja auch so. Auch ohne sie machte es viel Spaß, mit den neuen Freunden zusammen zu sein. Die Jungen spielten oft Fußball, dafür hatte Berti zwar nicht besonders viel Talent, er spielte trotzdem mit.

Besser gefiel es ihm aber, mit Buben und Mädchen „Bannemann" im Hoppenlauffriedhof zu spielen. Das war eigentlich kein richtiger Friedhof mehr, eher ein Park. Die Bäume und Sträucher und die großen alten Grabsteine waren ein ideales Gelände für Bannemann, man konnte sich da herrlich verstecken. Das war ein großer Spaß, auch wenn die Opas und Omas, die dort spazieren gingen, die Kinder oft vorwurfsvoll anschauten.

Und dann kamen auch bald Schnee und Eis mit neuen Freuden. Mit dem Schlitten, wie in den letzten Wintern, konnte man hier allerdings nicht viel anfangen.

Von der früheren Wohnung aus war es nicht weit zum Bismarckturm und zur Skiwiese gewesen. Aber die hieß nur so, man fuhr dort vor allem mit dem Schlitten. Nur die Kinder ganz besonderer Leute hatten Skier. Und auch auf der steilen Straße "Am Gähkopf" hatte man toll Schlitten fahren können.

Das ging jetzt alles nicht mehr. Wo sie jetzt wohnten, waren die Straßen flach. Aber dafür war nun der Feuersee an der Johanneskirche in der Nähe. Und der war bald nach Neujahr dick zugefroren, dort konnte Berti die Schlittschuhe, die er zu Weihnachten bekommen hatte, einweihen.

Im Frühjahr kam Berti in die vierte Klasse und ein weiteres Jahr später begann, was die Erwachsenen den „Ernst des Lebens" nannten. Wobei Berti nicht ganz klar war, ob diese Formulierung ein Versprechen sein sollte oder eher als Drohung gemeint war.

Eines änderte sich mit dem Wechsel aufs Gymnasium ganz radikal: der Umgang mit den Mädchen. Während man sich zuvor täglich in der Schule sah, trennten sich nun die Wege, denn die Gymnasien waren reine Jungen- bzw. Mädchenschulen.

Und auf einmal kamen die Mädchen auch nicht mehr nachmittags zum gemeinsamen Spielen raus. Sie wurden plötzlich ganz komisch, veränderten sich sogar äußerlich. Nicht nur ihre Kleidung, auch ihr Gang und ihre Mimik, alles war nicht mehr wie früher. Die Weiber wollten nun anscheinend fein und vornehm wirken. Es sah so aus, als würden sie, seit sie eine „höhere Lehranstalt für Mädchen" besuchten, auf ihre ehemaligen Freunde verächtlich herabsehen. Sie schienen nicht zu kapieren, dass die nun ja auch aufs Gymnasium gingen. Ziemlich doof waren die, fand Berti.

Doch nicht nur die Mädchen veränderten sich mit dem Ende der Grundschulzeit. Das Gymnasium war eine ganz neue Welt. Erst jetzt merkte Berti, wie persönlich und fürsorglich die Lehrerinnen und Lehrer der Grundschule mit den Kindern umgegangen waren. Obwohl an der neuen Schule die Klassen viel kleiner waren, war das Verhältnis zu den Lehrern hier viel distanzierter. Das lag natürlich schon daran, dass fast in jedem Fach ein anderer Pauker unterrichtete.

Die ganze Atmosphäre am Gymnasium hatte etwas einschüchternd Nüchternes. Man musste jetzt auch wirklich etwas tun für die Schule, so einfach und nebenbei wie bisher ging es nicht mehr.

In der Pause sah man zu den Schülern der höheren Klassen auf und fühlte sich auf einmal wieder ganz klein. So lässig wie die wäre man gern gewesen, aber bis dahin war es wohl noch ein sehr langer Weg.

Das Gefühl, vom richtigen Leben noch keine Ahnung zu haben, war neu für Berti, blieb ihm aber von nun an ziemlich lange erhalten. Es war das genaue Gegenteil zu seinem Grundempfinden in der Zeit, bevor er in die Schule gekommen war.

In diesen ersten Lebensjahren war er fest davon überzeugt gewesen, dass alles, was um ihn herum geschah, nur für ihn stattfand. Er war der Mittelpunkt der Welt, für den das alles aufgeführt wurde.

Mit dem Schuleintritt hatte er diese Ansicht zwar etwas korrigieren müssen, doch er fühlte sich immerhin noch mittendrin im Geschehen, er war einer von einigen Wichtigen, um die sich alles drehte.

Jetzt aber, als Erstklässler des Gymnasiums, empfand er sich auf einmal draußen, weit weg von allem, was wesentlich und aufregend war. Das Gefühl, im Zentrum des Geschehens zu stehen, war nun abgelöst durch das Empfinden, die wichtigsten Ereignisse und die großen Momente des Lebens erst in sehr ferner Zukunft noch vor sich zu haben.

In seiner Freizeit las Berti nun viel. Nach den üblichen Bilderbüchern für Kinder und den Märchen der Brüder Grimm und aus „1001 Nacht" erfolgte sein Einstieg in die Welt der Literatur, wie für fast alle Jungen, natürlich über Karl May. Nachdem ihm aber Onkel Wolfgang das Buch „Tecumseh und der Berglöwe" geschenkt hatte, merkte er, dass Winnetou und Old Shatterhand ziemlich unglaubwürdige Phantasiefiguren eines Autors waren, der nicht viel Ahnung hatte von richtigen Indianern.

Fortan las er voll Begeisterung die Romane von Fritz Steuben. Diese Bücher um den Helden Tecumseh waren viel ernsthafter und realistischer als alles, was Karl May geschrieben hatte. In ihnen bekam man einen Eindruck vom Alltag der nordamerikanischen Indianer und davon, wie übel die weißen Siedler mit ihnen umgingen. Da waren auch historische Daten und Quellen genannt. Vom Verlauf der berühmten Schlacht am Little Big Horn, wo die Indianer zum letzten Mal einen großen Sieg über die weißen Soldaten unter General Custer errangen, waren sogar anschauliche Skizzen abgebildet, aus denen man genau ersehen konnte, mit welcher Strategie die Indianer den viel besser ausgestatteten Gegner überlisteten.

James F. Cooper und sein „Lederstrumpf" war auch viel interessanter als die blöden Karl-May-Geschichten. Und bei seinem Opa entdeckte Berti ein tolles Buch über Höhlenmenschen. „Rulaman" hieß es und handelte vom Leben der Wald- und Höhlenbewohner auf der Schwäbischen Alb in der Steinzeit.

Es war ein sehr altes Buch, ungefähr so alt wie der Großvater selbst, und es war eindrucksvoll illustriert. Mit Bildern zu den spannenden Geschichten aus dem Alltag dieser Ureinwohner und ihrer Kämpfe mit Bären, Bisons und anderen wilden Tieren.

Nach diesem Buch faszinierte Berti anschließend die Geschichte von Robinson Crusoe, der sich nach einem Schiffbruch auf eine einsame Karibikinsel rettet, dort ganz allein in einer Höhle lebt, Wild und Fisch jagt, um sich ernähren zu können, sich dann eine Hütte baut und Getreide anpflanzt, und schließlich einen Wilden bei sich aufnimmt, der den Kannibalen entkommen ist.

Natürlich las Berti das Buch als Abenteuerroman und interpretierte es nicht als eine Geschichte, die im Zeitraffertempo die Entwicklung der Menschheit vom einsamen Jäger und Sammler zum ortsansässigen und in sozialer Gemeinschaft lebenden Bauern und Handwerker erzählt. Doch er hatte durchaus das Gefühl, dass das Buch mehr war als eine spannende Erzählung.

Allerdings fand er es ziemlich komisch, dass Robinson seinem neuen Gefährten Freitag nicht nur die englische Sprache beibrachte, sondern ihn auch in die abendländische Kultur und schließlich sogar in die christliche Religion einführte. Das war, fand Berti, nun doch etwas zu viel des Guten. Irgendwann wurde ihm die Geschichte zu penetrant und er stellte das Buch, ohne es zu Ende gelesen zu haben, in das neue Bücherregal, das seit ein paar Wochen das Kinderzimmer vervollständigte.

Später entdeckte Berti dann die Romane von Jack London. Auch da ging es, wie in den meisten seiner Lieblingsbücher, um das schwere aber aufregende Leben von einfachen, bedrohten oder benachteiligten Leuten.

Geschichte wäre gewiss sein Lieblingsfach in der Schule gewesen, wenn es vor allem das reale Leben der Menschen in alten Zeiten anschaulich vermittelt hätte. Doch das spielte im Unterricht leider höchstens eine sehr nebensächliche Rolle, stattdessen ging es vor allem um Schlachten und Kriege, um Kaiser, Könige und Feldherren. Und natürlich um Jahreszahlen. Die waren das Wichtigste, die musste man pauken.

Noch heute, im Alter der Vergesslichkeit, wo er gelegentlich in peinliche Situationen gerät, wenn sich jemand bei einer zufälligen Begegnung nach seinem Befinden erkundigt und er sich hektisch überlegt, wer, verdammt nochmal, denn das ist, wie diese Frau heißt oder woher er bloß diesen Mann kennt, würde er auf die Frage "Wann war die Schlacht von Zama?" wie aus der Pistole antworten: "202!"

Worum es dabei ging und wer da wen schlachtete, weiß er allerdings nicht mehr so genau. Das hat ihn aber auch nie wirklich interessiert. Für Bertis Geschmack ging es in der Schule viel zu viel um die hohe Politik, die Herrscher und ihre Erfolge und Misserfolge. Ihn hätten die einfachen Leute und deren Leben viel mehr interessiert als die Daten von Kaisern, Königen und Schlachten.

Warum wird im Geschichtsunterricht nicht viel mehr vom praktischen Leben, den Gebräuchen und der Not der Menschen in früheren Jahrtausenden und Jahrhunderten erzählt? Warum hält man es offenbar für nicht besonders wichtig, einen Eindruck von deren täglichem Leben mit all seinen Sorgen zu vermitteln?

Dabei gibt es darüber doch haufenweise gute und spannende Bücher und Filme, die man im Unterricht hätte verwenden können. Na ja, Filme damals, zu seiner Schulzeit, vielleicht nicht so viele. Trotzdem.

Bertis Zeugnisse waren immer mittelmäßig, von der ersten bis zur letzten Klasse. Mit seinem langjährigen Banknachbarn Hartmut bildete er ein hervorragendes Team. Sie studierten unter der Schulbank bebilderte Hefte, die darüber aufklärten, „was Jungen und Mädchen wissen müssen". Beim Schummeln in der Klassenarbeit arbeiteten sie perfekt zusammen, der eine beobachtete den Lehrer, während der andere im Minilexikon blätterte. In Mathe und Physik wäre Berti ohne die Hilfe seines Freundes manchmal hoffnungslos verloren gewesen.

Ein paar Pauker sind ihm lebenslänglich im Gedächtnis geblieben. Zum Beispiel der Sportlehrer Förster, der in der Turnhalle als Erstes immer in Linie antreten und anschließend von eins bis vier abzählen ließ. Dann kommandierte er „die Eins", „die Zwei" usw. eine bestimmte Anzahl von Schritten nach vorn und nach hinten, dann zur Seite, bis sie in vier Reihen mit ausreichend Abstand für gymnastische Übungen standen. Förster gab seine Anweisungen in strammem militärischen Ton. Es fiel nicht schwer, sich ihn in Uniform vorzustellen.

Auch Herr Wuttig, Mathelehrer, war alles andere als ein einfühlsamer Pädagoge. Schüler, die eine Frage nicht beantworten konnten, rief er gelegentlich zu sich und führte sie zum Fenster.

„Schau mal da runter, siehst Du die Straßenkehrer? Das wird auch mal Deine Arbeit sein, wenn Du so weitermachst, Du Schwachkopf!"

Aber man lernte was bei ihm, er konnte gut erklären. Im Gegensatz zu seinem Kollegen Depinski, in dessen Matheunterricht Berti nichts kapierte. Das konnte nur an dem liegen, nicht ohne Grund kürzte er seinen Namen selbst mit „Dep" ab.

Wenn Herr Becker, der Biolehrer, seinen öden Vortrag hielt, konnte man Wort für Wort im Biologiebuch von Schmeil mitlesen.

Der Englischlehrer des zweiten Schuljahrs lockerte gelegentlich den Unterricht mit erstaunlichen Zaubertricks auf. Doch nicht nur seine magischen Einlagen waren bemerkenswert, vielmehr erregte Herr Pfeifer vor allem Aufsehen und Befremden, und noch einiges mehr, wenn er vor ihm stehende Schüler am Hosenbund zu sich heran zog und dann seine langen Zauberfinger in deren Hose versenkte.

Einige Schüler gingen sogar zur Nachhilfe zu ihm. Über die häuslichen Pfeiferschen Lektionen kursierten die wildesten Gerüchte. Ein Jahr später gehörte er nicht mehr zum Lehrerkollegium, man munkelte von einem peinlichen Prozess.

Ein cooler Typ war der Chemielehrer, und in den höheren Klassen freute sich Berti immer auf die Englischstunden bei der chicen Frau Kurz. Nicht, dass ihn Shakespeare auf mittelhochenglisch sehr beeindruckt hätte, aber wenn sie sich mit übereinander geschlagenen Beinen aufs Lehrerpult setzte, konnte man weit unter ihren Rock sehen. Bis zu den Strapsen.

Der wichtigste Lehrer für Berti aber war Dr. Malchow, er unterrichtete Deutsch. Kein besonders erfolgreicher Pädagoge, dafür war er viel zu nett. Aber er war der einzige Lehrer, an dessen liebevolle Art Berti sich auch Jahrzehnte später noch gerne erinnerte.

Als Berti mal vierzehn Tage lang krank war, besuchte Dr. Malchow ihn sogar zu Hause. Der Mann beeindruckte ihn aber auch mit seinem Wissen. Leider war es in seinem Unterricht meist viel zu unruhig, er hätte strenger sein müssen. Trotzdem war er es, der Bertis Berufswunsch entscheidend prägte. Schon ein Jahr vor dem Abitur beschloss er, Lehrer zu werden.

Mädchen beschäftigten zwar seine Phantasie, und dies durchaus nicht wenig, doch in der Realität war da nicht viel während seiner Schulzeit. Wegen der gymnasialen Geschlechtertrennung verlor man nach der Grundschule völlig den Kontakt zu ihnen, erst im Konfirmationsunterricht kam man sich zum ersten Mal wieder etwas näher.

Während man früher ganz natürlich und unbefangen miteinander umgegangen war und gemeinsam gespielt hatte, kamen sie Berti nun geheimnisvoll fremd vor. Obwohl vom selben Geburtsjahrgang, wirkten sie doch eindeutig älter. Sie waren erwachsener als die noch ziemlich kindlichen Jungen. Berti fand das sehr irritierend, vor allem jedoch war es ungeheuer aufregend.

Besonders um Susanne, die ziemlich reiche Eltern hatte und in einem vornehmen Haus mit Garten in der Parlerstraße wohnte, kreisten seine Gedanken unaufhörlich. Er kam ihr so nahe, wie noch keinem Mädchen je zuvor.

Er küsste die wundervoll geformten Lippen in ihrem feinen Engelsgesicht, streichelte zärtlich ihre dunklen langen Haare, schmiegte sich voll Hingabe an ihren wunderschönen Körper und genoss die weiche Wärme ihrer Haut.

Es waren herrliche Träume. Im wirklichen Leben aber traute er sich nicht ein einziges Mal, Susanne anzusprechen.

Zwei Jahre später, in der Tanzstunde, wurde es dann realer. Bertis Klasse meldete sich geschlossen bei der bekanntesten Tanzschule der Stadt an. Zunächst mal mussten sie eine Klasse eines Mädchengymnasiums als Partnerinnen für sich gewinnen. Ein paar Spezialisten übernahmen das. Sie präsentierten ihren Mitschülern eine Klasse des Katharinenstifts für den gemeinsamen Tanzkurs.

Berti mühte sich redlich, doch er tat sich schwer. Es ging im Kurs nicht nur um das Tanzen, man bekam auch richtiges Benehmen beigebracht und erfuhr, wie man mit einer jungen Dame formvollendet umgeht. Und später dann, was man zu beachten hat, wenn man sich bei den Eltern seiner „Schlussballdame" vorstellt.

Für Berti waren diese Benimmregeln eher ein Handicap. Er war sowieso ziemlich schüchtern, und die Anstandsregeln machten ihn noch verkrampfter. Fast alle seiner Mitschüler hatten mehr Übung Im Umgang mit Mädchen als er und waren viel lockerer. Kein Wunder, viele waren älter als er, einige „Wiederholer" waren dabei, andere hatten Schwestern und wussten aus dem alltäglichen Umgang mit ihnen, wie Weiber ticken.

Im Tanzkurs standen sich „Damen" und „Herren" in zwei Reihen gegenüber, während das Tanzlehrerpaar in der Mitte des Saals die Schritte erklärte und demonstrierte. Auf ein Zeichen starteten dann die Herren, um eine Dame zum Tanz aufzufordern. Berti war fast immer zu unentschlossen oder schlicht zu langsam, um eines der Mädchen, die ihm gefielen, zu erwischen. Fast jedes Mal irrte er als einer der Letzten umher und musste dann mit einem der übrig gebliebenen Mädchen tanzen.

So war es nicht erstaunlich, dass er den Anschluss verpasste. Denn schon am zweiten und dritten Kurstag bildeten sich die ersten Pärchen, die fortan fast immer zusammen tanzten und von denen einige auch nach Ende des Kurses zusammenblieben und „miteinander gingen". Alle Mädchen, die Berti gefielen, waren bald vergeben.

Nach der wöchentlichen Tanzstunde ging man regelmäßig noch in eine Milchbar. Doch auch bei dieser Gelegenheit gelang es Berti nicht, ein Erfolgserlebnis zu verbuchen und die besondere Aufmerksamkeit eines Mädchens zu erringen. Nie konnte er den Gesprächen eine neue Wendung geben, nur sehr selten brachte er eine witzige Bemerkung unter, meistens konnte er nur beipflichten und mitlachen. Er war auch hier das fünfte Rad am Wagen.

Am vorletzten Abend des Kurses wurde endgültig festgelegt, wer mit wem ein Paar für den Schlussball bildete. Bertis Dame war eine der „Übriggebliebenen", keine, die er gesucht hatte. Sie sah das umgekehrt vermutlich genauso.

Gisela war ähnlich gehemmt wie er. Er wusste meistens nicht, was er mit ihr reden sollte, und auch beim Tanzen waren sie ein ziemlich unbeholfenes Gespann. Er versuchte krampfhaft, die vorgeschriebenen Schritte im richtigen Takt auszuführen, sie ließ sich in stocksteifer Haltung und mit unbewegtem Gesicht übers Parkett schieben.

Der Ball war für Berti einerseits eine Erlösung, andererseits der negative Höhepunkt des Tanzkurses. Eine halbe Stunde vor Beginn der Veranstaltung musste er, ein Blumensträußchen in der Hand, Gisela, die nicht weit entfernt von ihm in der Forststraße wohnte, abholen. Die Eltern des Mädchens empfingen ihn freundlich und überließen ihm mit gönnerhaftem Lächeln für diesen Abend ihre Tochter. Berti fühlte sich höchst unwohl.

Das Ereignis fand im großen Saal des Restaurants bei der Liederhalle statt, die Eltern der Schülerinnen und Schüler waren als Gäste bei der ersten gesellschaftlichen Bewährungsprobe ihrer Kinder zugegen. Die waren kostümiert wie Brautpaare, dunkle Anzüge und weiße Kleider. Man saß an fein gedeckten Tischen, versuchte sich in gepflegter Konversation und legte die mühsam erlernten Standardtänze aufs Parkett.

Zum Programm gehörte es auch, dass jeder der jungen Herren mindestens einmal die Mutter seiner Dame auffordern musste. Berti wählte dazu einen Foxtrott, und siehe da, mit Giselas Mama konnte er viel besser tanzen als mit ihrer Tochter.

Die freundliche Frau war nicht so steif wie Gisela, sie bewegte sich locker und mit Gefühl für die Musik. Bloß die Sache mit der „Führung" war dabei ein kleines Problem. Der Tanzlehrer hatte ihnen ständig eingeschärft, der Mann müsse führen, doch dafür fühlte sich Berti

Giselas Mama gegenüber nicht berechtigt. Ach, war das Leben kompliziert!

Selbstverständlich bat auch Bertis Papa Gisela zum Tanz und hatte sichtlich Spaß mit ihr beim Wiener Walzer. Gerade der aber war für Berti gar nicht lustig, er schaffte einfach keine schwungvolle Drehung, nicht mal rechtsrum, und linksrum gleich gar nicht.

Berti war froh, als er alles hinter sich hatte, immerhin hatte er das Tanzprogramm wenigstens einigermaßen hingekriegt. Doch der Heimweg vom Ball war noch eine letzte Tortur.

Seine und Giselas Eltern, die halb belustigt, halb stolz den ersten gesellschaftlichen Auftritt ihrer Kinder miterlebt hatten, traten den Weg nach Hause mit ihnen zusammen an. Während die Erwachsenen angeregt miteinander plauderten, gingen das Mädchen und er wortlos und hölzern einige Schritte voraus. Es war furchtbar, an etwas Peinlicheres in seinem bisherigen Leben konnte sich Berti nicht erinnern.

"Warst Du eigentlich beim BDM?"

Marianne ist überrascht von der Frage ihres Sohnes.

"Wie kommst Du denn darauf?"

"Das war heute Thema in der Schule. Warst Du oder warst Du nicht?"

Bertis Ton gefällt ihr nicht.

"Ich war schon zu alt dafür, als der BDM eingeführt wurde."

"Aber wärest Du gern hingegangen?"

"Was weiß ich. Aber das ist auch egal, man musste da hingehen."

Berti schaut seine Mutter auf eine Weise an, die sie nicht von ihm kennt. Ein wenig spöttisch, fast verächtlich.

Sie wird zornig, das steht dem Bengel nicht zu. Diese Jugend von heute hat leicht reden, die haben doch keine Ahnung, wie das damals war! Hinterher kluge Sprüche machen, das kann jeder.

"Ja, ich glaube, ich wäre gern hingegangen!", sagt sie. "Warum denn auch nicht? Deine Tante Anni war beim BDM und hat davon oft begeistert erzählt. Die sind gewandert, haben deutsche Volkslieder gesungen, Sport getrieben. Und sie haben viel gelernt, zum Beispiel, was eine Frau im Haushalt können muss. Ich weiß nicht, was daran schlecht gewesen sein soll. Und ich finde, den heutigen Mädchen würde das auch ganz gut tun."

Nein, Marianne sieht das gar nicht ein, dass sie sich verleugnen soll. Die meisten Leute ihres Alters tun ja heute so, als wären sie damals gar nicht dabei gewesen. Von allem, was im Dritten Reich geschah, wollen sie nichts bemerkt haben, und selbstverständlich war keiner von denen in der Partei.

Diese Heuchelei macht Marianne nicht mit.

Ja, sie war Mitglied der NSDAP. Jeder in der Firma war das. Und sie war begeistert von der neuen Stimmung im Land, jawohl. Endlich ging es wieder aufwärts. Es wurde viel gebaut, nicht nur Autobahnen, es gab wieder Arbeit, und auch das Ausland hatte auf einmal wieder Respekt vor den Deutschen.

Mit "Kraft durch Freude" war sie in Norwegen, wunderschön war das, die erste und einzige Schiffsreise ihres Lebens. Da hat sie übrigens Paul kennen gelernt. Und mit ihm war sie dann 1936 bei den Olympischen Spielen in Berlin. Das war großartig, ein unvergessliches Erlebnis war das.

"Es ist mir egal, was Euer Lehrer Euch erzählt", sagt sie energisch, "aber es war nicht alles schlecht im Dritten Reich! Und Ihr hättet, wenn Ihr damals gelebt hättet, auch mitgemacht."

Paul Waldner ist es ganz recht, dass der ältere seiner beiden Söhne nach dem Abitur den elterlichen Haushalt verlässt. Es wird Robert sicher gut tun, wenn er in einer fremden Stadt auf sich selbst gestellt ist, sich selbst organisieren und versorgen muss.

Marianne allerdings ist traurig, dass ihr Berti in München studieren will. Ihr wäre es lieber gewesen, wenn er, wie sein Freund Hartmut, an der Technischen Hochschule in Stuttgart ein Ingenieursstudium beginnen würde.

Immerhin, der jüngere ihrer Söhne bleibt ja seiner Mama noch eine Weile erhalten. Manni wird einen praktischen Beruf ergreifen und nächstes Jahr, nach der Mittleren Reife, mit einer Lehre beginnen.

Robert will "Höheres Lehramt" studieren, mit Hauptfach Deutsch und als Zweitfach Geografie. Er interessiert sich vor allem für Literatur und Theater. Paul kann das nicht recht nachvollziehen, er hätte es besser gefunden, wenn Robert Betriebs- oder Volkswirtschaft studieren würde. Aber er will unbedingt Lehrer werden, dann soll er halt. Wichtig ist nur, dass der Junge auch wirklich studiert, anständig und zügig.

Man hört und liest ja hin und wieder von Studenten, die mehr feiern, saufen und anderen Unfug machen als zu studieren. So was will Paul auf keinen Fall mit einer monatlichen Überweisung unterstützen. Robert soll sich ein kleines Zimmer als Untermieter suchen, da ist er weniger abgelenkt, als wenn er im Studentenwohnheim wohnt.

Sehr wohnlich ist das Zimmer nicht. Es ist karg möbliert, einfaches Bett, Kleiderschrank, kleiner Schreibtisch und zwei Stühle, ein Regal mit einer elektrischen Kochplatte drauf, das ist alles. Aber mehr braucht es auch nicht. Viel wichtiger ist Robert das aufregende Leben in der fremden Stadt und in der Uni.

Er hat ein paar Wochen gebraucht, um sich einzugewöhnen, inzwischen findet er sich im Vorlesungs- und Seminarbetrieb gut zurecht. Auch die Alltagsprobleme hat er jetzt im Griff und genießt die neue Selbständigkeit des Studentenlebens.

Es ist Ende November und ungemütlich kalt geworden. Wenn er, meistens gegen 14 Uhr, aus der letzten Vorlesung heim kommt, muss er erst mal einheizen. Frau Oberdorfer, seine Vermieterin, hat die zwei Briketts für den Tag neben den kleinen Kanonenofen gelegt, der in der Ecke rechts neben der Tür seines Zimmers steht. Mit ein paar Holzspänen, ein bisschen Zeitungspapier und einem Brikett feuert er das Öfchen an. Das Zimmer wird schnell wohlig warm. In ungefähr drei Stunden wird nur noch ein wenig Glut vorhanden sein, dann wickelt Robert das zweite Brikett in Zeitungspapier und legt es auf die Restglut. So lässt sich eine angenehme Temperatur halten, bis er ins Bett geht.

Nach einer kleinen Ruhepause auf dem Bett setzt er sich an den Schreibtisch und vertieft sich in seine Skripten. Es ist ganz schön viel Material, das er da durcharbeiten muss, aber es handelt von Themen, die das Studienfach seiner Wahl betreffen, und deshalb macht die Arbeit viel mehr Spaß als das Lernen in der Schule.

Was unerwartet kompliziert ist im Studentenleben, das sind die ganz alltäglichen Dinge. Die tägliche Toilette, das Essen, das ist alles plötzlich gar nicht mehr so selbstverständlich und problemlos wie daheim.

Morgens und abends kann er sich am Waschbecken in Frau Oberdorfers Bad waschen. Die Badewanne darf er nicht benützen. Will er auch nicht, wirklich nicht. Es ist ihm ohnehin ein bisschen unangenehm, so eng mit dieser alten Frau zusammen zu wohnen.

Einmal in der Woche, meistens am Mittwochnachmittag, geht er in das nur etwa 10 Minuten entfernte Städtische Nordbad. Im Hallenbad schwimmt er ein paar Bahnen, hauptsächlich aber geht er dort hin, um sich mal gründlich zu duschen und die Haare zu waschen.

Das Essen in der Mensa ist ordentlich, natürlich nicht so gut wie daheim bei seiner Mama, aber kein Grund zum Meckern. Heute gab es wieder gebackenes Fischfilet mit Kartoffelsalat.

Manchmal, wenn sie am nächsten Tag etwas kochen will, was sich für eine Person nicht lohnt, fragt ihn Frau Oberdorfer am Abend, ob er morgen mit ihr zu Mittag essen wolle. Für 2,50 Mark kriegt er dann ein hausgemachtes bayerisches Gericht, das ihm meistens sehr gut schmeckt. Vor drei Tagen hat sie ihm Krautwickel serviert, mit Kartoffelpüree, das war richtig lecker.

Am Abend isst er meistens kalt, Brot mit Wurst und Käse, manchmal gönnt er sich einen "Budapester Salat", dazu ein Fläschchen Bier. Zweimal hat er schon seine Wirtin gefragt, ob er in ihrem Backofen "Toast Hawaii" machen dürfe und sie hat's erlaubt. Seine ersten Erfolgserlebnisse als Koch!

Der kulinarische Höhepunkt der Woche aber ist der Freitagabend. Wenn er nicht grade nach Hause fährt, geht er da mit seinen Studienfreunden Sepp und Karlheinz in den „Wienerwald". Ein halbes Hendl mit Pommes frites und Salat, dazu ein Viertel Rotwein, vielleicht auch zwei. Morgen ist es wieder soweit, er freut sich schon jetzt drauf.

Alles in allem ist Robert mit dem Studentenleben sehr zufrieden. Noch nie war er so frei und unabhängig. Sein Vater überweist monatlich 250 Mark auf sein Konto bei der Stadtsparkasse München. Das möblierte Zimmer in der Herzogstraße kostet 90 Mark, mit dem restlichen Geld kommt Robert bis zum Monatsende gut aus.

Eine Bedingung hat sein Papa gestellt. Er will nicht, dass Robert mit anderen Studenten zusammen wohnt, da käme nichts Gutes raus. Mit der Oberdorfer hat er vereinbart, dass sie ihn anruft, wenn es irgendein Problem mit seinem Sohn geben sollte.

Einmal, im dritten Semester, gab es ein solches. Robert hatte eine schwere Halsentzündung, der Doktor diagnostizierte Pfeiffersches Drüsenfieber und Robert kam für zwei Wochen in ein Sechsbettenzimmer im Schwabinger Krankenhaus. Als er seinen Eltern erzählte, dass die Oberdorfer ihn dort sogar einmal besucht hat, waren sie endgültig davon überzeugt, dass ihr Sohn bei dieser Vermieterin gut aufgehoben ist.

Robert würde allerdings schon lieber ohne diese Obhut wohnen, denn seine Wirtin achtet streng darauf, dass er nach 22 Uhr keinen Damenbesuch hat. Das kommt nicht oft vor, doch die wenigen Male, als bisher ein Mädchen bei ihm war, bedeutete es immer das vorzeitige Ende einer möglicherweise vielversprechenden Situation.

Wie zum Beispiel bei der Geschichte mit Heidi. Die hübsche Kommilitonin kam zu ihm, weil sie sich auf ein gemeinsames Referat vorbereiten mussten. „Soziale Themen in der deutschen Literatur des 19. Jahrhunderts."

Sie hatten drei Stunden sehr produktiv gearbeitet und sich dabei prächtig ergänzt. Als sie mit dem Pensum des Tages fertig waren, besprachen sie noch, wie es weitergehen sollte und plauderten ein bisschen über dies und jenes.

Die Stimmung war so gut, dass Roberts leise Hoffnung sich erfüllte und Heidi keine Anstalten machte, sich nach getaner Arbeit zu verabschieden. Er zündete eine Kerze an, öffnete die Flasche Rotwein, die er vorsorglich gekauft hatte und servierte dazu leckere Kekse. Sie machten es sich auf dem Bett gemütlich.

Berti hatte nicht wirklich damit gerechnet, dass Heidi auf seine vorsichtigen Annäherungsversuche eingehen würde, denn sie galt als sehr wohlerzogene Tochter aus vornehmem Hause und wirkte eher kühl als kess. Doch sie konnte auch ganz anders!

Zu Bertis Überraschung entpuppte sie sich als absolut nicht zurückhaltend oder gar schüchtern. Ganz im Gegenteil! Sie hatte ihm offenbar einiges an Erfahrung voraus.

Alles lief hervorragend. Sie waren längst über die zärtlichen Küsse hinaus und schmusten intensiv, da klopfte plötzlich die Oberdorfer heftig an die Zimmertür und verkündete vom Flur aus laut:

„Herr Waldner, es ist 10 Uhr!"

Seine wollüstige Hochstimmung hätte dieser Zeitansage standgehalten, doch auf Heidi wirkte die unerwartete Einmischung von außen wie eine kalte Dusche. Sie erschrak so heftig, dass ihre herrliche Erregung kurz vor ihrem Höhepunkt abrupt zusammenbrach.

Nach dieser Pleite hatte Heidi jede Lust auf eine weitere erotische Erkundungsreise mit Robert verloren. Und das leider nicht nur für diesen Abend, sondern ein für alle Mal.

Das Teamwork mit der attraktiven Blondine beschränkte sich bei ihrem zweiten Treffen ausschließlich auf die sozialen Literaturthemen und war danach beendet.

In der Tat, ein möbliertes Zimmer in der Wohnung einer spießigen alten Dame ist manchmal ein echtes Handicap. Selbst im angeblich wilden Schwabing kann man unter solchen Umständen nicht so ohne weiteres zur Sache kommen mit einem Schätzchen.

Auch sonst ist es nicht immer ganz einfach mit seiner Wirtin. Sie muss, das betont sie immer wieder, sehr sparsam leben. Zum Beispiel, wenn sie meint, er schalte das Licht zu früh ein. Aber einen Fernsehapparat hat sie erstaunlicherweise trotzdem. Robert kennt nicht viele Leute, die so ein Gerät besitzen, auch seine Eltern haben keinen Fernseher. Der von der Oberdorfer ist häufig schon am Nachmittag eingeschaltet. Als ob das keinen Strom bräuchte.

Robert gönnt der alten Dame ja ihre Freude. Sein Problem ist nur, dass er sich, wenn er am Schreibtisch über einem Skriptum oder Buch sitzt und gleichzeitig der Fernseher läuft, Watte in die Ohren stopfen muss, denn sein Zimmer liegt direkt neben dem Wohnzimmer der Oberdorfer. Und die ist anscheinend ein bisschen schwerhörig, ihr Fernseher läuft jedenfalls mit voller Lautstärke.

Er geht deshalb oft in die Uni-Bibliothek in der Königinstraße oder in die Bayerische Staatsbibliothek in der Ludwigstraße. Dort kann man ungestört und konzentriert arbeiten. Abgesehen davon, Robert findet es toll, sich so ganz selbstverständlich, als ob man dazugehörte, in diesen Ehrfurcht gebietenden Räumen aufzuhalten. Das verleiht ein richtiges Hochgefühl.

Wenn er sich in ein Thema vertiefen kann, am liebsten ganz alleine, macht ihm das Studium richtig Spaß. Mit den Vorlesungen einiger Professoren dagegen hat er manchmal Probleme. Wenn die ihren Vortrag eintönig herunterleiern, verliert er leicht den Faden und ertappt sich dann sehr oft dabei, dass seine Gedanken abgeschweift sind.

Seminare findet er, abgesehen von wenigen Ausnahmen, viel interessanter als Vorlesungen. Da hört man nicht nur zu, sondern kann - beziehungsweise muss sogar - eigene Beiträge bringen, man wird gefragt, kann selbst Fragen stellen und seine Ideen einbringen.

Viele Kommilitonen mögen das gar nicht, es ist ihnen zu anstrengend und gefährlich, sie haben Angst, sich zu blamieren. Ihm gefällt das, er will nicht nur zuhören, er will mitreden.

Nach einiger Zeit geht er nur noch zu den Vorlesungen ganz bestimmter Professoren, die ihn durch ihre lebendige und anschauliche Vortragsweise faszinieren. Robert wundert sich über diejenigen seiner Kommilitonen, die pflichtbewusst keine Vorlesung versäumen, zu der sie sich eingeschrieben haben. Das ist doch nur Passivstudium, findet er, da kann ja nur ein Wiederkäuen herauskommen.

Nach seinem Verständnis muss Studieren ein aktiver Vorgang sein: sich etwas selbst erarbeiten, ein Thema gründlich durchdenken und mit Hilfe der Literatur erforschen.

Natürlich muss man gelegentlich auch ein wenig entspannen. Nach all der hehren Literatur, mit der er im Studium ständig beschäftigt ist, geht Robert zum Ausgleich öfter mal ins Kino. Besonders gerne sieht er sich klassische Western an, in ihnen geht's um das Elementare, um den Kampf zwischen Gut und Böse.

Aber auch andere Filme verschmäht er nicht. Auf den ersten Bond-Film hat Ronny ihn aufmerksam gemacht. Eine ganz neue Art von Film sei das, sehr unterhaltsam. Recht hat er, „Dr. No" gefiel auch ihm, vor allem Sean Connery als James Bond. Und natürlich die atemberaubende Ursula Andress, als sie im Bikini aus dem Wasser steigt.

Jetzt sitzt er mal wieder im Leopold-Kino. Der neue Bond-Film, „Liebesgrüße aus Moskau". Vierte Reihe wie immer, das ist die letzte der billigsten Preisklasse. In den ersten zwei Reihen kann man nicht sitzen, da kriegt man Genickstarre vom dauernden Nach-oben-schauen und hat nie die ganze Leinwand im Blick, was am Rand des Bildes passiert nimmt man gar nicht wahr.

Rechts neben ihm sitzt eine junge Frau, anscheinend auch ohne Begleitung. Robert beachtet sie nicht weiter, der Film ist interessant genug. Bond liefert sich gerade im Orient-Express einen spannenden und brutalen Kampf mit einem russischen Agenten, da spürt Robert plötzlich, wie die Hände seiner Nachbarin seinen rechten Oberarm umfassen.

Überrascht und irritiert blickt Robert zu ihr hinüber, doch sie schaut ihn nicht an. Sie ist voll auf die Leinwand konzentriert, lebt das Duell der Spione regelrecht mit. Die Frau lässt seinen Arm gar nicht mehr los, sie umklammert ihn regelrecht, während sie vor Aufregung zuckt und zittert. Sie sucht anscheinend Halt bei ihm. Robert fühlt sich geschmeichelt. Soll er sie auch anfassen? Er traut sich nicht.

Erst als Bond, nach Einsatz seiner kompletten Spezialausrüstung aus dem Agentenkoffer, den tödlichen Kampf siegreich beendet hat, löst die Frau ihre Umklammerung und drückt, wie um sich zu bedanken, kurz Roberts Handrücken.

Der ist ganz verwirrt von der Selbstverständlichkeit, mit der seine Nachbarin ihn, einen ihr doch völlig fremden Mann, angefasst hat. Spontan und hemmungslos wie ein Kind. Und wie intensiv sie die Filmhandlung mitgeht! Doch das ist kein Kind, neben ihm sitzt eine erwachsene Frau.

Aber was für eine?! Nachher, wenn der Film zu Ende ist, will er das genauer erkunden. Und wer weiß, vielleicht könnte die Geschichte mit ihr dann ja weitergehen. Vielmehr erst richtig beginnen. Das ist ja spannender als der ganze Film!

Um ihr schon mal zu zeigen, dass er nichts gegen Tuchfühlung mit ihr hat, neigt er sich nun oft zu ihr und berührt gelegentlich wie zufällig ihren Arm und ihre Hand. Doch sie reagiert nicht, James Bond nimmt weiterhin ihre volle Aufmerksamkeit in Anspruch. Robert schielt auch manchmal zu ihr hinüber, um festzustellen, wie sie eigentlich aussieht, aber in der Dunkelheit des Kinosaals ist nicht viel zu erkennen.

Noch während der Nachspann läuft, steht seine geheimnisvolle Nachbarin auf, wendet ihm den Rücken zu und strebt zum Ausgang. Robert folgt ihr, er muss aufpassen, dass er sie im Gedränge nicht verliert. Im Foyer gelingt es ihm endlich sie anzusprechen. Erst als er sie fragt, ob sie nach dieser großen Aufregung noch etwas mit ihm trinken wolle, sieht er genauer, was für eine Frau da seine Phantasie angeregt hat.

Mit James Bonds Gespielinnen hat sie nur das ungefähre Alter gemeinsam. Sie ist schätzungsweise Ende 20, also eigentlich viel zu alt für ihn, einen halben Kopf kleiner als er, schlank, hat dunkelblondes, halblanges Haar, auf der rechten Wange eine große Narbe.

Robert ist ein wenig enttäuscht. Sie ist keine Daniela Bianchi, wirklich nicht, schon gar keine Ursula Andress.

Doch er ist, so realistisch muss man schon sein, schließlich auch nicht Sean Connery. Immerhin, sie sieht ihn aus sehr lebendigen, neugierigen Augen an, fast ein wenig herausfordernd.

Sie einigen sich auf ein Eis. Robert kennt sich gut aus beim einschlägigen Schwabinger Angebot. Das „Venezia" hat das eindeutig beste Schokolade-Eis. Anse, den Namen hat er nie zuvor gehört, isst jedoch lieber Erdbeere und Vanille. Mit ihren Waffeltüten bummeln sie gemütlich über die Leopoldstraße. Bei „Gino", der das beste Zitronen-Eis macht, holen sie Nachschlag.

Sie wohnt gar nicht weit entfernt von ihm und nimmt ihn ohne Umstände mit in die kleine Erdgeschosswohnung, die sie, wie sie sagt, sich mit einem anderen Mädchen teilt. Aber die sei zur Zeit nicht da.

Ob er ein bisschen mit ihr schmusen wolle? Sprachlos über ihre direkte Frage nickt Robert mit dem Kopf.

„Aber nur streicheln" ist ihre Bedingung.

Sie kuscheln nackt unter ihre Decke, Robert streichelt sie ausführlich und überall, sie räkelt sich genussvoll. Er streichelt sie vermutlich fast eine Stunde lang, bis er merkt, dass sie eingeschlafen ist. Vorsichtig schleicht er sich aus dem Bett, schlüpft in seine Kleider und verlässt leise die Wohnung.

Auf dem Heimweg hat er das Gefühl, irgend etwas sei da nicht ideal gelaufen. Die Frau hat sich von ihm verwöhnen lassen, doch sie selbst hat ihn nicht angefasst, sie lag nur passiv da. Ist das normal? Hat er etwas falsch gemacht? Ist sie vielleicht vor Langeweile eingeschlafen? Er denkt an James Bond und kommt zu dem Ergebnis, er habe eine ziemlich lächerliche Figur abgegeben.

Eine Woche später ist er wieder im Kino. „Der Mann, der Liberty Valance erschoss", ein Western ganz nach seinem Geschmack. Robert ist begeistert von der tollen Geschichte und den großartigen Schauspielern. Breitbeinig wie John Wayne bewegt er sich nach dem Abspann zum Ausgang des Kinosaals.

Als er ins Foyer tritt, erblickt er, einige Meter entfernt, Anse in einer kleinen Gruppe von Leuten. Er bleibt stehen, da sieht auch sie ihn. Sie lächelt ihn an und wendet sich dann wieder dem Mann zu, mit dem sie gerade gesprochen hat. Der schaut zu ihm herüber, sagt etwas zu Anse, sie lachen.

Roberts freudig aufgeregtes Herzklopfen wandelt sich in ein Gefühl aus Wut und Erniedrigung. Er ist sicher, dass die sich über ihn lustig machen. So ungefähr muss sich James Stewart als Aushilfskellner gefühlt haben, nachdem ihm Lee Marvin ein Bein gestellt hat, so dass er mit beladenem Tablett auf den Fußboden stürzte.

Er wäre jetzt gerne, furchterregend wie John Wayne, auf die Gruppe zugegangen. Doch was soll er sagen?

„Das ist mein Steak, Valance!"

Hat Wayne als Tom Doniphon im Film gesagt. Passt fast, aber nicht ganz. Ein kleines bisschen abwandeln müsste er den Text schon. Und er ist auch nicht so breit und stark wie John Wayne.

Während er noch unsicher zögert und überlegt, was er tun soll, verabschiedet sich Anse in der Gruppe, gibt dem blöden Arschloch, das über ihn gelacht hat, einen Kuss auf die Wange, um dann freundlich lächelnd auf ihn zuzusteuern und ihn unterzuhaken.

„Gehen wir ein Eis essen?"

Auch sie ist begeistert von dem Film. Sie findet, John Wayne sei ein toller Kerl, aber auch James Stewart scheint ihr gefallen zu haben. Robert ist erleichtert, denn dem gutherzigen Anwalt, den Stewart dargestellt hat, ist er deutlich ähnlicher als dem derben Wayne. Auch wenn er nicht so groß ist wie James Stewart und auch nicht dessen blaue Augen hat - aber das hat man in diesem Schwarz-weiß-Film ohnehin nicht gesehen.

Ganz selbstverständlich kommen sie schließlich wieder in ihrer Wohnung an. Und dieses Mal geht es nicht nur ums Streicheln, heute kommen sie richtig zur Sache.

In dieser Nacht hat Robert auf dem Nachhauseweg ein unvergleichlich besseres Gefühl als beim letzten Mal. Heute hat er offenbar alles richtig gemacht.

Sie treffen sich nun oft, ein oder zwei mal in der Woche landet er in Anses Bett. Man kann mit ihr nicht über anspruchsvolle Dinge reden, ihre Qualitäten liegen auf ganz anderem Gebiet. Mit Anse erlebt Robert Sachen, wie er sie sich bisher nicht einmal in seinen heimlichsten Phantasien vorstellen konnte.

Sie führt ihn mit mal zärtlich sanften, mal hemmungslos wilden und herrlich schamlosen Spielen ein in die aufregende Welt der Erotik. Anse verwöhnt ihn und bringt ihm bei, wie er sie verwöhnen kann. Robert lernt schnell und begierig.

Eines Nachmittags, Robert rüstet sich grade zum Aufbruch, klopft die Oberdorfer an seiner Tür.

„Besuch für Sie!", sagt sie in ziemlich unfreundlichem Ton und mit befremdetem Gesicht. Hinter ihr steht, verschmitzt lächelnd, Anse. Hastig bittet Robert sie ins Zimmer. Sie sei zufällig grade durch die Herzogstraße gekommen...

Ihr unvorhergesehener Besuch ist Robert sehr unangenehm. Er weiß nicht, was ihm peinlicher ist, sein mickriges Zimmer vor Anse, oder ihr Besuch vor Frau Oberdorfer.

„Komm, lass uns rausgehen", drängt er.

Am nächsten Tag schaut ihn die Oberdorfer stirnrunzelnd an und sagt, es gehe sie ja nichts an, aber diese Frau sei doch „nix for Eana". Robert versucht locker zu wirken und erklärt in bemüht heiterem Ton, das sei nur eine „Bekannte". Trotz der Peinlichkeit der Situation ist er fast ein bisschen gerührt ob der Fürsorglichkeit seiner Wirtin.

Man könnte fast meinen, die Oberdorfer mache sich Sorgen um ihn. Es klang fast so, als wisse oder ahne sie mehr als Robert recht ist. Hoffentlich kommt sie nicht auf die Idee, seinem Vater etwas zu berichten über die zweifelhaften Abenteuer seines Sohnes.

Die Oberdorfer hat ja recht. Natürlich ist Anse „nichts für ihn". Jedenfalls nicht in dem Sinne, wie das seine Vermieterin meint. Aber sie wollen schließlich nicht heiraten. Mit Liebe hat das sowieso nichts zu tun, er ist überhaupt nicht verliebt, nein, nicht ein bisschen. Und Anse schon gleich gar nicht.

Sie haben einfach viel herrlichen Spaß miteinander. Es ist eine Sache, die niemand anderes wissen soll. Nicht mal seinen Kumpeln gegenüber prahlt er mit seinen scharfen Erlebnissen, auch nicht nach dem dritten Bier. Obwohl die bestimmt neidisch wären.

Für Anse ist das alles vermutlich nichts Besonderes. Für ihn aber ist es ungeheuer spannend und aufregend, jedes Mal aufs Neue. Die passive Rolle mag er am liebsten. Er lässt sich gern von ihr streicheln und, fast noch lieber, gern auch mal versohlen. Ihr völlig ausgeliefert zu sein, das gefällt ihm am besten.

Acht Wochen dauert das hochinteressante und äußerst befriedigende Seminar „Sex für Anfänger und Fortgeschrittene". Dann erklärt Anse ihm an einem Sonntagabend, sie könnten sich nun nicht mehr treffen, weil Günter wieder komme.

„Welcher Günter?"

„Mein Macker. Dem gehört die Wohnung."

„Und wo kommt der jetzt so plötzlich her?"

„Aus Stadelheim, er wird am Dienstag aus der Haft entlassen. War schön mit Dir, Robbi. Mach's gut."

Einerseits ist Robert über das plötzliche Ende dieser heißen Wochen enttäuscht, andererseits ist er auch fast ein wenig erleichtert darüber. Die Episode, die ja tatsächlich kein Dauerzustand sein konnte, ist beendet, und er hat gar nichts dafür tun müssen. Das kann man auch als elegante Lösung betrachten. Das Kapitel „Anse" wird in seiner Schublade der geheimen Erinnerungen abgelegt.

Jetzt muss er sich wieder auf sein Studium konzentrieren. Er ist nun schon im sechsten Semester, es ist bisher gut vorangegangen und er überlegt sich, welches Thema er für seine Diplomarbeit wählen soll.

Es soll möglichst wenig mit der Geschichte der Pädagogik zu tun haben, die spielt für seinen Geschmack in den Vorlesungen, Seminaren und Klausuren eine viel zu große Rolle.

Ihm wäre es viel lieber, man würde dem praktischen Unterricht im Studium mehr Gewicht beimessen. Wenn man die langweiligen Vorlesungen vieler Professoren bedenkt, ist ihr Desinteresse an diesem Thema allerdings nicht sehr erstaunlich. Die haben ja selbst keine Ahnung davon, wie man eine Lektion interessant gestalten kann.

Robert findet es auch höchst verwunderlich, dass die Lehramts-Studenten während des gesamten Studiums keine Gelegenheit bekommen, eine Unterrichtsstunde zu geben und zu testen, ob sie für den Beruf des Lehrers überhaupt geeignet sind und ob ihnen das Unterrichten Spaß macht.

Wenn man erst nach dem Studium, während der Referendarzeit, erstmals tatsächlich vor Schülern steht, ist es doch viel zu spät, um das Berufsziel eventuell korrigieren zu können. Kein Wunder, findet Berti, wenn es viele frustrierte Lehrer gibt, die mit ihrem Job und den Schülern nicht zurecht kommen. Dass ihm selbst dies passieren könnte, hält er allerdings für absolut unwahrscheinlich.

Seine Diplomarbeit, beschließt er, soll sich vor allem mit der praktischen Erziehungsarbeit beschäftigen, zum Beispiel mit psychologischen Problemen des Schüler-Lehrer-Verhältnisses. Nähe und Distanz, autoritär oder partnerschaftlich, das wären doch spannende Fragen.

Auf jeden Fall muss er zunächst mal viel lesen. Denn natürlich ist auch hier als Grundlage viel Theorie gefragt. Und dann muss er nach Literatur suchen, die von praktischen Erfahrungen aus dem Lehreralltag handelt.

Viel Arbeit wird das, aber spannend, Robert freut sich darauf.

Es ist ein warmer Sommer, Semesterferien. Robert ist in München geblieben, um an seiner Diplomarbeit zu arbeiten. Zur Entspannung setzt er sich bei schönem Wetter hin und wieder gern im Englischen Garten mit einem Fachbuch auf eine Bank. Ob er es in seinem kleinen Kämmerchen oder in diesem herrlichen Park liest, ist schließlich egal. Und hier kann man nebenbei hübsche Mädchen besichtigen, an heißen Tagen sonnen die sich pudelnackt auf den Wiesen.

Manchmal, wenn das Wetter nicht für solche Freuden taugt, bummelt Robert auch mal durch die Stadt. So ist er eines Tages im Kaufhaus Oberpollinger unterwegs.

In der Fotoabteilung ist ihm die gutaussehende junge Frau schon aufgefallen. Sie hielt ein Päckchen Filme in der Hand, wandte sich um und ging weiter, ohne zu bezahlen. Ob sie es vergessen hat? Er ist ganz sicher, dass sie die Filme nicht auf den Tisch zurückgelegt hat. Aber so eine Klassefrau klaut doch nicht ein paar billige Filme! Das will er jetzt genau wissen.

Robert folgt ihr unauffällig. In der Parfümerieabteilung steht er vor den Rasierwassern und beobachtet sie aus den Augenwinkeln. Auf ihrem geflochtenen Korb liegt ein buntes Seidentuch, so dass man seinen Inhalt nicht erkennen kann. Ihre rechte Hand, in der sie ein Parfümfläschchen hält, bewegt sich über den Korb, den sie mit angewinkeltem linken Arm vor dem Körper trägt. Sie blickt kurz nach beiden Seiten, lässt das

Fläschchen in den Korb fallen. Ganz cool und lässig hat sie das gemacht, aber er hat es genau gesehen. Das ist ein Hammer, die macht das ja geradezu professionell!

Beim Weitergehen wendet sie das Seidentuch in ihrem Korb. Er folgt ihr mit Abstand. Bei den Schreibutensilien wählt sie einige Stifte und einen Schreibblock aus, bezahlt alles brav an der Abteilungskasse und legt die Waren in ihren Korb.

Das Kaufhaus ist um diese späte Nachmittagsstunde sehr gut besucht. Er muss aufpassen, dass er sie nicht verliert, andererseits wird er ihr unter so vielen Leuten kaum auffallen.

Jetzt ist sie in der Schmuckabteilung angekommen und lässt sich dort einiges vorlegen. Er stellt sich hinter einen gläsernen Schrank mit Uhren. Durch den Schrank hindurch kann er sehen, was auf dem Verkaufstresen abläuft und ist seinerseits gut getarnt.

Die junge Dame scheint unschlüssig. Die Verkäuferin nimmt weitere Ketten aus ihrer Schublade und breitet sie auf der Glasvitrine aus. Als eine andere Kundin etwas fragt, wendet sie sich dieser zu. Er kann nicht genau erkennen, wie viele Stücke nun auf dem Tisch liegen. Doch dann sieht er, wie das Mädchen den Kopf schüttelt und der Verkäuferin, die mit der andern Kundin spricht, die Ketten zurückschiebt und sich mit einem bedauernden Schulterzucken verabschiedet. Beim Weitergehen greift sie in ihre Jackentasche.

Robert ist überzeugt davon, dass sie ein Schmuckstück eingesteckt hat. Unglaublich, das scheint ja wirklich eine ganz abgebrühte Kriminelle zu sein!

Sie ist groß und schlank, trägt einen weiten, hellen Rock unter einer lässig-eleganten, hellblauen Jacke. Auf der Rolltreppe fährt sie jetzt nach oben, zur Damenbekleidung. Die wenigen Männer, die er hier sieht, begleiten ihre Frauen.

Ohne Eile bummelt das Luder durch die Kleiderständer. Ladendiebin oder nicht - sie gefällt ihm! Die würde er gerne kennenlernen. Was würde man als Kaufhausdetektiv jetzt wohl tun? So ein attraktives Mädchen, da hätte man doch eine einmalige Gelegenheit! Wenn man der jetzt entgegenkäme, müsste sie ja sehr dankbar sein. Er würde das natürlich nicht auf die brutale Art machen. Mehr mit verständnisvoller Nachsicht. Vielleicht braucht sie ja psychologische Betreuung.

Jetzt geht sie in die Abteilung mit der Unterwäsche. Er muss nun noch mehr Abstand halten, ein Mann fällt hier ganz besonders auf. Lauter reizvolle Puppenkörper mit sexy Höschen, Büstenhaltern und Strumpfgürteln umgeben ihn. Wie intensiv darf man diese scharfen Sachen anschauen, ohne unangenehm aufzufallen? Soll er mal in einem Wühltisch rumsuchen? Die Frauen um ihn herum sehen ihn missbilligend an. Oder bildet er sich das nur ein?

Aber warum soll er eigentlich die Dessous nicht ansehen? Sie werden zum Verkauf angeboten, also kann man sie auch anschauen! Außerdem, er kann doch was für seine Freundin aussuchen! Schließlich ist er kein pubertierender Jüngling mehr, sondern ein erwachsener junger Mann. In einem halben Jahr wird er sein Abschlussexamen machen, andere Männer seines Alters sind schon verheiratet.

Fast hätte er das Mädchen aus den Augen verloren. Sie geht gerade zu den Umkleidekabinen, einige Wäschestücke über dem Arm und in der Hand.

Über einen weiten Bogen nähert er sich den Kabinen von der Seite. Durch einen circa 20 Zentimeter hohen Spalt zwischen Fußboden und Vorhang kann man ihre Füße sehen. Sie hat die Schuhe ausgezogen. Er postiert sich neben einem hohen Kleiderständer, an dem Seidenmäntel hängen. So ist er gut abgeschirmt.

Er sieht ihren Rocksaum knapp über dem Boden, ein Fuß hebt sich und erscheint wieder vor dem Rock, der andere Fuß hebt sich, der Rocksaum verschwindet. Sie steht nun also ohne Rock in der Kabine, probiert jetzt vermutlich Höschen an. An den sich hebenden und senkenden Beinen kann er genau erkennen, wann sie etwas anzieht. Oder auszieht.

Er geht etwas zur Seite. Durch einen schmalen Schlitz zwischen Vorhang und Kabinenwand sieht er manchmal ganz kurz ihren Ellbogen oder eine Hand. An den Füßen erkennt er, wann sie sich dreht, erst nach links, dann nach rechts. Sie begutachtet sich anscheinend von allen Seiten. Eine Weile steht sie unverändert. Wahrscheinlich probiert sie jetzt Büstenhalter. Dann sieht er wieder den Rocksaum und die sich hebenden und senkenden Füße.

Plötzlich öffnet sich der Vorhang. Robert zuckt zusammen, begegnet ihrem Blick, dreht sich zur Seite und versucht, ganz unbeteiligt zu schauen. Hat sie ihn angelächelt? Sie schlendert zu den Wäscheständern. Er ist sicher, dass sie beim Gang in die Kabine mehr in der Hand hielt, als sie jetzt zurück hängt. Das ist ein raffiniertes Luder!

Er spürt eine Hand auf seiner rechten Schulter, erschrocken dreht er sich um. Ein großer, kräftiger Mann hält ihm einen Ausweis vor die Nase.

„Kommen Sie bitte mit mir! Ich bin vom Ordnungsdienst."

„Zu Ihnen wollte ich sowieso grade gehen!", stammelt er, doch der andere hört ihm gar nicht richtig zu.

„Ist schon gut. Kommen Sie!"

Robert blickt sich um, das Mädchen ist weg. Einige der umstehenden Frauen sehen ihn feindselig und angewidert an.

„Das ist der Spanner!", ruft eine ältere Dame.

Er hört empörte Kommentare wie „geiler Bock" und „Schwein", merkt, dass er einen knallroten Kopf bekommt.

„Das ist ein Missverständnis!", sagt er, doch der vierschrötige Typ zieht ihn unter den bohrenden Blicken der Frauen mit sich. Er könnte im Boden versinken, so schämt er sich.

Als sie fast bei der Rolltreppe angelangt sind, sieht er sie unvermittelt wieder. Nur ungefähr fünf Meter ist sie entfernt.

Er holt Luft, um den Ordnungsmann auf die dreiste Ladendiebin aufmerksam zu machen und ihm zu erklären, dass er ihm doch eigentlich helfen will, als sein ehrenamtlicher Assistent sozusagen, da blickt sie ihn an. Sie lächelt. Oder ist es eher ein verständnisvolles Grinsen? Sie zwinkert ihm bedauernd zu. Wie einem Kumpel, einem Verbündeten, der Pech gehabt hat.

Robert schluckt und folgt dem Hausdetektiv mit gesenktem Kopf.

So gut ihm, alles in allem, das aufregende und spannende Leben als Student auch gefiel, nach zehn Semestern musste er es zu Ende bringen. Er wollte seinem Vater schließlich nicht länger auf der Tasche liegen als nötig.

Diplomarbeit und Examen, alles lief ziemlich planmäßig. Und auch mit der Stelle als "Referendar im höheren Schuldienst" hatte er Glück. Wenige Wochen nach seinem Examen, zu Beginn des neuen Schuljahrs, konnte er bei einem Münchner Gymnasium anfangen.

In den ersten Wochen des Referendariats durften die angehenden Lehrer nur bei erfahrenen Kollegen hospitieren. Es war ein komisches Gefühl, an der Rückwand eines Klassenzimmers zu sitzen, aus der Perspektive der Schüler dem Unterricht zu folgen und sich gedanklich in die Position des Pädagogen zu versetzen. Berti hatte Mühe, sich in die Lehrerrolle hineinzudenken, die Sichtweise der Schüler lag ihm wesentlich näher.

Nach sechs Wochen durfte er endlich seine erste Unterrichtsstunde halten. Das machte richtig Spaß! Der Kollege hatte die Schüler gebeten, es dem Referendar bei seiner Premiere als Lehrer nicht unnötig schwer zu machen. Und Berti hatte tatsächlich das Gefühl, die Schüler wollten ihn unterstützen und folgten seinem Unterricht aufmerksamer als dem ihres Klassenlehrers. Vermutlich weil sie ihn auch als Schüler betrachteten, als einen, der halt grade den Lehrerjob lernt. Auch der Klassenlehrer war zufrieden mit dem ersten

Versuch des angehenden Kollegen und lobte Berti nach der Stunde. Zwar gab er ihm einige Hinweise, was er verbessern könne, doch der Anfang sei durchaus gelungen gewesen. Selbst zu unterrichten war auf jeden Fall viel spannender als zu hospitieren.

Nach einem halben Jahr bekam er einige feste Wochenstunden zugeteilt. Er unterrichtete nun in einer achten Klasse zwei Stunden Geografie und in einer elften Klasse vier Stunden Deutsch.

Vor allem der Deutschunterricht mit den 17-jährigen Mädchen und Jungen machte ihm viel Spaß. Die Jugendlichen waren interessiert und diszipliniert. Natürlich wussten sie, dass der junge Mann, der da vor ihnen stand, als Lehrer ein Anfänger war, doch offenbar merkten sie, dass er sich, bei aller Unsicherheit, bemühte, den Lehrstoff interessant und gut verständlich zu vermitteln.

Und vielleicht gefiel der junge Lehrer ja auch einigen der Mädchen, zumindest war er ihnen anscheinend nicht unsympathisch. Einbildung oder nicht, das Gefühl tat Robert gut. Und auch den Jungen gegenüber empfand er sich sehr nahe, denn er konnte sich noch gut an die Zeit erinnern, als er so alt war wie sie.

Berti freute sich auf jede Stunde in der elften Klasse. Er hatte das tolle Gefühl, mit seinen Schülern in einem Boot zu sitzen, mit ihnen gemeinsam zu lernen. Er war sich nun ganz sicher, genau den richtigen Beruf gewählt zu haben.

Marianne denkt oft an die Kindheit ihrer jetzt erwachsenen Söhne zurück. Sie ist stolz auf die beiden. Manfred kommt mit seiner Frau Johanna und dem Söhnchen Ralf immer noch fast jedes Wochenende zu Besuch. Und auch während der Woche kann sie ihn, wenn sie ein Problem hat, jederzeit anrufen, der Junge ist zuverlässig, hilfsbereit und anhänglich. Er ist der praktischere von ihren beiden Buben. In einem Vierteljahr wird er die Meisterprüfung machen und dann bald seine eigene Schreinerei eröffnen.

Seine zupackende Art und sein handwerkliches Talent sind ein Segen, den er nicht von seinem Vater geerbt haben kann. Denn Paul ist absolut unpraktisch, er hat in all den Jahren ihrer Ehe nie ein Werkzeug in die Hand genommen.

Zu Berti hat sie, seit er endgültig in München lebt, leider keinen so engen Kontakt mehr. Der ältere ihrer Söhne hat ganz andere Talente als sein „kleiner Bruder". Er ist eher ein Theoretiker und der Schöngeist der Familie.

Schon als Kind ist er auffällig ruhig und ausgeglichen gewesen. Er schlief schon früh die ganze Nacht durch, nicht einmal Bombenalarm und Luftschutzkeller brachten ihn aus der Ruhe.

Berti weinte nicht so viel wie andere Kleinkinder. Marianne kann sich auch nicht erinnern, dass er mal gebrüllt hätte, wie man das heute bei kleinen Kindern, zum Beispiel im Supermarkt, oft erlebt. Allerdings, Supermärkte gab es damals auch nicht.

Um den kleinen Manni kümmerte sich der große Bruder liebevoll. Auch als sie größer waren, kamen die beiden gut miteinander aus, sie stritten sich nur ganz selten. Die beiden mögen sich auch heute noch, obwohl sie so unterschiedlich sind. Schade nur, dass sie sich nun so selten sehen.

Manni war als Kind kräftiger als Berti, er ist ja auch kein Kriegskind wie sein Bruder. Die vier Jahre Altersunterschied machen da viel aus. Schon als Jugendlicher spielte Manni Fußball im Verein, daran hatte Berti kein Interesse. Er las dafür viel.

Und als er ungefähr sechzehn war, begannen die Diskussionen mit seinem Papa. Besser gesagt, er ging seinem Vater oft auf die Nerven, weil er ihm, vor allem bei politischen Themen, häufig widersprach. Paul schimpfte Berti bei solchen Gelegenheiten dann einen Klugscheißer und Besserwisser, der „ständig seinen Senf dazugeben muss", obwohl er doch eigentlich keine Ahnung hat.

Marianne jedoch freute sich insgeheim, dass ihr Mann, der zu allem die einzig richtige Meinung zu haben glaubte und immer alles bestimmen wollte, von seinem älteren Sohn oft Contra bekam.

Als Manni seine Schreinerlehre begann, wohnte Berti schon nicht mehr daheim. Ihr Großer kam nur ungefähr alle vier oder fünf Wochen, immer freitags, aus München nach Hause und brachte seine schmutzige Wäsche mit. Marianne wusch sie noch am selben

Abend, so dass er sie am Sonntag, wenn er sich auf den Weg zum Bahnhof machte, frisch gebügelt wieder mitnehmen konnte.

Außer den Klamotten packte Marianne dann immer noch ein bisschen Proviant in den Koffer ihres Studenten. Ein paar Dosen Wurst vom Metzger Liebig, ein wenig Obst und manchmal etwas Kuchen.

Jetzt, da er eine eigene Wohnung und natürlich auch eine Waschmaschine hat, kommt ihr Großer leider noch seltener zu Besuch. Berti hat immer noch keine Frau, offenbar nicht mal eine Freundin. Jedenfalls keine, die geeignet ist, sie seinen Eltern vorzustellen.

Doch Berti ist schon immer ein Spätentwickler gewesen. Bis heute hat er sich eine gewisse kindlich-naive und vertrauensselige Art erhalten. Er ist ein lieber Junge, nur ganz selten kann er richtig wütend werden. So wie zum Beispiel bei seinem letzten Besuch, als auch Manni am Samstagabend mit seiner Familie da war.

Die beiden Brüder suchten irgend etwas in der Zeitung und kamen dabei zufällig auf die Seite mit den Leserbriefen. Über den blöden Kerl, der auf die überbezahlten Lehrer schimpfte, die dauernd Ferien haben und ansonsten nur halbtags arbeiten, hat Berti zunächst gegrinst und verständnislos den Kopf geschüttelt.

Doch als Johanna sagte, das sei doch nicht ganz falsch, da wurde er richtig zornig und die Stimmung beim Familientreffen war für eine Weile recht frostig. Da half es auch nicht viel, dass Manni seine Frau vorwurfsvoll anschaute und die versicherte, das sei nicht persönlich gemeint gewesen. Wirklich nicht, und sicher treffe das nicht für alle Lehrer zu. Berti war trotzdem ziemlich lange ziemlich schlecht gelaunt.

Marianne hofft, dass auch ihr Großer bald eine Familie gründen wird. Und dass sie dann vielleicht auch eine Enkeltochter haben wird, genau so goldig wie der kleine Ralf, Mannis Sohn. Der ist jetzt Mariannes ganzer Stolz und bereitet ihr eine Riesenfreude.

Ihr großer Bub ist jetzt schon seit zwei Jahren Studienrat an einem Münchner Gymnasium. Er leitet dort sogar eine Theatergruppe! Wenn er von seiner Arbeit erzählt, merkt man, wie begeistert und engagiert er ist. Robert ist bestimmt ein guter Lehrer.

Jedenfalls haben es ihre beiden Buben schon zu etwas gebracht. Es ist ein schönes Gefühl, zwei so tüchtige Söhne zu haben.

Bei herrlichem Sommerwetter sind sie aufgebrochen. Nur wenige weiße Wölkchen standen da am blauen Himmel. Die alljährliche Bergtour mit den Kollegen sollte heuer auf die Brecherspitze gehen.

Wie üblich bildeten sich nach dem Start bald Grüppchen. Robert schloss sich einer Gruppe von besonders begeisterten Bergwanderern an. Von Anfang an gingen sie voraus, der Abstand zu den Anderen wurde immer größer. Bei ihnen wurde wenig geredet, man konzentrierte sich auf den Aufstieg.

Als sie auf der Ankelalm angekommen waren und eine Rast einlegten, sahen sie von Westen dunkle Wolken aufziehen. Sie beschlossen, nicht auf die Anderen zu warten, denn sie wollten es noch auf den Berg schaffen.

Hundert Höhenmeter unterhalb des Gipfels hörte man fernes Donnergrollen. Die Männer waren mehrheitlich der Meinung, es sei besser, jetzt lieber umzukehren. Nur Frick wollte so kurz vor dem Ziel nicht aufgeben. Nach kurzem Zögern schloss Robert sich ihm an, die andern machten sich auf den Rückweg.

Mit Riesenschritten stürmen die beiden jetzt zum Gipfelkreuz und erleben dort einen grandiosen Ausblick. Während sie in strahlender Sonne stehen, zucken in kurzem Abstand Blitze aus der fast schwarzen Front, die sich im Westen gewaltig auftürmt. Über und hinter ihnen ist der Himmel noch blau, doch die bedrohliche

Wolkenwand kommt rasch näher und die Abstände zwischen Blitz und Donner werden immer kürzer.

„Schnell, wir müssen runter!" ruft Robert.

Sie rennen den Gipfelweg abwärts, springen über Felsbrocken, werfen nur hin und wieder kurze Blicke auf das faszinierende Bild des Bergpanoramas im ständigen Wechselspiel von Sonnenlicht und Schatten, den die schnell ziehenden Wolken werfen. Immer näher schlagen die Blitze ein, der Donner kracht jetzt schon rings um sie, große Regentropfen prasseln nieder. In kurzer Zeit ist der blaue Himmel auf ein kleines Band im Osten geschrumpft, dort sind noch immer sonnenbeschienene Berge zu sehen.

Völlig durchnässt und außer Atem erreichen sie die Alm, um sie tobt das heftige Gewitter. Von den andern ist niemand mehr da.

Erschöpft sitzen sie nun auf einer Bank im Windschatten, durch das überhängende Dach der Hütte vor dem wolkenbruchartigen Regen geschützt. Das gemeinsame Erlebnis verbindet sie in einem Gefühl von Begeisterung, ein wenig Stolz und zugleich Erleichterung darüber, dass es glimpflich abgelaufen ist.

Und doch liegt da noch etwas anderes in der Luft. Robert merkt, dass dem Mann neben ihm die kameradschaftliche Nähe auch ein wenig unangenehm ist. Natürlich weiß er warum und kann Frick sogar verstehen. Doch er will die Gelegenheit, mit seinem Chef jetzt ungestört reden zu können, auf keinen Fall ungenutzt lassen.

Als die Donnerschläge sich etwas entfernt haben, fragt er, ob sie noch einmal über die Sache mit Anja reden könnten.

„Da gibt es nichts mehr zu reden", entgegnet Frick kühl. „Als Schulleiter kann ich ein Liebesverhältnis zwischen einem Lehrer und einer Schülerin nicht dulden."

Er ärgert sich darüber, dass er sich selbst in diese Situation, allein mit dem jungen Kollegen, gebracht hat. Vor lauter Gipfelbegeisterung hat er darauf nicht geachtet.

Seit zwei Jahren ist Waldner an der Schule. Es ist seine erste Stelle nach den Referendarjahren. Frick ist eigentlich sehr zufrieden mit ihm, er ist ein engagierter Lehrer, sehr beliebt bei den Schülern. Vor einem Jahr hat er eine Theater-AG gegründet. Anja, ein begabtes und hübsches Mädchen, ist mit Begeisterung dabei. Frick kann sich durchaus vorstellen, was sich da zwischen den beiden jungen Leuten in der lockeren Atmosphäre der Theatergruppe entwickelt hat.

Robert gibt nicht klein bei.

„Liebesverhältnis mit einer Schülerin, wie das klingt. Hören Sie, Anja wird in zwei Monaten 18. Sie ist ein sehr reifes Mädchen und weiß, was sie will. Und ich weiß es auch, es ist mir wirklich ernst mit ihr."

Anja sei ja eigentlich gar nicht seine Schülerin, argumentiert er, weil die Theatergruppe doch freiwillig sei.

„Es tut mir leid, auch die Theatergruppe ist eine Schulveranstaltung", sagt Frick in gereiztem Ton. Er sei verantwortlich für die Ordnung in diesem sensiblen Gebilde Schule. Und schließlich habe er auch eine Verpflichtung gegenüber den Eltern des Mädchens.

Robert schüttelt verständnislos den Kopf.

„Warum können Sie eine Abiturientin nicht als selbstverantwortliche junge Frau sehen? Betrachten Sie die Sache doch bitte mal nicht als Schulleiter!"

Frick zögert einen Moment. Ob er vielleicht doch zu formell reagiert hat?

„Ich bin nun aber mal Schulleiter, ich muss es auf jeden Fall dem Schulrat melden", antwortet er ausweichend. „Ihn müssen Sie überzeugen!".

„Verdammt noch mal", ruft Robert, nun völlig außer sich, „kann man mit Ihnen nicht wie mit einem normalen Menschen reden? Müssen Sie immer den Vorgesetzten raushängen und sich als moralische Oberinstanz aufspielen?"

Frick verbietet sich energisch den Ton des jungen Kollegen, sein Verhalten ihm gegenüber sei genau so ungehörig wie das Verhältnis mit Anja.

„Das sind Grenzüberschreitungen, die man sich als Lehrer nicht erlauben darf!"

Jetzt lässt Robert auch die letzten Hemmungen fallen. Seine Augen blitzen Frick hasserfüllt und verächtlich an. Vor Wut bebend stammelt er mit gepresster Stimme:

„Was sind Sie bloß für ein bürokratischer, spießiger Sturkopf!"

Frick atmet heftig, zittert vor Empörung. Abrupt springt er auf, kann sich nur mühsam zur Beherrschung zwingen. Er ist nahe daran, sich zu vergessen und handgreiflich zu werden. Er holt tief Luft, setzt mehrmals zum Sprechen an, dann wendet er sich plötzlich ab und steuert mit hastigen Schritten den Weg ins Tal an, rennt regelrecht davon.

Auch Roberts Puls rast. Er braucht einige Minuten, um sich etwas zu beruhigen und sich dann zerknirscht klar zu machen, dass er einen unverzeihlichen Fehler begangen hat. Er würde sich jetzt gerne bei seinem Chef entschuldigen. Langsam steht er auf und tritt deprimiert den Rückweg an.

Es regnet nur noch leicht. Die Temperatur ist stark abgefallen, es hat kaum mehr zehn Grad. Robert friert. Durch die plötzliche Abkühlung haben sich Nebelschwaden gebildet, schon nach kurzer Zeit ist die Almhütte im Dunst verschwunden.

Der Weg ist nass und glatt, und durch die kurze Sicht fällt es schwer, sich zu orientieren. Robert hätte jetzt gern einen Begleiter. Nachdem er ungefähr eine Viertelstunde gegangen ist, teilt sich der Weg. Robert versucht, sich an den Aufstieg zu erinnern und entscheidet sich für die linke Abzweigung. Bereits nach dreißig Metern kann er die Weggabelung beim Zurückschauen nicht mehr sehen. Er geht weiter und wird zunehmend unsicher, ob er den richtigen Weg genommen hat. Manchmal weiß er nicht einmal, ob der Weg überhaupt bergab führt.

Soll er umkehren? Gern würde er jetzt mit jemandem beratschlagen. Er bleibt stehen und horcht. Der Nebel scheint sogar die Geräusche zu schlucken. Nach einer Weile meint er, talwärts Schritte zu hören. Wahrscheinlich hat Frick den selben Weg genommen und ist nicht weit vor ihm.

Er geht weiter, beschleunigt seine Schritte. Vielleicht kann er Frick einholen und noch einmal in Ruhe mit ihm reden. Als er einige Minuten stramm marschiert ist, scheint ihm, er habe ein Rufen gehört. Er bleibt stehen, lauscht, dann hört er das Rufen wieder. Es ist Fricks Stimme. Ruft er um Hilfe? Ja, es ist ein Hilferuf, eindeutig.

„Ich komme!", ruft Robert zurück, so laut er kann. Und läuft so schnell abwärts, wie es auf dem schmalen, steinigen Weg möglich ist. Immer wieder erklingen die Hilferufe, Robert kommt ihnen rasch näher.

Mehrmals stürzt er fast. Sein Herz jagt, sein Atem keucht. Er rennt. Plötzlich wird der Weg sehr schmal, auf der rechten Seite stürzt der Hang steil ab. Der Nebel ist noch dichter geworden, er kann nur wenige Meter weit sehen.

Dann erblickt er seinen Chef. Ungefähr zwei Meter unterhalb des Weges hängt Frick im Steilhang. Er muss auf dem unebenen Untergrund gestolpert oder ausgeglitten und dann beim Sturz abgerutscht sein. Vermutlich ist sein Anorak an einem kleinen Felsvorsprung hängen geblieben, sonst wäre er noch weiter abgestürzt. Er hat seine Finger in den Hang gegraben und die Schuhe tief in die Erde gedrückt.

Frick sieht mit panischem Blick zu Robert hoch. Es gibt keine weiteren Steine in unmittelbarer Nähe, keinen Zweig, an dem er sich hochziehen könnte. Er muss froh sein, wenn er nicht noch weiter abstürzt. Als ein Windstoß eine Lücke in den Nebel reißt, sieht Robert in eine tiefe Schlucht. Kein Baum oder Strauch kann den Sturz des Mannes aufhalten. Lange wird er sich nicht mehr festklammern können.

„Bitte, helfen Sie mir! Ich komme allein nicht mehr rauf", fleht er.

Frick ist es gewohnt, in der Rolle des Chefs zu sein. Normalerweise ist er es, der von Lehrern und Schülern gefragt wird, sie bitten ihn, reichen Anträge ein. Er entscheidet, genehmigt oder lehnt ab.

Nun plötzlich ist er in der für ihn völlig ungewohnten Rolle des Abhängigen. Vollkommen handlungsunfähig hängt er in diesem Steilhang. Wenn Waldner ihn jetzt nicht nach oben zieht, ist er verloren. Ohne die Hilfe des Kollegen ist seine Situation absolut hoffnungslos. Nur er kann ihn jetzt noch retten.

Doch wird er das tun? Der undisziplinierte und jähzornige Kerl bangt um seine Stelle, für ihn wäre es nur von Vorteil, wenn es ihn, Frick, nicht mehr geben würde. Er könnte ihn einfach abstürzen lassen, niemand wäre Zeuge. Frick spürt eine fürchterliche Angst.

Waldner sieht ihm sekundenlang in die Augen, dann wendet er sich abrupt ab.

Es sind nur zwei Meter bis dort oben, doch ohne Hilfe ist der schmale Weg unerreichbar weit entfernt. Er wird sich nur noch kurze Zeit halten können, dann wird er die Wurzeln, die ihm momentan noch einen unsicheren Halt verleihen, vor Erschöpfung loslassen müssen. Und in die Tiefe stürzen.

Warum ist er nicht umgekehrt an der Alm, wie die Anderen? Warum wollte er unbedingt auf den Gipfel? Ausgerechnet mit Waldner! Was war das bloß für ein Anfall aus Dummheit und Eigensinn? Tränen der Wut und der Verzweiflung steigen ihm in die Augen.

Außer dem wilden Schlagen seines Herzens und dem Pochen seiner Schläfen hört er nichts. Fricks Augen suchen zum hundertsten Mal den Hang nach Möglichkeiten ab, wieder nach oben zu gelangen. Doch da ist nichts, absolut nichts.

Was für eine Geschichte Waldner wohl erzählen wird, wenn er gefragt wird, warum er alleine vom Berg zurückgekommen ist? Von ihrem Streit auf der Ankelalm weiß niemand. Werden sie ihn jemals finden, dort unten in der Schlucht? Niemand wird je erfahren, was sich wirklich ereignet hat.

Er hatte doch gar keine Wahl! Als Schulleiter kann und darf Frick über Waldners Fehlverhalten nicht hinwegsehen. Seine Aufgabe als Schulleiter ist es, nach bestem Wissen und Gewissen zu entscheiden. Da muss man manchmal streng sein. Verantwortlich sein heißt konsequent sein, nichts ist wichtiger als Konsequenz.

Nein, an dem Streit auf der Alm trifft ihn keine Schuld! Die Schwierigkeiten, in denen sich der Kollege befindet, hat er selbst verschuldet!

Waldner wäre der Einzige gewesen, der ihn hätte retten können, doch der junge Mann rächt sich nun an ihm. Der Untergebene rächt sich an seinem Vorgesetzten, rächt sich dafür, dass sein Chef verantwortlich handelt. Das ist ungerecht, das hat er nicht verdient!

Noch einmal ruft er um Hilfe, zweimal. Beim dritten Hilferuf bricht seine Stimme. Er hat kein Gefühl mehr in den verkrampften Händen. Seine Beine zittern, zittern immer heftiger. Es ist soweit, er kann nicht mehr.

Er hat das Bewusstsein schon fast verloren, ist kurz davor, endgültig wegzukippen, da wird Frick durch ein Geräusch aus seinem Dämmerzustand aufgeschreckt. Er starrt mit wirrem Blick nach oben. Über dem Abhang steht jemand.

Robert hält einen langen Ast in den Händen. Er lässt das dicht verzweigte Ende des Asts über den Wegrand gleiten und führt es auf Frick zu.

"Halten Sie sich an den Zweigen fest!", ruft er.

Mit seinen allerletzten Kräften greift Frick mit der rechten Hand nach dem Rettungsanker, umklammert mehrere Zweige zugleich. Der junge Mann über ihm zieht den Ast seitwärts.

Fricks linke Hand löst sich aus dem Hang und fasst ebenfalls in die Zweige. Er hängt nun mit seinem ganzen Gewicht an dem Ast. Frick ist jetzt seinem Kollegen vollkommen ausgeliefert.

Ein paradoxes Gefühl aus Hoffnung und Panik zugleich packt ihn, seine Angst macht ihn fast wahnsinnig. Wenn der da oben den Ast jetzt loslässt, sind dies seine allerletzten Momente im Leben. Waldner braucht nur seine Hände zu öffnen, und er stürzt endgültig in die Tiefe.

Robert schleift die schwere Last am Abhang entlang. Nach endlosen Sekunden spürt Frick, dass der Hang weniger steil abfällt, seine Füße tasten nach Halt und finden einen großen Stein, der seinen Schuhen Stand verleiht. Er sinkt gegen den Berg.

Es dauert lange, bis er genug Kraft hat, um vorsichtig nach oben zu krabbeln. Zitternd kniet er endlich auf dem schmalen Weg. Robert hilft ihm auf die Beine. Frick stammelt einen Dank und sieht ihn fassungslos an.

„Mein Gott, ich habe gedacht, Sie lassen mich abstürzen. Sie wären Ihr Problem los gewesen!"

„Ich hätte ein größeres gehabt."

Frick steht eine Weile wortlos, als überlege er, was der Kollege da gesagt hat. Dann nickt er und reicht ihm die Hand.

Paul wundert sich immer wieder darüber, wie unterschiedlich seine Söhne sind. Dass er mit Manni viel besser auskommt als mit Berti, liegt natürlich auch daran, dass er ihn erlebt hat, seit er ein niedliches Kleinkind war und die Entwicklung des Jungen von Anfang an miterlebt hat.

Seinen ersten Sohn dagegen hat er zum ersten Mal im Jahr 1944 gesehen, bei einem kurzen Heimaturlaub, da war das Kind schon drei Jahre alt. Richtig kennengelernt hat er Berti erst, als der schon sechs Jahre alt war und grade in die Schule kam.

Klar, dass da der kleine Berti ganz auf seine Mama fixiert war. Aber auch später blieb das Verhältnis zwischen Vater und Sohn ziemlich distanziert, richtig warm wurde Paul nie mit ihm.

Mit Manfred kommt er prima zurecht. Der ist nicht so kompliziert wie sein älterer Bruder. Als Schüler hatte Manni, wie sich's gehört, Respekt vor Eltern, Lehrern und anderen Autoritäten. Aber er kam auch gut an bei seinen Freunden und Mitschülern. Mit seiner fröhlichen und geselligen Art war er bei allen beliebt, in der Schule, in der Familie, im Fußballverein.

Paul war stolz darauf, dass Manni seit der B-Jugend unangefochtener Mannschaftskapitän seines Teams war. Fredi nannten ihn seine Kameraden. Die zielstrebige Natürlichkeit seines "Kleinen" gefällt Paul, daran hat sich bis heute nichts geändert.

Robert hat ein ganz anderes Temperament als sein jüngerer Bruder. Mit ihm konnte man nie so toben wie mit dem Kleinen. Für Fußball interessierte er sich nicht, weder aktiv noch als Zuschauer. Nur bei Spielen von Manfreds Team war er manchmal dabei, denn er mochte seinen kleinen Bruder und freute sich mit ihm, wenn Manni gewonnen hatte.

Als sie etwas älter waren, hätte Paul gern mit seinen Söhnen Skat gespielt. Mit Manfred ging das prima, er wusste, worauf es ankam, aber sein großer Bruder kapierte es einfach nicht. Sie haben es ein paar mal probiert, aber Robert nahm das Spiel nicht wirklich ernst und konzentrierte sich nicht. Man musste ihm immer wieder die Regeln erklären. Bluffen konnte er überhaupt nicht. Kurzum, es machte keinen Spaß mit ihm.

Robert zog sich gern zurück, um in seinen Büchern zu versinken. Wenn er nicht las, redete er gern, seine Diskussionsfreude war manchmal schon lästig. Ständig und zu jedem Thema meinte er, etwas sagen zu müssen, ob er etwas davon verstand oder nicht.

Paul arbeitete als Abteilungsleiter bei einer Versicherungsgesellschaft, sein Bereich war die Lebensversicherung. Sein siebzehnjähriger Sohn hatte von Kapitalmarkt, Geldanlage und Versicherungsrecht keine Ahnung, woher sollte er auch. Doch selbst zu dieser komplizierten Materie musste er seine moralapostelige Meinung äußern. Er meldete Zweifel an der „Verantwortung der Versicherungswirtschaft" gegenüber ihren Kunden an. Weiß der Teufel, woher er diese Schnapsideen hatte. Es nützte nichts, wenn man ihn auf seine fehlende Sachkenntnis hinwies, er sagte dann:

„Es geht mir ja nicht um Details, sondern ums Grundsätzliche".

Wenn man ihm geduldig etwas erklärt hatte, begann seine Antwort garantiert mit „Ja, aber...". Der Junge konnte einem ganz schön auf die Nerven gehen.

Doch so anstrengend seine Streitlust auch war, wenigstens hatte er, das muss man zugeben, sozusagen edle Motive. Und insgeheim wusste Paul natürlich auch, dass man einiges an seiner Branche zu Recht kritisieren konnte.

Sein großer Sohn ist zweifellos intelligent, Paul wollte ihm selbstverständlich keine Steine in den Weg legen. Er hat ihm ein Studium finanziert, mehr konnte er nicht tun. Jetzt ist er Lehrer, genau der richtige Beruf für ihn. Da kann er seine Besserwisserei so richtig ausleben.

Alles in allem ist Paul mit seinem Nachwuchs durchaus zufrieden. Er freut sich, dass Manfred so ein geradliniger und sympathischer Bursche ist und sein Leben fest im Griff hat. Vor zwei Jahren hat er die Meisterprüfung gemacht

Auch um Robert muss man sich keine Sorgen mehr machen, immerhin ist er Beamter. Sein Privatleben wird er schon noch solide regeln, auch er wird noch eine Frau finden. Und wenn nicht, na ja, ein unabhängiges Leben als Junggeselle ist auch nicht das Schlechteste, findet Paul. Familie ist manchmal ganz schön anstrengend.

Natürlich konnte es nicht ewig so bleiben wie bisher. Dass Anja nach dem Abitur studieren würde, das war klar. Und das würde einiges verändern, je nachdem, was und wo sie studieren würde. Doch damit hatte er nun wirklich nicht gerechnet. Robert sah Anja entgeistert an.

„Warum denn ausgerechnet BWL?"

„Weil ich da die besten Chancen auf einen guten Job habe."

„Aber das studiert doch jeder Depp! Dafür bist Du doch viel zu begabt, zu fein, zu kreativ. Wirtschaft, das ist doch viel zu nüchtern, zu profan für ein Mädchen wie Dich. Das wäre wirklich jammerschade!"

„Ich will aber was studieren, womit ich mal Geld verdienen kann. Literatur und Theaterspielen sind wunderschön, aber davon kann man nicht leben. Ich zumindest nicht, dafür bin ich nicht talentiert genug."

„Du brauchst doch auch nicht davon zu leben. Aber Du könntest das studieren, was Dir wirklich Freude macht."

Noch während er sprach, merkte Robert, welchen Unsinn er da redete. Fehlte nur noch, dass er gesagt hätte, er verdiene doch genug für zwei. Anjas verständnisloser Blick bestätigte ihm, wie blöd er reagiert hatte.

„Ich will auf eigenen Beinen stehen können", sagte sie. „Ganz abgesehen davon, mein Vater sagt, für ‚brotlose Kunst' finanziert er mir kein Studium."

Sie studierte in Köln. Eigentlich fand Robert es ja toll, dass sie nicht bei Mama und Papa bleiben wollte, doch es tat ihm unendlich leid, dass er sie nun nicht mehr täglich sehen konnte. Er ahnte auch, dass so ein hübsches und selbstbewusstes Mädchen wie Anja sich in der neuen und spannenden Situation nicht lange nur nach den Wochenenden mit ihm sehnen würde.

Anfangs kam sie oft am Freitagabend nach Hause, und sie konnten sich dann treffen. Vier mal reiste Robert mit dem Zug nach Köln und nahm sich dort ein Hotelzimmer. Bei seinem ersten Besuch kam sie mit auf sein Zimmer, doch danach wollte sie das nicht mehr. Es war ihr sehr unangenehm, wie der Mann an der Rezeption sie angeschaut hatte. Und überhaupt, dieses Zimmer, in dem das Bett fast das einzige Möbelstück war, Anja fühlte sich in dieser Atmosphäre nicht wohl. Und im Studentinnenwohnheim war Herrenbesuch verboten.

Robert merkte bald, dass sie sich immer weiter voneinander entfernten. Das Studium schien ihr zu gefallen, sie interessierte sich tatsächlich für Themen wie Standortwahl, Werbung und Kostenrechnung. Robert konnte das überhaupt nicht nachvollziehen. Und sie lernte natürlich auch andere Studenten kennen, fühlte sich offenbar immer wohler in ihrer neuen Umgebung.

Von den Ereignissen bei der Bergwanderung hat Robert Anja nie erzählt. Außer ihm und Frick weiß niemand, was da am Steilhang über dem Abgrund geschah.

Als sie damals unten im Tal ankamen, warteten die Kollegen seit mehr als drei Stunden auf sie und machten sich bereits große Sorgen. Frick erklärte, sie hätten so lange auf der Alm warten müssen, es wäre zu gefährlich gewesen, in diesem schweren Gewitter weiterzugehen.

Zu Robert sagte er kein Wort mehr über die Geschichte mit Anja. Er ging zur Tagesordnung über und tat so, als habe es ihre Auseinandersetzung und die Ereignisse danach nie gegeben. Scheinbar ist alles so geblieben, wie es vor dem Ausflug des Kollegiums war.

Und doch hatte sich etwas verändert an diesem Tag. Robert hatte die Unbefangenheit gegenüber seiner jungen Freundin verloren. Immer öfter plagten ihn nun Zweifel, ob es normal und richtig ist, als Lehrer eine Schülerin zu lieben.

Bei einem seiner Besuche in Köln gingen sie zu einer großen Uni-Party. Die meisten der Studentinnen und Studenten, die Anja sehr herzlich begrüßten, fand Robert ziemlich blöd und albern. Und auch Anja selbst, die ihm in der Schule so erwachsen vorgekommen war, wirkte in ihrer neuen Umgebung plötzlich ganz anders. Wenn er ehrlich ist, muss er sich eingestehen, dass sie nicht viel reifer ist als ihre Kommilitonen.

Anjas Besuche wurden seltener, sie schrieb immer weniger. Die ersten Prüfungen standen an, sie hatte viel zu tun.

Zu Karneval ist er das letzte Mal nach Köln gefahren. Er war verwundert, fast entsetzt darüber, dass Anja das „närrische Treiben" so lustig fand. Er kann mit dem „rheinischen Frohsinn" überhaupt nichts anfangen, er findet diese Art von Volksbelustigung nur plump.

Bei der Geburtstagsparty eines Kumpels aus Studienzeiten hat er sie kennen gelernt. Elisabeth ist eine Freundin der Freundin von Luca. Robert hat wenig Talent zum belanglosen small talk, doch mit ihr kam er ganz schnell in ein lockeres und doch ernsthaftes Gespräch.

Elisabeth hat eine sehr angenehme Stimme, ist eine gute Zuhörerin und kann gescheit und schlagfertig auf den Gesprächspartner eingehen. Sie ist größer als Anja und auch sonst mehr auf Augenhöhe mit ihm.

Sie strahlt Temperament und Energie aus. Ihre blonden Haare sind kurz geschnitten, ihre knackige Figur lässt sein Herz höher schlagen. Trotz ihrer aufregenden Kurven ist sie schlank und sehr beweglich. Mit ihr macht Robert sogar das Tanzen Spaß. Das Mädchen gefällt ihm. Sehr sogar.

Er hat Elisabeth zu einem Theaterabend in den Kammerspielen eingeladen: „Biografie - ein Spiel" von Max Frisch. Robert ist begeisterter Leser der Romane von Frisch, und er geht sehr gern in die Münchner Kammerspiele, wo er von dem selben Autor auch „Andorra" schon gesehen hat. Er ist gespannt auf die Aufführung und freut sich besonders auf Peter Lühr als Hauptdarsteller. Das ist einer seiner Lieblingsschauspieler.

Nach dem Theaterbesuch gehen sie in die Pfälzer Weinstuben, reden bei einem Glas Wein, und noch einem. Erst mal natürlich über das Theaterstück.

Wie immer bei Max Frisch, geht es in „Biografie" um das Thema Identität. Der Protagonist des Stücks, ein

Professor, bekommt von einer höheren Macht in Gestalt des Regisseurs, die Möglichkeit, sein Leben in bestimmten Schlüsselsituationen nachträglich zu ändern. Der Professor wählt als erstes den Abend, an dem er der Frau begegnete, mit der er später eine unglückliche Ehe führte. Er erlebt nun also diesen Abend wieder und darf sich neu entscheiden. Doch er landet erneut mit ihr im Bett, wie damals. Auch in anderen Momenten, in denen er die Chance erhält, seinem Leben einen anderen Verlauf zu geben, schafft er das nicht, obwohl er weiß, wie es dann weitergehen wird. Nur einmal ändert er sein Verhalten tatsächlich. Es führt zu einer Katastrophe.

Elisabeth hat das Stück nicht besonders gut gefallen. Sie findet die Handlung zu konstruiert, das sei doch völlig unrealistisch, sagt sie. Das sei ja gerade der Reiz dieses Spiels, erklärt Robert, ein Experiment sozusagen. Er kann sie nicht überzeugen, doch es entwickelt sich trotzdem ein sehr gutes, intensives Gespräch. Über Theater und das wirkliche Leben.

Vermutlich konnte nach diesem theoretischen Einstieg in das Thema „Schicksal oder bewusste Lebensgestaltung" der Abend auch praktisch für Elisabeth und Robert gar nicht anders enden als der erste des Professors mit seiner Antoinette. Im Bett.

Innerhalb weniger Tage hat sich alles verändert, auf einmal ist das Leben wieder schön! Elisabeth übernachtet oft bei ihm, sie verstehen sich prächtig, in jeder Hinsicht. Robert schwebt im siebten Himmel, Anja ist vergessen.

Es ist nicht nur ihre erotische Ausstrahlung, die ihm an Elisabeth so gut gefällt, es ist viel mehr. Es ist vor allem ihre Natürlichkeit und ihr Temperament. Sie hat eine handfeste, fast burschikose Art. Studiert hat sie nicht, sie hat nicht mal das Abitur. Aber sie hat deshalb keinerlei Minderwertigkeitsgefühle. Und Robert fände das auch absolut unangemessen, denn mit ihrer Intelligenz und ihrem wachen Interesse für vieles gleicht sie fehlendes Wissen auf erfrischende Weise aus.

Im Bett ist es wunderschön mit Elisabeth. Ganz anders als mit Anja. Mit ihr blieb es ja eigentlich immer bei sehr zärtlicher Liebkosung, mit der Lust auf mehr, aber immer gebremst, aufgeschoben bis später. Schließlich war er Anjas Lehrer, hatte das Gefühl, er müsse sich beherrschen, dürfe sich nicht gehen lassen, er sei verantwortlich für sie.

Mit Elisabeth ist es aber auch völlig anders als damals mit Anse. Nicht so hemmungslos, nicht so verdorben. Aber dafür kuscheliger, inniger, irgendwie natürlicher. Was er mit Anse erlebt hat, war aufregend und heiß. In den Wochen mit ihr hat er seine Schüchternheit und seine Hemmungen verloren. Jetzt meint er zu wissen, worauf es ankommt. Doch mit Elisabeth ist trotzdem alles neu, liebevoller und zärtlicher. Der Unterschied zwischen Liebe und purer Lust, das muss es sein.

Wenn das Wetter es erlaubt, fahren sie gern am Wochenende in die Berge. Sie besteigen einige Gipfel der Bayerischen Alpen und fahren ein paar Mal zum Baden. Im südlichen Teil des Starnberger Sees haben sie eine kleine Bucht entdeckt, die sogar an den Wochenenden ziemlich einsam ist.

Während der Pfingstferien machen sie eine Fahrradtour durch das Altmühltal. Es sind herrlich erholsame Tage bei großartigem Wetter. Sie lassen sich viel Zeit, genießen die beschauliche Landschaft, fahren meistens nicht mehr als ungefähr 40 Kilometer am Tag und übernachten in einfachen Gasthöfen. In Eichstätt legen sie einen Tag Pause ein, besichtigen das Museum auf der Willibaldsburg und den Dom.

An einem andern Tag und alleine hätte ihm diese kleine Stadt vermutlich überhaupt nicht gefallen. Der Katholizismus ist in Eichstätt nicht nur Geschichte, sondern beim Bummel durch die historische Altstadt noch immer auf Schritt und Tritt zu spüren. Das wäre Robert normalerweise eher unangenehm, doch mit Elisabeth ist er heute so entspannt, dass er es einfach als atmosphärische Besonderheit registriert, ja fast genießt.

Nach einem halben Jahr stellt Robert seine Verlobte den Eltern vor. Sein Vater reagiert, wie zu erwarten, sehr zurückhaltend. Aber seine Mama ist begeistert. Endlich hat ihr Großer eine Frau gefunden! Ein herzerfrischendes Mädchen, das auch ihr gefällt.

Robert interessiert sich eigentlich nicht für große Sportveranstaltungen, aber Elisabeth findet, wenn die Olympischen Sommerspiele in München stattfinden, ist das etwas ganz Besonderes, ein einmaliges Ereignis, da muss man auch hingehen. Sie einigen sich darauf, ein paar wenige Wettkämpfe zu besuchen.

Derartige Spektakel sind Robert unsympathisch, weil es, das ist ja ganz offensichtlich, vor allem um Geld geht. Auch die an den Olympischen Spielen teilnehmenden Sportler sind ja keine Amateure.

Vor allem aber stört ihn, dass die "Spiele" politisch missbraucht werden. Die Sportfunktionäre, die Presse und, als Folge davon, natürlich auch die Öffentlichkeit erwarten von den Athleten „ihres" Landes möglichst viele Medaillen. Der "Medaillenspiegel", der täglich veröffentlicht wird, ist doch nur dazu da, die Tüchtigkeit der Nationen gegeneinander aufzurechnen.

Kein Wunder, dass manche Sportler unerlaubte Mittel einsetzen, um stärker oder schneller zu werden. Wenn sie nicht die erwartete Leistung bringen, verlieren sie die finanzielle Unterstützung. Von wegen "Teilnehmen ist wichtiger als Siegen". Robert findet das alles verlogen und widerlich.

Elisabeth hat als Jugendliche Hockey gespielt, deshalb will sie sich mindestens ein Spiel der deutschen Mannschaft ansehen. Deutsche Mannschaft, das heißt in diesem Fall allerdings Herrenmannschaft, denn ein Turnier der Damen gibt es bei der Olympiade nicht.

Robert hat sich vor Jahren gelegentlich Fußballspiele angeschaut, bei denen sein Bruder mitspielte. Ein Hockeyspiel aber hat er noch nie gesehen. Seines Wissens ist Hockey ein ziemlich vornehmer Sport, zumindest wird er oft in Vereinen der feineren Sorte betrieben. In Stuttgart gibt es zum Beispiel einen "Hockey- und Tennis-Club".

Elisabeth schmunzelt, als er das erzählt. Sie hat bei "Wacker München" gespielt, und da ging es, erklärt sie, nicht besonders vornehm zu. Eher familiär. Für Hockey sei es typisch, dass mehrere Mitglieder einer Familie in verschiedenen Mannschaften des Vereins spielen, von Jugend bis Senioren, Geschwister und Eltern. Und die meist wenigen Zuschauer seien auch vor allem Familienmitglieder. Das klingt ja ganz sympathisch, findet Robert.

Sie besuchen das Spiel Deutschland gegen Pakistan. Es ist ein "Gruppenspiel", durch das man sich für die Endrunde qualifizieren muss. Die Pakistani, erklärt Elisabeth, seien eine absolute Spitzenmannschaft, einer der Topfavoriten für die Goldmedaille, theoretisch könnte dieses Spiel auch das Endspiel sein. Na, da ist Robert ja mal gespannt.

Es sind keineswegs wenige Zuschauer im Hockeystadion, aber das ist natürlich nicht verwunderlich, schließlich ist es ein Spiel zweier Spitzenmannschaften im olympischen Turnier. Die Stimmung im Stadion ist eindrucksvoll, aber vom Spiel selbst bekommt Robert nicht allzu viel mit. Es wird sehr schnell und mit einem ziemlich kleinen Ball gespielt, den man von den weit entfernten Zuschauerrängen leicht aus den Augen verliert. Und die Regeln scheinen auch sehr kompliziert zu sein, jedenfalls komplizierter als beim Fußball.

Robert versteht oft nicht, warum die Schiedsrichter - es gibt nicht nur einen, sondern zwei - abpfeifen. Vor allem kann er nicht nachvollziehen, was ein "Stockfehler" ist. Elisabeth erklärt ihm, dass man den Ball nur mit der Innenseite des Hockeyschlägers spielen darf. Aber wie soll man das denn erkennen, bei dem hohen Tempo und dem kleinen Ball?

Und warum gibt es, davon spricht Elisabeth dauernd, Vorhand und Rückhand, wenn man nur mit einer Seite des Schlägers spielen darf? Und kurze und lange Ecken gibt es auch. Alles sehr verwirrend.

Möglicherweise liegt es ja an seiner fehlender Regelkenntnis, aber Robert findet nach dem Spiel, die pakistanischen Spieler seien ziemlich arrogant und unfair gewesen. Die seien es halt nicht gewohnt zu verlieren, meint Elisabeth lachend, denn Deutschland hat 2 : 1 gewonnen.

Nach diesem Spiel wundert es Robert nicht mehr, dass sich normalerweise nicht sehr viele Leute für Hockey interessieren. Mag sein, dass es Spaß macht, diesen Sport zu betreiben, aber zumindest für den Zuschauer ist er nicht sehr attraktiv, findet er.

Wesentlich mehr beeindruckt ihn die Leichtathletikveranstaltung, die sie ein paar Tage später besuchen. Schon der Weg vom U-Bahn-Bahnhof durch den Park zum Olympiastadion mit seiner großartigen Zeltdachkonstruktion ist das Eintrittsgeld wert. Der Blick von ihrem Tribünenplatz auf der Gegengeraden über das gesamte Stadionrund ist grandios. Diese Sportstätte ist moderne Architektur der besten Art, wirklich toll.

Auf dem Programm steht unter anderem der Endlauf über 10.000 Meter. Robert war nie ein besonders guter Sportler, aber Langstrecken ist er als Schüler gerne gelaufen. Über 1.000 Meter war er sogar einer der Besten seiner Schule. Doch das Tempo, das diese Spitzenathleten da unten vorlegen, hätte er nicht eine Runde mithalten können. Die müssen aber 25 Runden laufen!

Das Rennen fasziniert ihn mit jeder Runde mehr. Wie die Läufer unterschiedlich taktieren, Zwischenspurts einlegen, wie die Führung wechselt, das ist hochinteressant. Elisabeth hingegen findet es eher langweilig.

„Die laufen doch nur dauernd im Kreis, was soll denn daran spannend sein?", muffelt sie.

Ungefähr bei der Hälfte des Rennens gibt es eine Kollision im vordersten Pulk der Läufer, zwei straucheln und stürzen, andere springen über sie weg. Der eine Gestürzte rappelt sich schnell wieder hoch und läuft weiter, versucht, wieder Anschluss zu finden. Robert schaut auf die Startnummer und vergleicht mit seiner Liste. Startnummer 228, Lasse Viren, ein Finne. Er wurde in der Zeitung als einer der Medaillenfavoriten genannt.

Robert weiß, wie wichtig es für einen Läufer ist, seinen Laufrhythmus zu finden. Vielleicht schafft der Mann im blauen Trikot es ja, sich wieder an die Anderen heranzukämpfen, aber das wird ihn viel Kraft kosten, zu viel vermutlich. Durch den Sturz ist er natürlich völlig aus dem Rhythmus gekommen. Er hat wohl keine Chance mehr, um die Medaillen mitzumischen.

Der andere Läufer, der in die Rempelei verwickelt war, ein Tunesier, hat inzwischen aufgegeben. Kein Wunder.

Robert ist nun endgültig begeistert von dem Rennen. Bis zur halben Distanz hat er es interessant gefunden, jetzt fiebert er regelrecht mit. Er ist nun nicht mehr neutral, er hält Lasse Viren die Daumen, der tatsächlich wieder zum führenden Läuferpulk aufgeschlossen hat und sich immer weiter nach vorn arbeitet. Er hat seinen lockeren Laufstil wieder gefunden, jetzt läuft er sogar an der Spitze! Eine Gruppe finnischer Zuschauer schwenkt begeistert die Fahne ihres Landes. Es sind noch neun Runden. Sogar Elisabeth findet's inzwischen spannend.

Das Läuferfeld wird Runde für Runde lichter, die Abstände vergrößern sich. Eine Fünfergruppe hat die Konkurrenten abgehängt, einige wurden schon überrundet. Viren läuft seit einer Weile ständig an der Spitze, doch dann wechselt die Führung. Der Finne fällt auf den vierten Platz zurück. Ist er mit seiner Kraft am Ende? Plötzlich stolpert er, Robert stockt einen Moment der Atem. Doch es war nur ein ganz leichtes Stolpern, dieses Mal stürzt er nicht.

Im Gegenteil! Unter dem Beifall der Zuschauer zieht er sein Tempo wieder an und überholt die drei Läufer vor ihm. Zwei Runden vor Schluss verschärft Viren das hohe Tempo noch mehr. Nur ein Belgier kann ihm folgen, Puttemans heißt er, doch auch er hat am Ende keine Chance. Lasse Viren siegt mit Weltrekordzeit. Trotz seines Sturzes! Sagenhaft ist das, unglaublich.

Robert wundert sich über sich selbst. Er hätte nicht erwartet, dass ihn ein Sportereignis so packen kann. Er beschließt, noch mindestens einmal ins Olympiastadion zu gehen, vielleicht zum 5.000 m-Lauf, an dem Lasse Viren ebenfalls teilnehmen wird.

Eine Woche später, am 5. September 1972, ist der Traum von den friedlichen Spielen zu Ende. In der großen Pause des Vormittagsunterrichts machen im Lehrerzimmer die Meldungen von einem Überfall mit Geiselnahme im olympischen Dorf die Runde. Angeblich haben palästinensische Terroristen dort israelische Athleten in ihre Gewalt genommen und verlangen die Freilassung von palästinensischen Gefangenen aus israelischer Haft und von deutschen RAF-Häftlingen.

Bis zum späten Abend überschlagen sich im Radio und Fernsehen die widersprüchlichen Meldungen über den Verlauf der Verhandlungen mit den Geiselnehmern und die anschließenden Ereignisse. Als um Mitternacht gemeldet wird, alle Geiseln seien befreit und die Terroristen getötet, geht Robert ins Bett.

Am nächsten Morgen schaltet er, wie immer nach dem Aufstehen, das Radio ein und hört den Bericht über das Desaster der Polizeiaktion auf dem Flughafen Fürstenfeldbruck. Alle Geiseln, ein Polizist und fünf Terroristen tot, drei festgenommen.

Die Spiele gingen weiter. Doch Robert hatte nach dieser Katastrophe keine Lust mehr auf Olympia. In der Zeitung las er, dass Lasse Viren auch über 5.000 Meter die Goldmedaille gewann.

Und im Hockey-Endspiel siegte Deutschland gegen Pakistan mit 1:0. Die pakistanischen Spieler weigerten sich bei der Siegerehrung, der deutschen Flagge die Ehre zu erweisen - was das genau bedeutete, wusste Robert nicht so recht - und traten auf ihre Medaillen ein. Silber war offenbar Schrott für sie, sie meinten, es hätte Gold sein müssen.

Robert wunderte sich. Er hatte bisher gedacht, Pakistan sei ein Entwicklungsland, aber diese Hockeyspieler waren von solcher Arroganz, wie man sie sonst nur bei ganz abgehobenen Eliten findet. Er gönnte ihnen ihre Niederlage.

Die herrlich unbeschwerte Zeit der ersten Verliebtheit ging nach zwei Jahren zu Ende, Elisabeth war schwanger. Jetzt wurde es ernst, sie mussten die Zukunft planen, erst die Hochzeit, dann die Wohnung. Das Einzimmerappartement von Robert war für eine Familie viel zu klein und Elisabeth wohnte ja eigentlich, wenn sie nicht grade bei ihm war, immer noch bei den Eltern.

Im Gegensatz zu Roberts Vater, der sein Geld gern für Restaurantbesuche und Urlaube ausgab, war sein Schwiegervater zwar kein Schwabe, entsprach aber trotzdem viel mehr dem Klischee vom sparsamen Häuslebauer.

Auch für seine Tochter hatte Herr Keller schon früh einen Bausparvertrag abgeschlossen, seit ihrem 14. Lebensjahr war angespart worden. Dieses sehr ordentliche Bausparguthaben brachte die junge Frau, statt einer Aussteuer, jetzt in die Ehe ein.

Robert hatte sich mit solch profanen Themen nie beschäftigt. Doch der Papa seiner Braut rechnete dem jungen Lehrer vor, dass es, auf lange Sicht betrachtet, viel günstiger war, im eigenen Haus zu wohnen, statt Miete zu zahlen.

„Ich zahl' doch lieber Miete in die eigene Tasche, als an jemand anderen. In zwanzig Jahren sind alle Kredite abbezahlt, dann wohnst Du umsonst. Eine bessere Altersvorsorge gibt es nicht."

Robert zögerte, so langfristig hatte er noch nie gedacht.

„Und dann die 7b-Abschreibug, sie bringt Dir eine monatliche Steuerersparnis von mindestens 200 Mark. Es wäre doch dumm, so ein großzügiges Geschenk vom Staat nicht anzunehmen!"

Das war ein Argument, das auch Robert einleuchtete.

Viele Wochen lang besichtigte das junge Paar nun Baugrundstücke und Rohbauten, studierte Baupläne, überschlug Tilgungsrechnungen, kalkulierte die Ausgaben für Lebenshaltung, Versicherungen usw.

Braucht man in einer Großstadt unbedingt ein Auto? Auf welchen Luxus kann man noch verzichten? Mit einem Baby kann man ja eh nicht ins Kino gehen. Und selber kochen schmeckt sowieso am besten. Jedenfalls wenn Elisabeth kocht.

Die kleine Andrea war ein halbes Jahr alt, als sie in das kleine Reihenmittelhaus mit Handtuchgarten in Unterschleißheim einzogen.

Haus einrichten, Garten anlegen, es kam viel auf sie zu. Sie nahmen die Arbeit engagiert in Angriff und freuten sich darüber, wie alles nach und nach Gestalt annahm. Sie waren stolz auf ihr Häuschen. Fast so stolz wie auf ihr Töchterchen.

Das Kind entwickelte sich prächtig. Es war faszinierend, ihre ganz erstaunlichen Fortschritte zu erleben. Von Tag zu Tag bot sie ständig Neues. Fast ging es zu schnell, manche Zwischenstufe hätte man gerne etwas länger erlebt.

Die Lernfortschritte von Babys sind geradezu unglaublich. Robert verglich mit seinen Schülern aus der siebten Klasse, das Ergebnis war eindeutig. Im Vergleich mit Kleinkindern kann man die Motivation, die Einsichts- und Lernfähigkeit von Jugendlichen in der Pubertät glatt vergessen.

Andrea war ein ganz niedliches Mädchen. Vom Aussehen her, mit ihren blonden Haaren und den blauen Augen, ganz die Mama. Doch vom Verhalten her ähnelte sie eher ihrem Vater. Die Schwiegermutter hatte erzählt, dass Elisabeth als Kind sehr anstrengend war, laut und eigensinnig. Andrea hingegen war ganz lieb und brav. Sie hat schon nach einem Vierteljahr die ganze Nacht durchgeschlafen und ihre ruhige Art auch danach beibehalten.

Trotz ihrer pflegeleichten Art nahm ihre Versorgung natürlich alle Aufmerksamkeit und viel Zeit in Anspruch. Elisabeth war mit Kind, Haus und Garten den ganzen Tag über beschäftigt, und auch auf Robert wartete, wenn er vom Unterricht heimkam, meistens eine häusliche Pflicht.

Mal musste der Rasen gemäht, mal eingekauft werden, dann wollte Andrea mit dem Papa spielen oder der sollte ihr etwas vorlesen. Irgend etwas stand einer Pause, wie Robert sie früher eingelegt hat, bevor er sich zu Korrekturen oder Vorbereitungsarbeiten an den Schreibtisch setzte, immer im Wege.

Für besinnliche oder zärtliche Stunden mit seiner Frau war nun leider auch kaum mehr Zeit. Wenn sie am Abend ins Bett gingen, waren sie rechtschaffen müde und redeten, bevor sie einschliefen, meistens nur noch über Organisatorisches für den nächsten Tag.

Aber mal abgesehen von diesem ganzen Stress: seit Andreas Geburt hatte Elisabeth offensichtlich deutlich weniger Interesse am Schmusen als früher.

Ist das normal? Gibt sich das wieder nach einiger Zeit? Klar, das Leben in einer Partnerschaft besteht nicht nur aus Liebe, Harmonie und Glück. Das ist jetzt halt ehelicher bzw. familiärer Alltag. Aber das bleibt doch hoffentlich nicht immer so! Robert möchte auch in Zukunft Elisabeths Mann sein und nicht bloß Papa.

Schon zweimal war sie nun in München, beim ersten Mal war auch Paul mit dabei. Auf der Rückfahrt sagte er, das reiche ihm nun aber für eine Weile. Er ist nicht gern bei andern Leuten zu Besuch, nicht mal bei den eigenen Kindern. Höchstens für ein paar Stunden zum Kaffee oder zum Essen, aber nicht zur Übernachtung.

Er muss immer seine gewohnte Umgebung haben, er mag nicht in einem fremden Bett schlafen, ein fremdes Klo, ein anderes Waschbecken, das hasst er alles. Einmal das Haus seines Sohnes gesehen zu haben, das genügt ihm. Seine Enkeltochter muss er auch nicht alle paar Wochen besuchen.

"Kleine Kinder sehen sowieso alle gleich aus", hat er gesagt. So ein Blödsinn, typisch Paul halt. Na ja, dann fährt sie eben mit dem Zug allein von Stuttgart nach München. Ein bisschen umständlich, aber die kleine Andrea ist es wert.

Ihr Enkel Ralfi ist ja ein ganz süßer Bub, aber sie hat sich schon immer ein Mädchen gewünscht. Marianne hätte gern eine Tochter gehabt, aber sie kriegte zwei Söhne. Jetzt endlich hat sie ein Enkeltöchterchen.

Das Andreaschätzchen ist das liebste und herzigste Mädle, das sie jemals gesehen hat. Wie wach und aufmerksam sie mit ihren strahlenden blauen Augen in die Welt schaut! Ein ganz besonderes, ruhiges und intelligentes Kind ist das, die wird bestimmt mal eine großartige Frau. Ihre Mama ist ja auch ganz hübsch; aber halt nichts Besonderes. Andrea aber wird ganz bestimmt mal studieren, wahrscheinlich wird sie Ärztin,

Lehrerin oder Juristin. Marianne wäre es am liebsten, wenn ihre Enkelin Ärztin würde.

Doch, doch, Elisabeth ist schon in Ordnung. Sie gibt sich redlich Mühe, eine gute Mama zu sein. Und das Haus hält sie auch ganz gut sauber, alles ist an seinem Platz. Kochen kann sie auch ordentlich. Mal abgesehen von ihrem Kartoffelsalat, da fehlt die Brühe. Aber wenigstens macht sie ihn mit Essig und Öl, und nicht mit Mayonnaise, das wäre ja ganz furchtbar.

Doch, Marianne ist durchaus zufrieden mit ihrer Münchner Schwiegertochter. Mit Mannis Frau Helga kommt sie zwar besser zurecht, aber die kennt sie natürlich auch viel besser. Mit Elisabeth muss sie halt erst richtig warm werden, das dauert alles seine Zeit, da muss man gerecht sein.

Natürlich wäre es ihr lieber gewesen, wenn Berti ein schwäbisches Mädchen geheiratet hätte, aber so ist es nun halt mal. Ihr Großer hatte schon immer seine ganz eigenen Vorstellungen.

Es ist ein heißer Tag, auch jetzt am späten Nachmittag rinnt noch der Schweiß, in ihrem R4 steht die Luft. Sie sind nach einem Großmarkt-Einkauf auf dem Weg nach Hause. Andrea quengelt in ihrem Kindersitz.

Robert geht nicht gern einkaufen, vor allem nicht in diesen riesigen Märkten. Dort ist das Angebot so umfassend, dass man sich kaum zurechtfinden kann. Und die Frauen wollen sich das alles ganz genau ansehen, Elisabeth jedenfalls will das.

Überall bleibt sie stehen und schaut, ob ihr vielleicht etwas von diesen Sachen gefallen könnte. Und natürlich legt sie dann so manches in den Einkaufswagen, was man eigentlich gar nicht braucht.

Robert hasst solche Spontankäufe, das Zeug liegt daheim rum, wird meistens vergessen und nicht benützt, ungeplante Lebensmittelkäufe verderben oft.

Wenn er allein einkauft, macht er das ganz anders. Er hat einen Einkaufszettel, der wird abgearbeitet. Eine Hose oder ein Hemd kauft er, wenn er es braucht. Natürlich verpasst man mit dieser Methode manches günstige Angebot, zahlt für die Klamotten einen höheren Preis als im Schlussverkauf. Doch er ist überzeugt davon, dass er auf diese Weise insgesamt trotzdem Geld spart, denn er kauft nichts Unnötiges.

"Pass auf, da vorne steht ein Polizeiwagen!", reißt Elisabeth ihn aus seinen sparsamen Gedanken.

Mit der roten Kelle winken sie ihn neben die Straße. Was wollen die denn? Robert ist sicher, dass er nicht zu schnell gefahren ist. Während er noch fieberhaft überlegt, was er falsch gemacht hat, treten plötzlich Polizisten mit Maschinenpistolen hinter einem Gebüsch rechts von der Straße hervor. Sie stellen sich mit erhobenen Waffen neben den Wagen und blicken durch die Fenster. Als sie die kleine Andrea im Kindersitz sehen, lassen sie die Pistolen sinken und bedeuten ihm, er könne weiterfahren. Robert kurbelt das Fenster herunter und fragt nach dem Grund der Aktion.

"RAF-Fahndung", sagt ein Polizist, "fahren Sie weiter."

Robert und Elisabeth sehen sich an, sie ist ganz blass vor Schreck.

"Hast Du bei den Demonstrationen auf der Leopoldstraße eigentlich auch mitgemacht?", fragt Elisabeth nach einer Weile.

"Nein, hab ich nicht. Warum fragst Du?"

"Na ja, man sieht ja jetzt, was daraus geworden ist."

"Was redest Du denn da für Unsinn?"

Robert schüttelt den Kopf.

"Die Studentenproteste und die RAF, das sind doch ganz verschiedene Sachen. Weil einige wenige der Demonstranten später kriminell wurden, sind doch die Demonstrationen nicht unberechtigt gewesen!"

"Aber die RAF ist aus dieser Gruppe von Studenten hervorgegangen. Hat also schon was miteinander zu tun."

Robert ärgert sich. Die Verbrechen der RAF als Folge-erscheinung der Studentenunruhen zu betrachten, findet er unfair gegenüber den seiner Ansicht nach durchaus berechtigten Anliegen der protestierenden Studenten.

Er war damals schon Lehrer. Doch vermutlich hätte er auch nicht mitdemonstriert, wenn er noch Student gewesen wäre. Er schaut sich solche Sachen lieber aus der Distanz an. Aber er hatte durchaus Sympathie für die APO. Den Protest gegen die Notstandsgesetze, insbesondere aber gegen die autoritäre Art der aktuellen Professorengeneration, konnte er weitgehend nachvollziehen.

Für Elisabeth haben Demonstrationen, selbst wenn sie offiziell zugelassen sind, etwas Verdächtiges. Sie sind meistens unangemessener Widerstand. Es geht ja dabei in der Regel um die Interessen von Minderheiten, und es nehmen vor allem Leute teil, die sich im Schutz einer Gruppe für ihre ganz persönliche Sache wichtig machen wollen. Wirklich berechtigt sind Demonstrationen ihrer Ansicht nach höchstens in seltenen Ausnahmefällen.

Kritik an staatlichen Institutionen und an anerkannten Autoritäten kommt ihr fast immer anmaßend vor. Es gefällt ihr nicht, wenn jemand gegen Entscheidungen der Regierung oder gegen etwas, was „schon immer so war", protestiert. Diese Leute denken nur an sich und ihren Eigennutz und nicht daran, wie die Sache aus der Sicht Anderer aussieht. Oder sie haben halt keine Ahnung von der Kompliziertheit eines Themas.

Elisabeth vertraut auf die Sachkunde der Politiker und darauf, dass im Bundestag alle Seiten und Interessen ausgiebig zu Wort kommen und dann eine sorgfältig abgewogene Mehrheitsentscheidung getroffen wird. So funktioniert schließlich Demokratie.

Da hat sie ja im Sozialkundeunterricht gut aufgepasst. Schade bloß, findet Robert, dass der Kollege oder die Kollegin ein paar kritische Anmerkungen versäumt hat. Zum Beispiel, dass viele Abgeordnete leider nicht wirklich unabhängig sind.

Die Interessen der Wirtschaft und der Reichen stehen Robert häufig viel zu sehr im Vordergrund, Parteien und Politikern geht es doch oft vor allem um Macht und die eigene Karriere. Er findet es sehr wichtig, dass kritische Bürger die Augen offen halten und sich zu Wort melden. Zum Beispiel auch durch eine Demonstration.

Na ja, seine Frau ist eben ein bisschen naiv und viel zu obrigkeitsgläubig.

Natürlich kamen die Erschütterungen und gesellschaftlichen Veränderungen der 70er-Jahre auch in der Schule an. Zuerst nur in theoretischen Diskussionen, im Klassen- wie im Lehrerzimmer. Irgendwann, langsam und fast unmerklich, jedoch auch im ganz praktischen Schulalltag.

Die Mädchen wurden immer selbstbewusster, entwickelten auf einmal ganz andere Zukunftspläne als früher, wollten mehr als nur Mutter und Hausfrau werden. Die meisten wollten nun einen Beruf erlernen oder studieren. Und viele der Jungen zeigten, zumindest in den höheren Klassen, Verständnis und Sympathie für das neue Selbstverständnis ihrer Mitschülerinnen.

Einige der jungen Männer in den Oberklassen ließen sich sogar von der beginnenden Emanzipationsbewegung anstecken und versuchten sich auf bisher rein weiblichen Feldern. Nicht nur, dass sie ihre Absicht erklärten, sie wollten in einer Partnerschaft oder Ehe gerne auch kochen und andere Haushaltspflichten übernehmen, einige begannen schon ganz praktisch mit ersten Übungen. Zum Beispiel mit Stricken.

Das Stricken war im Lehrerzimmer schon seit geraumer Zeit ein vieldiskutiertes Thema, genauer gesagt: das Stricken im Unterricht. Für viele Kollegen kam es überhaupt nicht in Frage, dass Mädchen strickten, während der Lehrer etwas vortrug oder erklärte. Sie empfanden das als grobe Missachtung ihrer Autorität und als persönliche Beleidigung. Die Lehrerinnen waren da deutlich toleranter, doch auch einige männliche Lehrer, Robert gehörte dazu, hatten nichts gegen

„Strickschülerinnen". Denn sie hatten festgestellt, dass diese Mädchen genauso aufmerksam, oft sogar aufmerksamer als die anderen, dem Unterricht folgten. Sie erledigten ihre Handarbeit offenbar blind und wurden durch sie nicht abgelenkt.

Robert kannte das von seiner Frau. Er hatte zwar noch nie verstanden, wie Elisabeth beim Fernsehen stricken konnte, doch sie behauptete, das lenke sie keineswegs ab, es erhöhe sogar ihre Konzentration auf Bild und Ton. Wenn das tatsächlich so war, dann war auch nichts gegen das Stricken während des Unterrichtsgesprächs einzuwenden, fand Robert.

Und nun begannen plötzlich sogar einige Jungen mit dem Stricken im Unterricht! Die Meinungsverschiedenheiten unter den Lehrern erreichten eine neue Stufe. Die antiautoritäre Fraktion, das waren natürlich vor allem junge Lehrerinnen und Lehrer, fand den Abbau überholter traditioneller Rollenbilder sehr begrüßenswert. Die konservativen Kollegen dagegen schüttelten über so viel irrsinnigen Zeitgeist verständnislos den Kopf und fühlten sich nicht nur von den Schülern provoziert, sondern jetzt auch und vor allem von den jungen Kollegen.

Robert fand, die Diskussion sei viel zu hoch gehängt, er beschloss, das Thema einigermaßen entspannt zu betrachten. Er selbst konnte nicht stricken und hatte auch nicht vor, es zu lernen. Seiner Beobachtung nach aber gehörten die Jungen, die im Unterricht nebenbei lange Schals produzierten, nicht zu den dümmsten, es waren vielmehr aufgeweckte, oft witzige Typen. Robert fand es deshalb am besten, ihr Stricken überhaupt nicht zu beachten, zumindest solange sie sich rege am Unterricht beteiligten. Vielleicht hatten sie dann das Gefühl, der Lehrer sei genauso locker und modern wie sie selbst. Das schuf auf jeden Fall eine bessere Unterrichtsatmosphäre als ein Verbot ihrer Handarbeit.

Kurze Zeit später kam, als nächste neumodische Entwicklung, das Thema der korrekten Anrede auf die Tagesordnung. Bisher war es üblich gewesen, die Schüler mit „Du" anzusprechen, nun galt offiziell: ab Alter 16 „Sie", entweder mit Vornamen oder Nachnamen, spätestens mit 18 „Herr X" und „Frau Y", auf keinen Fall „Fräulein".

Doch die meisten von Bertis Schülerinnen und Schülern waren an dieser Regelung absolut nicht interessiert, sie waren offensichtlich noch nicht reif für diese Form der Anerkennung als erwachsene Menschen. Wenn er sie mit Herr Maier und Frau Müller ansprach, erklärten sie, sie wollten weiterhin lieber mit ihren Vornamen angesprochen werden, Herr und Frau kam ihnen viel zu distanziert vor.

Witzigerweise war den Mädchen sogar die Anrede „Fräulein" immer noch lieber als „Frau", das fanden sie total unpassend für sich.

Berti war der Meinung, Vorname und „Sie", das passe doch nicht, das klinge ja nach Kellnerin und niederem Untergebenem. Diese Argumentation konnten auch seine Schüler nachvollziehen, und so blieben sie beim Vornamen und beim Du, bis zum Abitur.

Allerdings nicht beiderseits. So weit wollte es Robert mit der Vertraulichkeit nicht kommen lassen. Es gab tatsächlich Lehrer, die ließen sich, schließlich musste man konsequent sein, von den Schülern duzen. Aber das ging anscheinend ganz schön in die Hose. Wie man hörte, war da nach kürzester Zeit jegliche Autorität des Lehrers restlos flöten.

Das dritte, im wahrsten Sinn des Wortes, heiße Thema, das der Schule neue Diskussionen bescherte, war schließlich das der "angemessenen" Kleidung. Seit einiger Zeit zogen sich die Schüler immer lässiger an, die Schülerinnen kamen immer aufreizender gekleidet zur Schule.

Die Röcke wurden kürzer, die Hosen und T-shirts enger, und im Hochsommer hatten manche Mädchen so heiße Höschen an, dass, im besten Fall, der Übergang der nackten schlanken Oberschenkel zur sanften Rundung ihres wohlgeformten Hinterns nicht nur geahnt werden konnte.

Allerdings sind ja die Oberschenkel mancher Mädchen doch nicht ganz so schlank, sondern oft ziemlich prall. Und wenn sich dann kein niedlicher Po andeutet, sondern ein fetter Arsch aus der knappen Hose quillt, ist das nicht unbedingt ein erfreulicher Anblick.

Wie dem auch sei, auch Berti fand, solche Kleidung gehört, selbst wenn sie manchmal optisch reizvoll sein kann, selbstverständlich nicht in die Schule. Sie lenkt die Mitschüler zu sehr vom Unterricht ab. Und den Lehrer vielleicht auch ein bisschen.

Kurz nachdem die Lehrerkonferenz beschlossen hatte, derart freizügige Aufmachung für die Schule zu verbieten, begannen die Sommerferien. Mitte September, zu Beginn des neuen Schuljahrs, war die sommerliche Hitzeperiode und damit die Zeit der Shorts vorbei. Die Mädchen waren schon aus meteorologischen Gründen wieder einigermaßen angemessen gekleidet. Das Problem hatte sich, zumindest für dieses Schuljahr, von selbst erledigt.

Berti war übrigens, wie seltsamerweise fast alle Kolleginnen und Kollegen, der Meinung, seine "eigenen" Schülerinnen seien in Sachen Kleidung, und auch sonst, viel anständiger als der Durchschnitt.

„Gut hast Du wieder gekocht!", sagt Robert, nachdem die Gäste sich verabschiedet haben. Elisabeth reagiert nicht auf sein Lob, stattdessen sagt sie:

„Die Freundinnen von Thomas werden immer nuttiger!"

„Wie meinst Du das?"

„Na, wenn Du das nicht selbst siehst... Wie die angezogen war, das ist doch geschmacklos, wie ein Flittchen eben!"

„So laufen doch heute fast alle rum, das ist doch ganz normal."

Er könnte sich auf die Zunge beißen, ihre Reaktion wäre vorherzusehen gewesen.

„Ja, ja, ich hab schon gemerkt, dass Dir das gefallen hat. Ihr Männer seid doch alle gleich primitiv. Da braucht eine nur knallenge Hosen anzuziehen, einen zwei Nummern zu kleinen Pulli über einem gepolsterten BH-Busen und hochhackige Schuhe, das macht Euch an!"

Eigentlich mag Elisabeth Roberts Freund Thomas ganz gern, aber sie hat überhaupt kein Verständnis dafür, dass er dauernd neue Freundinnen anschleppt. Sie trifft sich gern öfter mal mit Freunden zu einem gemütlichen Abendessen mit anschließender Rommee-Runde, aber mit Thomas und seinen ständig wechselnden Begleiterinnen geht das nicht. Und was der für Bräute daher bringt! Man muss sich regelrecht vor den Nachbarn genieren. Peinlich ist das, einfach peinlich!

Thomas ist ein Kumpel von Robert aus Studientagen. Sie waren viel zusammen damals, haben oft beim Weißbier im „Alten Simpl" in der Türkenstraße über Literatur und Politik diskutiert.

Tom hat Literaturgeschichte studiert, mit ihm konnte Robert mehr anfangen als mit den meisten Lehramtsstudenten. Er war schon immer ein bisschen chaotisch, aber charmant und witzig. Robert bewunderte ihn insgeheim für sein Temperament und seine lässige Selbstsicherheit.

Jetzt verdient Tom sein Geld als Regieassistent, wobei Robert nicht recht klar ist, bei welcher Art von Filmen er da eigentlich assistiert.

„Weißt Du", giftet Elisabeth weiter, „das ärgert mich. Ich gebe mir so viel Mühe, damit wir Deinem Freund einen schönen Abend bieten, und dann bringt der so ein billiges Betthäschen mit. Und Du fährst natürlich voll auf die ab. Man konnte richtig auf Deiner Stirn lesen, was sich dahinter abspielt."

Robert will sich verteidigen, er ist doch nur freundlich gewesen, das muss man als Gastgeber schließlich sein, aber er kommt gar nicht zu Wort. Sobald er Luft holt, fällt Elisabeth ihm schon ins Wort. Sie ist jetzt nicht mehr zu bremsen.

Sie wird grundsätzlich. Aller Frust ihres Lebens kommt mal wieder raus. Sie beklagt ihr ödes Hausfrauenleben. Ihm zuliebe habe sie ihre Arbeit aufgegeben, jetzt sitze sie den ganzen Tag daheim und hätte keine Chance mehr, wieder in ihren Beruf reinzukommen. Er habe es gut, er erlebe jeden Tag was, habe einen be-friedigenden Job...

„Also, jetzt hör aber auf! Du tust ja grad, als ob ich je-den Tag zur Erholung wegfahren würde und nicht zur Arbeit. Und außerdem helf' ich Dir doch auch im Haus-halt...“

„Dass ich nicht lache! Hin und wieder mal das Geschirr spülen, das ist alles. Wahrscheinlich betrachtest Du es auch noch als großzügige Hilfe für mich, wenn Du Dich mal ein paar Minuten mit Deiner Tochter beschäftigst. Du hast Dich bis heute nicht ernsthaft mit Deiner Va-terrolle auseinandergesetzt. Gelegentlich mal was vor-lesen, mehr machst Du doch nicht mit Andrea.“

Robert versucht zu widersprechen, aber vor Erbitte-rung und Aufregung fehlen ihm die Worte. Seine sons-tige Ruhe und Souveränität kommt ihm mal wieder völ-lig abhanden. Er beginnt zu stammeln wie ein Pennä-ler, die Formulierungen bleiben ihm buchstäblich im Halse stecken. Er weiß, dass ihm Unrecht geschieht, aber er ist nicht in der Lage, sich wirkungsvoll zu weh-ren. So stellt er sich die Sache mit dem Kaninchen und der Schlange vor.

„Und wenn ich mal was Neues zum Anziehen brauche, muss ich darum bitten und es rechtfertigen. Was der Herr Gemahl gern kauft, sind allenfalls ein paar schar-fe Dessous. Du kannst mich mal!“

Will er gar nicht.

Die meisten Scheidungen finden nach vier Jahren statt, hat Robert mal gelesen. Sie sind nun schon sechs Jahre verheiratet. Seit einiger Zeit ist Elisabeths Stimmung immer häufiger gereizt bis aggressiv.

Und er zweifelt immer öfter an der Richtigkeit der Rechnung von der idealen Altersvorsorge durch eine eigene Immobilie. Trotz 7b-Abschreibung.

Robert blättert in der Zeitung. Um konzentriert zu lesen, ist er zu müde. Es ist heiß, immer wieder nickt er ein. Die S-Bahn ist um diese Mittagszeit ziemlich leer, nur wenige Fahrgäste sitzen im Zug.

Am Bahnhof Laim setzt sich ein junger Mann auf den Platz schräg gegenüber von ihm, nimmt die "Süddeutsche" zur Hand, die ein anderer Fahrgast liegen gelassen hat, und faltet sie mit theatralischer Geste auf.

Er liest die Zeitung jedoch gar nicht, vielmehr breitet er nur jeweils eine Doppelseite vor sich aus, so dass sein Kopf und Oberkörper hinter ihr verschwinden, dann knallt er plötzlich die Arme zusammen, knüllt das Papier in den Händen und wirft es auf den leeren Sitz neben sich. Das wiederholt er mit einem Blatt nach dem andern.

Vielleicht will der Kerl seine Verachtung für intellektuelle Zeitungsleser demonstrieren, wahrscheinlich aber, vermutet Robert, will er einfach nur einen möglichst großen Saustall im S-Bahn-Wagen hinterlassen. Bis Moosach hat sich auf der Sitzbank ein Haufen Papierbälle aufgetürmt, viele der Knäuel sind auf den Boden gefallen.

Robert ist jetzt hellwach. Am Vormittag hat er das Thema „Zivilcourage" behandelt und seinen Schülern klar zu machen versucht, dass man sich nicht aus allem heraus halten darf. Und dies ist nun ein typisches Beispiel für eine solche Situation.

Wenn man diesem Burschen jetzt tatenlos zusieht und ihn nicht zurechtweist, wird er sich demnächst wahrscheinlich mit hemmungslosem Vandalismus austoben. Robert muss sich einmischen. Es ist eine Frage der Glaubwürdigkeit, sich selbst und, vor allem, seinen Schülern gegenüber. Auch wenn sie es gar nicht miterleben.

„Ich gehe davon aus, dass Sie das Papier einsammeln, bevor Sie aussteigen!"

Der junge Mann setzt ein befremdetes Gesicht auf und sieht ihn hochmütig an.

„Aber selbstverständlich werde ich meine Zeitung mitnehmen. Ich habe im Wirtschafts- und Kulturteil längst noch nicht alles gelesen", sagt er in geziert vornehmem Ton.

Die anderen Fahrgäste tun so, als bemerkten sie nichts. Doch Robert weiß ganz genau, dass sie ihn und den Jungen verstohlen beobachten. Warum unterstützt ihn keiner? Was sind denn das für Leute!? Denen ist anscheinend alles egal, was sie nicht unmittelbar betrifft. Roberts Empörung steigert sich zur Wut.

Ihm ist klar, dass der halbstarke Lümmel ihn austricksen will, er beobachtet ihn an jeder Haltestelle mit höchster Konzentration. Der darf sich jetzt nicht so einfach davonmachen! Robert ist entschlossen, diesen Rotzlöffel aufzuhalten, wenn er aussteigen will. Er wird ihn zwingen, das Papier aufzusammeln!

An den Stationen Fasanerie und Feldmoching macht der Bursche keine Anstalten aufzustehen. Robert überlegt, was er tun soll, wenn er in Unterschleißheim selbst aussteigen muss. Vielleicht kommt ja eine Station vorher, in Oberschleißheim, wo der Zug immer einen längeren Aufenthalt hat, weil der hintere Zugteil abgehängt wird, ein Schaffner. Der wird dem jungen Mann dann ja wohl auch die Leviten lesen.

Die S-Bahn steht schon eine ganze Weile in Oberschleißheim, der Kerl sitzt immer noch auf seinem Platz. Ganz plötzlich springt er auf. Roberts rechtes Bein zuckt nach vorn. Der Junge stolpert über Roberts Fuß, stürzt jedoch nicht. Er taumelt auf die offene Waggontür zu. Robert rennt ihm nach und holt ihn ein, als er eben den Bahnsteig erreicht hat. Er packt ihn am Arm, zieht ihn zu sich her und gibt ihm eine schallende Ohrfeige. Und noch eine, noch kräftiger als die erste!

"Du sollst das Papier aufsammeln, Du Scheißkerl!"

Er will ihn in den Wagen zurückzerren, doch der Bursche reißt sich los, läuft davon und verschwindet über die wenige Meter entfernte Treppe in der Unterführung.

„Und jetzt rate mal, wie die Leute am Bahnsteig und im Zug auf meine Ohrfeigen für den Lümmel reagiert haben!"

„Wahrscheinlich gar nicht."

„Doch, haben sie. Aber kein Wort der Zustimmung! Im Gegenteil, nur mitleidige Kommentare für den ‚armen Jungen'. Was glaubst Du, wie vorwurfsvoll und strafend die mich angeschaut haben!"

Robert hat erwartet, war sich eigentlich ganz sicher, Elisabeth werde seine Empörung über die unkritische Haltung der Leute gegenüber dem Benehmen derart übler Jugendlichen teilen, aber da hat er sich gewaltig getäuscht. Sie wirft ihm vielmehr vor, mit seiner Aggressivität nicht nur sich selbst, sondern die Existenz der ganzen Familie gefährdet zu haben.

„Wenn Dich jemand erkannt hat, steht das morgen vielleicht in der Zeitung. ‚Wütender Pauker verprügelt Schüler in der S-Bahn'. Dann bist Du als Lehrer eines Münchner Gymnasiums nicht mehr tragbar. Du wirst aus dem Beamtenverhältnis entlassen und stehst auf der Straße."

Als Alleinstehender hätte er sich so eine idiotische Unbeherrschtheit ihretwegen ja erlauben können, schimpft sie, aber als Familienvater sei so eine bodenlose Blödheit nicht mehr sein Privatvergnügen. Ob sie ihn vielleicht an seine Verantwortung für Frau und Kind erinnern dürfe!? Unglaublich sei das.

Es stand nichts in der Zeitung.

In den Sommerferien sind sie schon ein paarmal nach Italien gefahren. Beim ersten Mal waren sie in Jesolo. Robert fand's furchtbar. Total überfüllt, langweiliger Strand, das Meer eine warme Brühe, keine Brandung. Venedig war ganz interessant, aber auch dort natürlich viel zu viele Touristen. In den Restaurants wurde man ganz unverschämt ausgenommen, dabei bekam man nicht mal was Ordentliches zum Essen.

Beim zweiten Mal reisten sie in die Toscana, das hat ihm gefallen. Sie besichtigten Florenz und die Uffizien, fuhren dann in die weitere Umgebung. In kleinen, beschaulichen Städtchen konnte man noch richtig stimmungsvolle Ursprünglichkeit entdecken. Und toll essen konnte man dort auch. Man muss in Restaurants einkehren, die auch von Einheimischen besucht werden, dann bekommt man großartige Gerichte serviert! Besonders gut hat ihm, trotz der vielen Touristen, auch Siena gefallen.

Am liebsten aber reist Robert nach Südtirol. Auf einen Berggasthof wandern, dort eine schöne Brotzeit mit geräuchertem Schinken und ein Glas Wein genießen, das gefällt ihm. Und baden kann man dort auch herrlich, viel besser als an den überfüllten Stränden von Adria und Riviera.

Die Kombination aus Bergwandern und Baden im frischen Wasser eines Sees hat ihn schon in Kindertagen begeistert. Mit seinen Eltern und seinem Bruder hat er das in den Ferien ein paar Mal im Allgäu erlebt. Herrlich war das! Zum Abschluss des Tages sind sie immer ins Gasthaus gegangen, bevor sie in ihr privates Ferienquartier zurückkehrten. Und Manfred und er durften sich bestellen, was sie wollten! Schnitzel, Kässpätzle, russische Eier...

Aber die Kinder von heute kann man mit so etwas nicht mehr beeindrucken. Gutes Essen ist für die selbstverständlich. Und Andrea wandert auch nicht gern. Als sie noch klein war, trug Robert sie bei ihren Ausflügen in einer Rückentrage huckepack. Damals sind sie an den Herbstwochenenden oft von München aus nach Schliersee oder Bad Wiessee gefahren, um von dort aus zu schönen Almwanderungen aufzubrechen. Aber seit sie sich selbst bewegen und ein bisschen anstrengen muss, nörgelt seine Tochter beim Wandern. Und auch Elisabeth ist seit einiger Zeit nicht mehr besonders erpicht darauf, sich körperlich zu verausgaben. Die Damen legen sich lieber in die Sonne.

Im April wird Andrea von den Eltern ihrer Freundin Christine eingeladen, in den großen Ferien mit ihnen in eine Ferienwohnung auf Mallorca zu fahren. Elisabeth ist von dieser Idee gar nicht begeistert, doch Robert unterstützt seine Tochter. Endlich wieder mal ein Urlaub zu zweit und die Chance, das eheliche Liebesleben ein bisschen wiederzubeleben.

"Was hältst Du davon, wenn wir beide dieses Jahr nach Frankreich fahren?"

Elisabeth zögert. Die Franzosen seien doch immer noch sehr deutschfeindlich, meint sie, da fühle sie sich nicht wohl. Als Sechzehnjährige ist sie in den Schulferien mit einer Jugendgruppe ihrer Kirchengemeinde in ein kleines Dorf der Auvergne gereist, um beim Wiederaufbau einer im Krieg von der deutschen Wehrmacht zerstörten Kirche zu helfen. Die Jugendlichen wurden dort vom Pastor und einigen wenigen Leuten zwar freundlich empfangen, nicht jedoch von der Mehrzahl der übrigen Dorfbewohner. Während ihres Aufenthalts wurden die deutschen Gäste immer wieder beschimpft, einige von ihnen wurden sogar angespuckt.

Robert kann sich gut vorstellen, wie schlimm das für die Jugendlichen war. Sie waren in guter Absicht und mit einem aus friedlichem Idealismus, Neugier und Abenteuerlust gemischten Gefühl angereist. Und dann wurden sie empfangen wie Feinde. Es muss ein Schock gewesen sein.

Er selbst erlebte, nur wenige Jahre später, als junger Lehrer das Nachbarland bei seiner ersten und bisher einzigen Frankreichreise jedoch vollkommen anders. Ihm war damals allerdings klar, dass er in einem Land unterwegs war, dessen Bewohner durchaus Grund hatten, gegenüber Deutschen reserviert zu sein. Bei einer Hollandreise ein Jahr zuvor hatte Robert entsprechende Erfahrungen gesammelt und verhielt sich nun sehr vorsichtig im "Land des Erzfeinds".

Er war, sozusagen stellvertretend für die Generation seiner Eltern, immer mit etwas schlechtem Gewissen unterwegs. Er konnte dies selbst nicht so recht verstehen, denn er hatte ja mit den Ereignissen des 2. Weltkriegs wirklich nichts zu tun. Doch er war eben Deutscher, das Kind deutscher Eltern, deren Generation sich schuldig gemacht hatte. Und deshalb klebte halt doch etwas Belastendes an ihm. Er konnte nie verstehen, wie unsensibel und polternd manche deutsche Touristen in den Nachbarländern auftraten. Selbst in Ländern wie Österreich oder der Schweiz fand er es höchst peinlich, wenn seine Landsleute ungeniert und laut miteinander Dialekt sprachen.

Es war in Arcachon, als er damals, in schlechtem Französisch, einen älteren Herrn nach dem Weg zum Markt fragte. Zu Roberts Überraschung antwortete der Mann in fast akzentfreiem Deutsch. Robert drückte spontan seine Verwunderung darüber aus und merkte im nächsten Augenblick, wie naiv seine Reaktion war.

"Ja", sagte der Mann mit feinem Lächeln, "ich habe einige Jahre in Deutschland gelebt."

Als Kriegsgefangener habe er in einer Waffenproduktionsfabrik im Ruhrgebiet gearbeitet.

"Das tut mir leid", stotterte Robert, "entschuldigen Sie bitte."

Da legte der alte Herr seine Hand auf Roberts Oberarm, fast zärtlich war diese Geste, und sagte leise

"Sie sind daran nicht schuld, junger Mann."

Robert hatte durchaus selbst das Gefühl, dass er eigentlich keinen Grund hatte, sich zu entschuldigen. Eigentlich, aber irgendwie doch. Die Reaktion des französischen Mannes aber rührte ihn und machte ihn so glücklich, dass er sie nie vergessen würde.

Elisabeth und Robert sprechen lange über ihre so völlig unterschiedlichen Erlebnisse in Frankreich und mit Franzosen. Er kann sie schließlich davon überzeugen, dass sich in den zwanzig Jahren seit ihren Erlebnissen in der Auvergne ganz bestimmt vieles zum Guten verändert hat.

Schließlich einigen sie sich darauf, ihren ersten Urlaub ohne Kind nach vielen Jahren in der Provence zu verbringen. Elisabeth will gern einmal die Lavendelblüte erleben. Der Winter ist kalt und lang gewesen, da hat die Blüte dieses Jahr erst spät begonnen. Wenn man sofort zu Ferienbeginn losfährt, besteht eine gute Chance, noch etwas von ihr zu sehen. Sie buchen ein kleines Ferienhaus in der Nähe von Gordes, für drei Wochen, ab dem 31. Juli.

Ende Mai zeichnet sich ab, dass aus dem Urlaub zu zweit vermutlich doch nichts wird. Denn da ist klar, dass Andrea ein katastrophales Zeugnis heimbringen wird. In Mathe steht sie auf einem eindeutigen Fünfer, in Physik und Geschichte wird je noch eine Schulaufgabe geschrieben, mit der sie sich vielleicht auf eine Vier retten kann.

In Geschichte schafft sie es. In Physik nicht, da hat sie nur noch die Chance der Nachprüfung am Ende der Sommerferien.

Also, Urlaub mit der Freundin gestorben. Robert verordnet seiner Tochter intensive Vorbereitung auf die Nachprüfung. Das geht nur zuhause und, weil es schon gebucht ist, zu Beginn der Ferien halt in Südfrankreich. In dem Häuschen ist genug Platz auch für drei.

Das Steinhäuschen ist einfach eingerichtet, aber alles Nötige ist da, sogar ein Fernseher. Nach Südwesten, vor dem Wohnzimmer, liegt eine kleine Terrasse, in einem Schuppen stehen Gartenmöbel. Eine niedrige Natursteinmauer umgibt die Gartenwiese. Der Blick fällt in eine leicht hügelige Landschaft mit weiten Feldern.

Das Schlafzimmer ist mit zwei Einzelbetten und einem Schrank möbliert. Robert würde die Betten gern zusammenschieben, doch Elisabeth schlägt vor, dass der Papa auf dem Sofa im Wohnzimmer schläft.

Robert schluckt. Elisabeth findet, das sei das Vernünftigste. Andrea könne auf diese Weise früh zu Bett gehen, und sie könnten im Wohnzimmer sitzen, so lange sie wollen. Da hat sie recht, das ist sehr vernünftig, da kann man nicht widersprechen.

Er wäre aber gern unvernünftig gewesen! Und er will auch nicht immer nur der Papa sein! Er hat sich das so schön vorgestellt: mal wieder ausführlich schmusen. Theoretisch könnte man das, wenn das Töchterchen schläft, natürlich auch im Wohnzimmer, theoretisch kann man jederzeit und überall schmusen. Haben sie früher auch gemacht. Aber das ist lange her.

Seit sie ein Kind haben, sind sie in erster Linie Eltern statt Paar. Nur noch hin und wieder, am späten Abend und im Bett, gibt es die eheliche Pflichterfüllung. Aber nicht mehr als einmal in der Woche. Jede Spontaneität ist verschwunden, alles hat seine Ordnung. Es gibt keine Erotik mehr im Alltag, nur noch Gewohnheit und Vernunft.

Doch wenigstens im Urlaub könnte es doch mal wieder so sein wie früher! Wozu, verdammt nochmal, hat man denn geheiratet? Aber das kann man jetzt, in Anwesenheit der 15-jährigen Tochter, natürlich nicht verhandeln.

Die Küche ist winzig, aber dennoch ausreichend ausgestattet. Die Hausbesitzerin bietet an, Obst und Gemüse aus eigenem Anbau zu liefern. Elisabeth ist gleich Feuer und Flamme, sie kocht gern. Sie kocht auch gut, sehr gut sogar, in dieser Hinsicht kann sich Robert wirklich nicht beklagen.

Am zweiten Tag fahren sie nach Gordes. Das reizvolle Bergdorf mit seinen herrlichen gepflasterten Gassen um die Burg herum gefällt sogar Andrea, sie würde gern am nächsten Tag gleich wieder hinfahren. Weil es dort an einem Kiosk ein großartiges Pfirsicheis gibt. Da muss Robert ihr Recht geben, das Eis ist umwerfend gut. Er hat noch nie zuvor Pfirsicheis gegessen.

Sie besichtigen nach und nach all die berühmten Städte, Ortschaften und Sehenswürdigkeiten der Provence, legen zwischendurch immer mal wieder einen Ruhetag in ihrem gemütlichen Haus ein.

Es könnte alles wunderschön sein, wenn Andrea nicht dauernd etwas zu nörgeln hätte. Das ist schon bei der Anreise so gewesen, dafür hatte Robert noch ein gewisses Verständnis, so eine lange Autofahrt ist stressig, für Beifahrer vielleicht sogar noch mehr als für den Fahrer. Aber die miese Laune seiner Tochter wird auch danach nicht besser. Und überträgt sich auf Mama und Papa.

Ob Roussillon oder Saignon, was, fragt Andrea, ist da Besonderes? Sieht doch alles fast gleich aus. Überall steinige, steile, enge Straßen. Gordes ist doch viel näher, und so ein tolles Eis wie dort gibt es in den anderen Orten auch nicht.

Immerhin, in Grasse geht es um Parfüm, da schafft es Elisabeth für eine Weile, das Interesse ihrer Tochter ein wenig zu wecken. Und in Avignon gefällt ihr wenigstens die Brücke. Sieht irgendwie geheimnisvoll aus, wie die mitten im Fluss abbricht, findet sie. Aber der Papstpalast ist viel zu riesig, da läuft man sich ja Blasen.

Die Fahrt nach Aix ist wieder ein relativer Erfolg. Da wimmelt es wenigstens von jungen Menschen, es ist eine Stadt voller Studenten, es gibt zahlreiche Straßencafes und viele Geschäfte. Und dann, mitten in der Stadt, der Markt, bunt und wuselig, mit einer riesigen Auswahl an Gemüse, Blumen und Gewürzen. Die ungewöhnlichen Gerüche der tausend verschiedenen Kräuter, die strahlende Sonne, die leuchtenden Farben, die temperamentvollen Menschen, die fremde Sprache, es geht eine aufregende Stimmung von all diesen Eindrücken aus.

In einem Restaurant gleich neben dem Markt kehren sie ein. Die Damen essen eine Gemüse-Quiche, er sammelt seinen ganzen Mut und bestellt sich eine Bouillabaisse. An einem der Nachbartische werden Austern geschlürft, Andrea findet das eklig. Doch auch sie scheint etwas zu spüren von der ungeheuren Lebenslust und Sinnenfreude dieser Stadt.

Am Abend nach einem Ausflug in das Bergdorf Lacoste ist zur Abwechslung mal wieder Elisabeth sauer. Weil Robert seiner Tochter erzählt hat, dass dort früher das Schloss des Marquis de Sade stand, in dem er seine Sexorgien feierte.

„Das war doch so, warum soll ich das nicht erzählen?"

„Andrea ist 15, ein Kind! Die interessiert sich nicht für solche Sauereien. Und das ist auch gut so. Ich will nicht, dass Du ihr solchen Schweinekram erzählst."

„Jetzt bleib aber mal auf dem Teppich! Ich hab doch nur gesagt, was man in jedem Reiseführer lesen kann."

„Ist mir egal. Ich weiß schon, dass Dir diese Sadomaso-Perversitäten gefallen. Ich finde das abstoßend. Auf jeden Fall solltest Du Deine kleine Tochter damit verschonen."

Der Abend ist gelaufen. Schon wieder so einer.

Am nächsten Morgen klagt Andrea über Kopfschmerzen. Sie will heute keinen Ausflug mitmachen, will sich lieber wieder ins Bett legen. Robert leistet keinen großen Widerstand, soll sie halt daheim bleiben. Zwei muffelige Weiber muss er nicht unbedingt den ganzen Tag um sich haben. Vielleicht kann er, wenn die Tochter nicht dabei ist, ja auch noch mal vernünftig mit Elisabeth über gestern reden.

Endlich! Hinter dem Lavendelfeld sieht sie das Fahrrad. Sie hat also doch nicht umsonst darauf gehofft, das Theater hat sich gelohnt. Erst als Mama sagte „Wenn das Kind doch so starke Kopfschmerzen hat...", war auch ihr Vater einverstanden, dass sie allein daheim blieb.

Andrea holt sich ein Glas Cola aus der Küche und stellt sich auf die Terrasse. Sein Gesicht kann sie schon erkennen. Sie versucht, ganz lässig dazustehen, entspannt aber doch irgendwie sexy. Chrissy kann das so gut, die winkelt ein Bein etwas ab und schiebt die Hüfte leicht zur Seite, irgendwie so ähnlich.

Ohne Gilbert wäre das der ödeste Urlaub, den man sich vorstellen kann. Rund um das primitive Steinhaus nur Büsche, Bäume und Felder. Kein Pool, weit und breit kein Meer und keine Strandpromenade, keine Eisdiele, natürlich auch keine Disco.

Schuld ist der blöde Angermeier, der verklemmte Typ. Der hat was gegen hübsche Mädchen, bloß deshalb hat er ihr einen Fünfer in Physik gegeben. Und deswegen ist sie jetzt nicht mit Chrissy auf Mallorca, sondern mit ihren Eltern in Frankreich. Jeden Vormittag muss sie drei Stunden pauken und nachmittags fahren sie dann zu irgend einer doofen Sehenswürdigkeit. Mal in ein verlassenes Kaff, zu irgend einer Kirche, mal auch in eine Stadt, wo es wenigstens ein paar Geschäfte gibt oder einen Markt. Vorgestern waren sie bei diesen bunten Ockerfelsen, das war ausnahmsweise mal ganz nett.

Gilbert hat jetzt das Haus fast erreicht, er nickt ihr zu. Sie winkt mit der rechten Hand zurück, ganz leicht nur, es muss locker aussehen. Er ist ein bisschen älter als sie, vielleicht 16 oder 17. Ein guter Typ, dunkle lockige Haare, er sieht toll aus. Chrissy würde sagen, er hat einen gut gestylten body, und das stimmt auch, aber Andrea findet das unpassend ausgedrückt. Für sie ist Gil einfach ein schöner Junge, richtig schön ist er, jawohl.

Das Ferienhaus gehört seinen Eltern. Alle zwei Tage bringt er einen gefüllten Korb vorbei. Ihre Mutter ist davon ganz begeistert, denn sie kann nun mit Gemüse und Eiern „frisch vom Bauern" kochen. Und das in der Provence! Als ob das was am Essen verändern würde.

Mist, er hat gar keinen Korb bei sich. Hoffentlich fährt er nicht bloß am Haus vorbei. Andrea atmet erleichtert auf: Gil hält an, steigt vom Rad und lehnt es an den Zaun. Dann bückt er sich und betrachtet das Hinterrad. Was ist denn damit?

Jetzt versteht sie. Klar, er braucht ja schließlich irgend einen Grund fürs Anhalten und tut deshalb so, als ob an der Gangschaltung etwas nicht in Ordnung wäre. Andrea lächelt selig und geht langsam zum Zaun. Der Junge sieht sie nur kurz an. Ist wohl ein wenig schüchtern. Jetzt wäre es gut, wenn man ein bisschen mehr Französisch könnte als die paar Brocken, die man braucht, um ein Baguette zu kaufen. Scheiß Latein, sie hat's gewusst, damit kannst du nichts anfangen im Leben.

Sie hat die ganz knappen Shorts, bei denen Papa immer missbilligend die Stirn runzelt, und ihr schärfstes Top angezogen, aber Gil guckt nicht hin. Der traut sich nicht, sie anzusehen. Süß! Angestrengt fummelt er an der Schaltung rum. Andrea versteht davon nichts, aber sie geht auch in die Hocke und sieht aufmerksam zu. Er holt einen Schraubenzieher aus der Satteltasche. Als Andrea die Hand ausstreckt, um ihm das Werkzeug zu halten, das er kurz ablegen will, lächelt er sie an. Na also! Was für wunderschöne dunkle Augen er hat. Sie reicht ihm den Schraubenzieher zurück, ihre Hände berühren sich kurz. Über Andreas Haut läuft ein heißes Kribbeln, sie spürt ihr Herz bis zum Hals klopfen. Gil sagt ein paar Worte, die sie nicht versteht. Dann steigt er wieder aufs Rad, lächelt sie noch einmal an und fährt weiter.

Andrea wundert sich über sich selbst. Eigentlich müsste sie jetzt doch traurig sein - aber sie fühlt sich unbeschreiblich glücklich. Am liebsten würde sie laut jubeln. Wahnsinn! Dieser Urlaub wird so langsam doch noch was. Das könnten die schönsten Ferien werden, die sie je erlebt hat. Ach was, sie sind es schon. Zum ersten Mal ist sie verliebt, richtig verliebt. So ist das also.

Fast alle Mädchen aus ihrer Klasse haben schon einen Freund. Aber das sind lauter doofe Typen. So einen braucht sie wirklich nicht. Bloß, weil die andern auch einen haben, nein, das hat sie nicht nötig. Aber einen wie Gil, so einen hat keine!

Ihre Mama wundert sich am Abend, dass ihr Töchterchen so fröhlich und entspannt ist, gar nicht mehr muffig und unzufrieden. „Der Tag ohne Ausflug hat Dir anscheinend gut getan", meint sie. Und entschließt sich, morgen auch so einen gemütlichen Tag einzulegen. Papa ist einverstanden, schließlich soll es übermorgen nach Marseille gehen, das wird anstrengend werden.

Am nächsten Morgen will ihr Vater nach dem Frühstück eine Runde Boule mit ihr spielen. Sie tut ihm den Gefallen. Mama sonnt sich derweil im Liegestuhl. Im Bikini - also ehrlich, das sieht ja peinlich aus, so kann man doch in ihrem Alter nicht mehr rumlaufen. Und jetzt zieht sie auch noch das Oberteil aus! Wenn Gil jetzt kommen würde, man müsste sich zu Tode schämen! Andrea spielt nicht sehr konzentriert, ständig blickt sie zum Weg.

„Der Junge kommt!", ruft sie ihrer Mutter zu.

Die zieht das Oberteil an, wenigstens das, und geht Gilbert entgegen. Dass die sich nicht geniert! Andrea wirft ihre Kugel und geht auch zum Hoftor. Sie muss den Jungen aus dieser oberpeinlichen Situation mit ihrer Mutter im Bikini erlösen. Sie begrüßt ihn mit einem zärtlich-vertrauten „Hallo!" und einem verliebten Lächeln. Aber Gil schaut sie gar nicht an, er spricht angeregt mit ihrer Mutter. Über das Gemüse.

Und dann fragt Mama noch was, jetzt geht's wohl um Lavendel. Gil erklärt anscheinend, wo sie hinfahren sollen, um besonders schöne Lavendelfelder zu sehen. Oder so ähnlich.

Er spricht so einen kehligen Dialekt. Wahrscheinlich ist das gar kein richtiges Französisch. Aber Mama versteht anscheinend alles. Und er versteht sie erstaunlicherweise auch, die reden ganz locker miteinander. Wie der ihre Mutter anlächelt! Und wie Mamas Augen blitzen! So schaut sie Papa nie an. Die flirten ja richtig miteinander. Man könnte fast meinen...

Endlich nimmt ihre Mutter den Korb mit dem Gemüse und bringt das Zeug in die Küche. Andrea räuspert sich. Verdammt, wenn sie doch auch mit ihm reden könnte. Sie lächelt etwas verkrampft, aber der doofe Gilbert sieht das gar nicht. Er schaut ihrer Mutter nach. Und wie er ihr nachschaut!

Hey, die Frau ist vierzig, was willst du denn von der? Die kämpft doch dauernd mit ihren Pfunden. Und überhaupt, das ist meine Mutter, und das könnte auch deine Mutter sein. Ich glaub, ich spinne, der kann ja gar nicht aufhören, ihr nachzuglotzen! Ist der Typ nicht ganz sauber? Man sieht ihm richtig an, was er denkt. Das ist ja ein ganz widerlicher Bursche, ein richtig geiler Bock ist das!

Ihre Mutter kommt mit dem Korb zurück, spricht noch mal mit dem Kerl. Der grinst sie an, ganz ungeniert. Von wegen schüchtern. Unverschämt frech ist der. Und ihre Mutter, die muntert ihn auch noch auf, regelrecht schamlos ist die. Und Papa liest seelenruhig in der Zeitung, merkt überhaupt nicht, was da abgeht.

Mit versteinertem Gesicht starrt Andrea dem Fahrrad nach, das sich langsam über den Feldweg entfernt. Sie hat Tränen in den Augen. Das ist der beschissenste Urlaub aller Zeiten!

Ein beschissener Urlaub. Findet auch Robert. Statt der Idylle zu zweit ein ermüdendes Programm mit einer nervigen Tochter und einer ständig gereizten Ehefrau. Die erotische Wiederbelebung seiner Ehe jedenfalls hat hier nicht stattgefunden.

Ob sie überhaupt jemals stattfinden wird? Begehren und begehrt werden, das gehört doch dazu, verdammt nochmal. Er liebt seine Frau. Doch, wirklich, er liebt sie. Immer noch und trotz allem. Aber Liebe ohne sexuelles Begehren, ohne Leidenschaft, da stimmt was nicht. Sex ohne Liebe, das geht, hat er schon selbst ausprobiert. Aber Liebe ohne Sex, das kann er sich auf Dauer nicht vorstellen. Wenn sich nicht bald etwas ändert, dann ist auch die Liebe zu Ende.

Soll er sich vielleicht eine Freundin suchen? Eine Geliebte, bei der er findet, was ihm in der Ehe fehlt? Nein, das will er nicht. Das kann er auch gar nicht, dafür ist er nicht geeignet. Er käme bestimmt ständig mit den Namen von Frau und Freundin durcheinander. Und die ganze Geheimnistuerei, die komplizierte Organisation, das wäre ihm alles viel zu anstrengend.

Er ist noch nie besonders geschickt gewesen beim Lügen. Elisabeth behauptet sogar, man merke ihm sofort an, wenn er schwindle. Das stimmt natürlich nicht so ganz, aber bei wichtigen Dingen konnte er ihr gegenüber tatsächlich noch nie die Unwahrheit sagen. Aber er wollte das auch gar nicht. Und er will das auch in Zukunft nicht.

Auch Roberts pädagogische Begeisterung hat sich im Lauf der Jahre ziemlich abgekühlt. Seit einiger Zeit ist er froh, wenn er nach einem Schultag das Gefühl hat, wenigstens eine Stunde sei gut gewesen. Leipold, sein ehemaliger Seminarlehrer, hat zwar schon in der Referendarausbildung gesagt, eine wirklich gelungene Unterrichtsstunde am Tag sei gut, mehr sei selten zu erreichen, aber Robert hat sich damit früher nicht abfinden wollen. Inzwischen ist auch er damit zufrieden.

Robert hat den Eindruck, die jetzigen Schüler wären viel unmotivierter als die seiner ersten Berufsjahre. Selbst die Schüler der Oberklassen sind bei weitem nicht mehr so engagiert wie früher. Sie wollen sich nichts erarbeiten, wollen sich nicht einbringen. Stattdessen konsumieren sie Schule.

In den ersten Jahren hat er gern ihre Aufsätze korrigiert. Er war gespannt darauf, welche Ansichten seine Schüler zu einem Thema vertraten, und er war oft davon beeindruckt. Aber jetzt fällt denen nichts Besonderes mehr ein. Oder sie haben gar keine wirklich eigene Meinung. Sie schreiben halt, was der Lehrer ihrer Vermutung nach erwartet. Und für ihn ist dann die Korrektur nur noch öde Arbeit, die sich auf seinem Schreibtisch zu deprimierenden Haufen stapelt.

Er könnte sich jetzt auch nicht mehr in eine Schülerin verlieben. Die heutigen Mädchen kommen ihm viel zu albern vor, sie haben nur absolut oberflächliche Interessen. Die leben in einer ganz anderen Welt als er. Die ganze Atmosphäre in der Schule hat sich verändert.

Vielleicht liegt es ja auch an den Eltern. Was für Robert fehlende Erziehung ist, das nennen sie "antiautoritär". Soll heißen: Kinder entwickeln sich ganz von selbst, man muss ihnen keine Regeln vermitteln, keine Grenzen setzen. Ein Missverständnis, gewiss, das ist nicht antiautoritär, sondern "laisser faire". Doch als Lehrer musst Du dieses Missverständnis der Eltern ausbaden.

Anstatt ihre Töchter und Söhne zu Ordnung, Pünktlichkeit und gutem Benehmen zu erziehen, sie zu motivieren Neues zu erfahren und zu lernen, haben diese Eltern ihren Kindern durch ihre Passivität eine anspruchsvolle Konsumhaltung beigebracht. Selbst für die Schule.

Das Gymnasium hat das Abitur zu liefern, und zwar mit einem guten Notenschnitt. Die Kinder werden anschließend natürlich studieren, das ist doch selbstverständlich. Gibt es Probleme in der Schule, können daran nur die unfähigen Lehrer schuld sein. Die sind einfach zu blöd, um zu erkennen, wenn Kinder hochbegabt sind.

Früher hat Robert tatsächlich versucht, ernsthaft auf das dumme Geschwätz mancher Leute vom herrlichen Halbtagsjob des Lehrers und seinen ewigen Ferien zu antworten. Jetzt sagt er bei solchen Gelegenheiten nur noch:

„Selber schuld, warum bist Du nicht Lehrer geworden?"

Robert erschrickt über seine eigenen Gedanken. Früher hätte er mitleidig gelächelt, wenn ein Kollege so gejammert hätte. Was ist bloß in ihn gefahren?

Eigentlich hat er ja wenig Verständnis dafür, wenn jemand die Vergangenheit verklärt, in der angeblich alles besser war. Blanker Unsinn ist das, meistens jedenfalls.

Aber was die heutigen Schüler betrifft, doch, da bleibt er dabei, da hat sich etwas sehr zum Negativen verändert. Viele von denen haben kein echtes Interesse daran, etwas zu lernen, immer weniger von ihnen kommen gern in die Schule. Robert merkte das schon vor längerer Zeit am nachlassenden Interesse für seine Theater-Arbeitsgemeinschaft. Vor fünf Jahren hat er sie endgültig aufgegeben.

Oder liegt alles nur daran, dass er älter geworden ist und deshalb nicht mehr die frühere Nähe zu den Schülern hat? Vielleicht ist seine Ernüchterung ja doch eine Art Alterserscheinung. Eine Dienstaltersermüdung sozusagen.

Er denkt an seine eigene Schulzeit. Wie war das denn mit Deiner Motivation damals, Berti?

Er ist gern in die Schule gegangen. Wirklich. Na ja, nicht in erster Linie aus Freude am Lernen, das muss er zugeben. Er ging gern zur Schule, weil er sich jeden

Tag auf seine Freunde gefreut hat, vor allem auf Hartmut.

Aber Schule war damals auch strenger und langweiliger als heute. Oder etwa nicht? Er meint schon. So was wie eine Theater-AG gab es nicht. Einen Schulchor, ja, das schon. Sie sangen da anspruchsvolle Werke, von Distler, den verschiedenen Bachs, Mozart. Über ihren Chor stand sogar öfter mal was in der Zeitung. Aber nie durften sie etwas aus einem Musical oder gar einen Gospel-Song singen. So was mochte der Kächele nicht, ziemlich verbissen und humorlos war der. Als Robert mal einen Einsatz verträumte, gab der Musiklehrer und Chorleiter ihm eine Ohrfeige. Das war das Ende von Bertis Sängerlaufbahn.

Also gut, sie waren damals auch nicht die hochmotivierten Musterschüler. Aber auf jeden Fall hatten sie Respekt vor ihren Lehrern, und dafür sorgten auch die Eltern. Niemand wäre damals auf die Idee gekommen, wegen einer Zeugnisnote zum Rechtsanwalt zu gehen!

Dass der Haussegen mal schief hängt, das kommt in den besten Familien vor. Aber bei den Münchnern herrscht seit einiger Zeit fast immer ein ziemlich gereizter Ton. Bei ihren beiden letzten Besuchen hat Marianne das Gefühl gehabt, ihr Berti habe sich sehr verändert. Er hat viel weniger geredet als früher, hat sich oft auf sein Zimmer zurückgezogen.

Marianne erinnert sich daran, wie entspannt und gut gelaunt ihr großer Sohn in den ersten Jahren seiner Ehe meistens gewesen ist. Jetzt macht er oft einen eher deprimierten Eindruck. Manchmal wirkte er zuletzt geradezu verbittert.

Auch Andrea gefällt ihr zur Zeit nicht. Vor zwei Jahren ging sie noch begeistert in die Schule, jetzt auf einmal hat sie keine Lust mehr auf Lernen. Ihre Noten in den Klassenarbeiten werden immer schlechter. Dabei ist sie doch so intelligent!

Elisabeth sagte, das Kind komme halt jetzt in die Pubertät, da sei es ganz normal, wenn sie ein paar Probleme in der Schule habe. So ein Unsinn!

Mariannes Buben haben in diesem Alter ein paar Pickel und ihre ersten Barthaare gekriegt, ihre Stimmen wurden dunkler, das war alles. Also fast. Natürlich haben sie auch angefangen, sich für unanständiges Zeug zu interessieren. Zum Beispiel diese amerikanischen Zeitschriften. Mit Bildern von nackten Frauen und so. Haben sie in ihrem Schrank versteckt, Marianne hat das schon gemerkt, aber was willst Du da machen? So sind die jungen Kerle halt. Aber Schulprobleme gab es trotzdem nicht.

Jedenfalls wird Marianne in der nächsten Zeit nicht mehr nach München fahren. Sie fühlt sich nicht willkommen bei ihrer Schwiegertochter. Die lässt sich auch nichts sagen von ihr, sie weiß alles besser. Meint sie jedenfalls.

Oft denkt Robert an seine ersten Berufsjahre zurück, als er begeistert war von seinem Beruf und von seinen Schülern. Damals hat er das tolle Gefühl gehabt, sich Wissen und Erkenntnisse mit ihnen gemeinsam zu erarbeiten. Denn was er zwar theoretisch wusste, gewann auch für ihn erst Substanz und Klarheit, wenn er es Anderen erklärte.

Diese Anderen, seine Schüler, waren nur wenig jünger als er selbst. Sie verstanden sich, er sie und sie ihn. Er hat sich jeden Tag auf sie gefreut, er hat sie ernst nehmen können, mit ihnen fühlen können. Und sie mochten ihn. Viele jedenfalls, er denkt: die meisten.

Er hat damals nur in der Oberstufe unterrichtet, das war ideal für ihn. Untere und mittlere Klassen liegen ihm nicht so. Schon immer hatte er Probleme mit den Jahrgängen, die mit der Pubertät kämpfen.

Aber für die Älteren ist er, wie er findet, kein schlechter Lehrer gewesen. Vielleicht sogar ein guter. Denn es ist ihm gelungen, zumindest einige von ihnen nicht nur bloß der guten Noten wegen zum Lernen zu motivieren, sondern sie dazu zu bringen, sich wirklich ernsthaft, um der Sache willen, mit etwas zu beschäftigen, sich zu engagieren. Da war zum Beispiel diese Geschichte mit Jochen Reimer.

Robert ließ damals seine Schüler die Themen für ihre Referate, die sie in der 13. Klasse halten mussten, selbst wählen. Bei einigen Kollegen, vor allem natürlich bei den älteren, löste er damit Kopfschütteln aus. Sie schrieben die Themen vor und meinten, Robert könne bei freier Themenwahl ja überhaupt nicht kontrollieren, ob die Schüler ihren Vortrag wirklich selbst verfasst hätten. Sie könnten sich doch ganz leicht irgendeinen fertigen Text besorgen.

Robert fand, das könne man nie hundertprozentig ausschließen. Für ihn war wichtiger, dass seine Schüler über ein Thema referierten, das sie tatsächlich interessierte. Er war überzeugt davon, dass sie seinen Vertrauensvorschuss nicht missbrauchten. Wenn einer es dennoch tat, war das Robert im Grunde egal. Der schadete sich letztlich nur selbst.

Jochen Reimer hatte ein Thema gewählt, auf das Robert von sich aus nicht gekommen wäre. "Ökonomie und Ökologie", das war zu dieser Zeit, in den 70er-Jahren, noch eine keineswegs abgeklapperte Problematik. Auf jeden Fall eine, die Robert selbst damals kaum interessierte.

Wenige Tage vor dem Termin für sein Referat stürzte der Schüler mit seinem Fahrrad so schwer, dass er sich mehrere Knochenbrüche und eine Gehirnerschütterung zuzog und danach einige Wochen lang fehlte. Er kam erst kurz vor der Abiprüfung wieder, es war keine Zeit mehr für das Referat. Jochen konnte nur die schriftliche Ausarbeitung einreichen.

Robert aber war überrascht, wie interessant, ja geradezu aufregend Jochens Text war. Das hatte er absolut nicht erwartet, bei diesem Thema!

Nach der Korrektur der Arbeit dachte er an Anja. Vielleicht war das Studium der Betriebswirtschaftslehre ja doch nicht so öde, wie er immer gedacht hatte.

Er hätte gerne gewusst, wie es Anja jetzt ging.

Jochens Referat jedenfalls war hervorragend, Robert bedauerte, dass keine Zeit mehr war für den Vortrag. Doch die Prüfung war natürlich wichtiger.

Dann kam das Abschlussfest, die ausgelassene Freude der Schüler darüber, dass sie diese wichtige Etappe geschafft hatten und ein neuer, spannender Lebensabschnitt vor ihnen lag. Robert freute sich mit ihnen, doch er war auch, wie jedes Jahr im Juli, ein wenig traurig über den Abschied von seinen Schützlingen.

Im neuen Schuljahr, es war schon Anfang November, klopfte eines Tages, mitten in einer Unterrichtsstunde, jemand an die Tür des Klassenzimmers, in dem Robert unterrichtete.

„Herein!", rief er. Als niemand eintrat, ging er zur Tür und öffnete sie.

„Hallo Jochen, was machst Du denn hier?"

Robert war völlig überrascht, einen ehemaligen Schüler, der inzwischen Volkswirtschaftslehre studierte, vor sich zu haben.

Der junge Mann entschuldigte sich für die Störung. Er habe, sagte er, doch damals sein Referat nicht mehr vortragen können.

„Ökonomie und Ökologie, Sie wissen schon".

Er habe da viel Mühe investiert und das Thema sei ihm sehr wichtig. Ob er vielleicht sein Referat vor der jetzigen Abiturklasse vortragen dürfe?

Robert war platt. Und begeistert. Er bat Jochen ins Klassenzimmer, stellte ihn und sein Anliegen den Schülern vor und fragte, ob sie interessiert seien an diesem Thema. Waren sie natürlich, schon weil das eine vollkommen unerwartete Abwechslung darstellte. Doch es war auch unübersehbar, dass sie verwundert waren über das Engagement dieses Exschülers, den viele von ihnen, zumindest vom Sehen, kannten. Sie vereinbarten einen Termin, Robert stellte Jochen eine Schulstunde zur Verfügung.

Eine Woche später hielt Jochen sein Referat. Er sprach frei, veranschaulichte seinen Vortrag mit Grafiken und Bildern vom Tageslichtprojektor. Er machte es großartig. Die Schüler hörten ihm so aufmerksam zu, wie es sich jeder Lehrer für seinen Unterricht nur erträumen kann.

Robert hatte vorsichtshalber die erste von zwei Stunden, die er nacheinander in der Klasse unterrichtete, für Jochens Vortrag reserviert. Jochen referierte fast 45 Minuten, anschließend wurde er von seinen Zuhörern noch einmal ebenso lang mit Fragen gelöchert. Die Veranstaltung war ein voller Erfolg.

Ist das nicht eine ganz großartige Sache? Ein Schüler muss ein Referat halten, durch die freie Themenwahl wird es von der Pflichtübung zum echten Anliegen. Das wünscht man sich als Pädagoge!

Aber das ist ja noch nicht alles. Dieser junge Mann ist längst gar kein Schüler mehr, er studiert inzwischen. Doch sein Anliegen ist ihm so wichtig ist, dass er nun darum bittet, sein Referat nachträglich vor einer fremden Klasse vortragen zu dürfen. Ohne die Aussicht, eine gute Note dafür zu bekommen, einfach nur, weil ihm das Thema so am Herzen liegt. Das ist gelungene Motivation, wie sie besser nicht gelingen kann, das ist eine echte Sternstunde für seinen Lehrer!

Jochens Zuhörer waren nicht nur beeindruckt, sie waren begeistert, fast so sehr wie Robert selbst. Vom Referat, vor allem aber vom Referenten und seinem Engagement.

Robert ist sicher, dass dies für seine Schüler eine einmalige Lektion war, diesen Lernerfolg hätte er mit planmäßigem Unterricht niemals erreichen können. Er war Jochen sehr dankbar.

Und ein wenig war er auch stolz auf sich selbst, ja. Denn seinen Kollegen, die ihren Schülern keine Freiheit bei der Wahl ihrer Themen ließen und die alles vorschreiben und kontrollieren wollten, hätte diese Geschichte niemals passieren können. Diese Geschichte, an die er sich vermutlich immer erinnern wird als ein absolutes Highlight seines Lehrerlebens.

Und die auch ihm heute nicht mehr passieren wird. Mit den heutigen Schülern ist das undenkbar.

Sie hat's ja schon immer gewusst. Ihr Berti hat die falsche Frau geheiratet. Jetzt ist es so gekommen, wie Marianne schon lange befürchtet hat. Sie haben sich getrennt, Berti ist ausgezogen, aus dem eigenen Haus. Er wohnt jetzt allein in einer Zweizimmerwohnung. Armer Berti. Und arme Andrea!

Elisabeth ist halt eine von diesen modernen Weibern, die nicht zufrieden sind mit ihrem Leben als Ehefrau. "Sich selbst verwirklichen" wollen die. Was soll denn das heißen?

Die tun so, als wären ihre Mütter alle blöd gewesen. Kinder, Küche, Kirche. Von wegen! Mit der Kirche hat sie's nie besonders gehabt. Und als junge Frau hat Marianne viele Jahre gearbeitet, Stenokontoristin war sie, bei der Versicherung. Das war ein anspruchsvoller Beruf, da musste man wirklich was können!

Sie hat alleine gelebt, eine eigene Wohnung gehabt. 1940, kurz bevor ihr Freund Paul zum Militär eingezogen wurde, haben sie noch in aller Eile geheiratet, weil Marianne schwanger war. Und dann hat sie ihr Kind ganz allein großgezogen.

Die jungen Frauen von heute haben doch überhaupt keine Ahnung, wie schwer das damals war! Bombennächte, bitter kalte Winter, fast nichts zu essen. Das wenige, was sie auftreiben konnten, da musste man wirklich kochen können, um daraus was zu machen, was einigermaßen schmeckte. Alles hat sie alleine bewältigt. Als ihr Mann aus der Gefangenschaft kam, war Berti schon sechs Jahre alt.

Sie hätte sich wirklich gewünscht, dass er schon früher da gewesen wäre. Wie glücklich war sie, als es dann so weit war! Mit seinem Gehalt konnten sie sich jetzt endlich ein einigermaßen angenehmes Leben leisten. Ja, sie war froh, dass sie "nur" Hausfrau war. Mehr Selbstverwirklichung brauchte sie nicht.

Die jungen Frauen von heute wissen doch gar nicht, wie gut sie es haben. Die können sich alles kaufen, was sie wollen, leben oft im eigenen Haus, fahren im Urlaub nach Italien oder Spanien, natürlich im eigenen Auto. Und sind mit all dem immer noch nicht zufrieden.

Sie wollen sogar, dass ihre Männer im Haushalt helfen! Paul in der Küche - das hätte ihr grade noch gefehlt! Und ihr ist es auch sehr recht, dass sie nicht im Büro arbeiten muss. Sie ist daheim selbständig genug.

Den Frauen von heute scheint das zu langweilig. Kein Wunder, die machen ja auch fast nichts. Elisabeth kann nicht mal nähen, hat natürlich auch keine Nähmaschine, will gar keine. Die strickt nicht mal mehr. Man kann ja heute alles billig kaufen.

Und wie die heute rumlaufen! Die Röcke werden immer kürzer, viele tragen nicht mal mehr einen Büstenhalter. Diese Weiber zeigen alles. Aber wehe, ein Mann schaut hin! Das darf er natürlich nicht, sonst ist er ein geiler Lüstling.

Neulich, im Bücherladen, war da eine junge Mutter, die hat ganz ungeniert ihr Baby gestillt. Im Laden, wo alle zugucken konnten! Diese Frauen haben das Gefühl für Angemessenheit und Grenzen verloren.

Quietschend kommt der Zug zum Stehen, die Türen der Waggons springen auf. Eben noch stand er allein auf dem Bahnsteig, jetzt strömen plötzlich Hunderte von Menschen auf ihn zu und fluten an ihm vorbei. Er stellt sich auf die Zehenspitzen und hält Ausschau nach einer mittelgroßen Frau im Alter von etwa 40 Jahren.

Sie haben sich zuletzt vor 19 Jahren gesehen. Ihre Stimme am Telefon hat er sofort erkannt. Doch wie sieht sie denn nun aus? Ist sie noch so zierlich wie damals? Hat sie noch diese lockigen, dunkelbraunen Haare?

Ihr Anruf hat ihn vollkommen überrascht. Sie habe im Münchner Telefonbuch nach einer Nummer gesucht und sei dabei ganz spontan auf den Gedanken gekommen, mal zu schauen, ob er noch dort wohne. Ja, und da habe sie halt angerufen, einfach so. Sehr munter hat sie geklungen, fast aufgekratzt.

Ob sie sich nicht mal treffen könnten, hat er hastig gefragt, als sie sagte, sie müsse das Telefonat jetzt beenden. Sie hat kurz gezögert und dann gesagt, sie komme in vierzehn Tagen wegen einer Messe nach München, das wäre doch eine gute Gelegenheit für ein Wiedersehen.

Nach dem Gespräch war er ziemlich verwirrt. Versunkene Bilder tauchten aus der Tiefe seiner Erinnerung auf, die Vergangenheit holte ihn ein. Dann fiel ihm auf, dass er über ihr jetziges Leben kaum etwas wusste. Sie hatte nicht viel über sich erzählt, und er war zu überrumpelt, um sachliche Fragen zu stellen.

Plötzlich steht sie vor ihm. So schlank wie damals, ihre Haare, scheint ihm, sind heller und dünner als früher. Sie trägt jetzt eine Brille. In ihrem anthrazitfarbenen Kostüm sieht sie sehr elegant aus. Früher war sie eher sportlich und leger gekleidet. Natürlich, sie war ja Schülerin bzw. Studentin.

Robert will sie umarmen, doch da ist eine unsichtbare Wand, die ihn davon abhält. Das Gefühl von Nähe zu ihr, das er seit dem Telefongespräch so intensiv empfunden hat, ist auf einmal wie weggeblasen. Die erwartungsvolle, freudige Aufgeregtheit, die er eben noch gespürt hat, ist einer plötzlichen Ernüchterung gewichen. Er könnte nicht erklären, warum, doch er hat das Gefühl, einer sehr fremden Frau gegenüber zu stehen.

Als er ihr den Koffer abnehmen will, scheint sie seine Armbewegung zu übersehen und wechselt das Gepäckstück in die andere Hand. Sie würde gerne einen Kaffee in einem schönen Gartenrestaurant trinken, sagt sie.

Er fühlt sich auf einmal unsicher und angespannt, weiß nicht, was er reden soll und ist froh darüber, dass ihm der hektische Stadtverkehr eine einigermaßen einleuchtende Erklärung für seine Schweigsamkeit im Auto liefert.

Beim Fahren mustert er sie verstohlen von der Seite. Nein, diese Frau ist nicht die weiche, sensible Anja, in die er vor 20 Jahren so innig verliebt war. Aber es war natürlich auch bodenlos dumm von ihm, das zu erwarten!

Auf der Terrasse des Cafés am See gibt es keinen freien Tisch. Sie setzen sich zu einem älteren Paar. Robert ist froh darüber, dass sie nicht allein sitzen. Da fällt es vielleicht nicht so auf, wenn man wenig zu sagen weiß. Sie trinkt Cappuccino, wie früher, isst dazu ein Stück Sachertorte.

Ihr letztes Treffen damals, fällt ihm ein, war auch in einem Café. Sie waren die einzigen Gäste, draußen war es trübes Novemberwetter. Schweigend saßen sie, hatten sich nichts mehr zu sagen.

„Bist Du eigentlich verheiratet?", fragt er unvermittelt und hat, noch während er spricht, das Gefühl, eine saublöde Frage gestellt zu haben. Wieder einmal, das passiert ihm öfter.

„Ich brauche niemanden, der mich beschützt!", entgegnet Anja. Es klingt wie die Distanzierung von einem abwegigen Gedanken, fast eine Zurechtweisung. Doch seltsamerweise tun ihm ihre Worte gut, er fühlt sich plötzlich wieder etwas sicherer.

Sie erzählt von ihrem Job. Als Repräsentantin eines Damenbekleidungsherstellers ist sie viel unterwegs, insbesondere auf Messen. Ihre Ausdrucksweise ist sachlich und kühl, gelegentlich leicht ironisch und reich an Formulierungen dieser aktuellen jungen Generation, der sie eigentlich nicht mehr angehört. Sie zündet sich eine Zigarette an. Hat sie damals auch nicht gemacht.

Ob sie ihm gefiele, wenn er sie zum ersten Mal sehen würde, ganz ohne Vorgeschichte, überlegt er. Sie ist eine attraktive Frau, zweifellos. Ihr Kostüm betont ihre gute Figur. Der Rock ist vielleicht etwas zu kurz für ihr Alter, andererseits, ihre Beine können sich nach wie vor durchaus sehen lassen. Sie trägt Schuhe mit sehr hohen Absätzen, auch etwas zu auffällig, findet er.

Er erzählt von sich. Dass ihm seine Arbeit zunehmend schwerer fiele. Die Schüler würden immer leistungsschwächer und undisziplinierter, es mache keinen Spaß mehr. Anja erweckt nicht den Eindruck, er würde ihr leid tun, ihr Lächeln kommt ihm eher belustigt vor.

„Und privat?", fragt sie.

Seit einem Jahr sei er geschieden. Sie fragt nicht weiter nach, zum Beispiel, ob er Kinder habe. Stattdessen erklärt sie ihm, sie habe gelernt, wie wichtig es sei, sich Unabhängigkeit und Selbständigkeit zu erhalten. Auf seinen fragenden Blick fügt sie hinzu:

„Nein, ich habe nichts gegen Männer, wirklich nicht, ganz im Gegenteil!"

Sie wohne in einem Hotel in der Innenstadt und wolle sich jetzt gerne frisch machen, sagt sie. Er hat plötzlich wieder dieses Gefühl, das er aus vielen Situationen kennt, wenn er mit besonders gewandten Leuten, vor allem aus dem Geschäftsleben, zu tun hat. Irgendwie kommt er sich unterlegen vor und weiß doch gleichzeitig ganz bestimmt, dass er es nicht wirklich ist.

Sie könnten doch am Abend zusammen essen gehen und danach vielleicht noch etwas unternehmen, fährt Anja fort und sieht ihn mit einem Lächeln an, das vieles bedeuten kann, aber auf keinen Fall herzlich und warm ist.

Robert hat sich auf diesen Abend gefreut, hat gestern schon einen Tisch für zwei Personen bei seinem Lieblingsitaliener reserviert. Doch jetzt hört er sich sagen:

„Das tut mir leid, aber ich kann nicht. Meine Tochter ist gestern ins Krankenhaus gekommen. Ich muss sie heute Abend unbedingt besuchen."

Zwei Jahre lebt er nun schon in diesem Zweizimmer-appartement in einem riesigen Wohnblock. Mehr als 100 Ein- und Zweizimmerwohnungen sind in ihm untergebracht, verteilt über zehn Stockwerke.

Robert hat sich seine kleine Wohnung einfach, aber gemütlich eingerichtet und genießt es, alleine zu leben. Nur seine Tochter kommt gelegentlich zu Besuch, mit Freunden und Kollegen verabredet er sich lieber in der Stadt.

Ungefähr einmal in der Woche trifft er sich mit Andrea, sie gehen gern gemeinsam essen, meistens zum Italiener oder in ein chinesisches Restaurant. Es macht Robert Spaß, mit der hübschen jungen Frau, die nicht unbedingt als seine Tochter zu erkennen ist, auszugehen.

Andrea hat nach Beendigung der Schule mit der Ausbildung zur Rechtsanwaltsgehilfin begonnen. Vor einem Vierteljahr ist sie aus dem Haus in Unterschleißheim ausgezogen und wohnt nun mit ihrem Freund zusammen, in einer Einliegerwohnung in dessen Elternhaus. Mit ihrer Mutter hat sie sich, seit Elisabeths neuer „Partner" ins Haus eingezogen war, ständig gestritten.

Robert hat sich vorgenommen, in der nächsten Zeit keine neue Beziehung einzugehen. Er will nicht noch einmal ein derartiges Scheitern erleben. Er war stets der Meinung gewesen, viel zu viele Ehepaare würden sich leichtfertig trennen, wenn es Probleme gebe. Und er hat es unverantwortlich gefunden, wenn sich Paare trennen, die minderjährige Kinder haben. Jetzt ist er selbst einer dieser Unverantwortlichen.

Das Schlimmste dabei ist, dass er nicht einmal konkret sagen kann, woran seine Ehe eigentlich gescheitert ist.

Die Frage "Warum hast Du Dich scheiden lassen?" hat ihm glücklicherweise noch niemand gestellt. Das fragt man heutzutage nicht, man hat dafür grundsätzlich Verständnis. Hätte ihn jemand gefragt, ihm wäre nichts anderes eingefallen als die übliche Formulierung "Wir haben uns auseinandergelebt". Aber was bedeutet das denn: auseinandergelebt?

Sie haben sich oft gestritten, ja, haben sie. Aber das soll ja gar nicht so schlecht sein. Schlimmer ist es angeblich, wenn man sich nicht einmal mehr streitet. Mag sein. Doch sie hatten sich auch nichts Neues, Überraschendes mehr zu sagen.

Und die erotische Anziehung, früher doch so wunderschön, war schon lange nicht mehr da. Keine zärtlichen Blicke mehr, keine sanften Berührungen, kein verschmitztes Lächeln.

Die Abläufe des täglichen Lebens waren geregelt, jeder hatte seine Rolle mit ihren Aufgaben und Pflichten. Alles war nur noch Routine. Doch jegliche positive Spannung in ihrer Beziehung war verschwunden, stattdessen gab es immerzu gereizte Stimmung. Das eheliche Leben war nur noch öde.

Es war nicht mehr schön, wirklich nicht. Aber reicht das als Scheidungsgrund? Ist das eine ausreichende Erklärung für das Ende ihrer Ehe? Haben sie Wort gehalten zu ihrem Versprechen, einander zu lieben und zu achten, "in guten wie in schlechten Zeiten"? Hat er sich genug Mühe gegeben, etwas zu ändern an den schlechten Zeiten? Hat er genug gekämpft?

Nein, er kann all diese Fragen nicht mit gutem Gewissen beantworten. Er ist tatsächlich erbärmlich gescheitert und schämt sich dafür.

Der Wechsel von der Schule ins Ministerium hat seinem Leben frischen Schwung gegeben. Es ist eine neue Herausforderung, er hat wieder das Gefühl, jeden Tag etwas Spannendes vor sich zu haben und nicht in Routine zu erstarren. Und vor allem: keine Korrekturen mehr!

Der Beruf des Lehrers kann sehr schön und befriedigend sein. Er hat ihn viele Jahre wirklich genossen. Einen schöneren Beruf konnte er sich lange Zeit nicht vorstellen. Aber mit den Jahren fand er es immer schwerer, die Begeisterung, die für diese Arbeit notwendig ist, durchzuhalten.

Mit wachsendem Altersabstand zu den Schülern hat ihn der tägliche Umgang mit ihnen zunehmend erschöpft. Sie sind ihm immer fremder geworden. Und er hatte auch den Eindruck, dass es seinen Kollegen nicht anders erging. Einige sprachen es offen aus, die anderen wollten es vermutlich nur nicht zugeben.

Für Grundschullehrerinnen mag das Alter ein weniger wichtiges Problem sein. Kleine Kinder schauen gewiss auch zu einer Oma als Autorität auf, und das Einfühlungsvermögen der Lehrerinnen ins kindliche Gemüt ist vermutlich ziemlich altersunabhängig.

Ein Lehrer aber, der am Gymnasium Schüler der Oberstufe unterrichtet, sollte jung sein, findet Robert. So jung, dass er die Freuden und Sorgen seiner Schüler nachempfinden kann und dass die Schüler glauben können, ihr Lehrer verstehe sie, teile ihr Lebensgefühl. Es ist vollkommen klar, dass dies bei einem großen Altersunterschied kaum mehr so sein kann. Denn die heutigen Schüler haben ganz andere Interessen, denken ganz anders, als ihr Lehrer im gleichen Alter, also vor mehr als 30 Jahren, gedacht hat.

Und dann wird das Unterrichten zum zermürbenden Kampf, es geht dann vor allem darum, Disziplin und Ordnung durchzusetzen. Um den vorgeschriebenen Lehrstoff zu vermitteln, taugt diese Art von Unterricht noch, aber er macht Lehrern wie Schülern immer weniger Freude.

Jetzt entwickelt Robert Lehrpläne, veranstaltet Seminare für Studenten und Referendare, nimmt Lehrproben ab. Er profitiert dabei von seinen langjährigen Erfahrungen aus der Praxis.

Wenn er in seinen Seminaren dieses Wissen aus dem pädagogischen Alltag einbringt, lauschen seine Zuhörer seinen Worten aufmerksam, ohne dass er darum kämpfen muss. Es ist geradezu eine Erholung im Vergleich zum zähen Alltag in der Schule. Jetzt bereitet ihm seine Arbeit wieder Freude und Befriedigung.

Das Wohnen im Hochhaus, stellt Robert fest, unterscheidet sich sehr deutlich vom Leben im Reihenhaus. Dort hat man alle Nachbarn gekannt und oft mit ihnen gesprochen. Man erfuhr von ihnen, was man gar nicht unbedingt wissen wollte, und sie bekamen natürlich auch manches über einen selbst mit, was man eigentlich lieber für sich behalten hätte.

In der Mietskaserne lebt man dagegen sehr anonym. Die Bewohner wechseln häufig, manche der Wohnungen werden nur zeitweise genutzt. Man kennt sich nur vom Sehen, spricht kaum miteinander, hin und wieder ein kurzer Gruß im Aufzug oder vor der Tür, das ist alles.

Die kleine Wohnung bietet natürlich einiges nicht, was ein eigenes Haus attraktiv macht. Man hat keinen Garten, kann nicht auf der Terrasse in der Sonne sitzen. Andererseits muss man sich hier um viele lästige Sachen nicht kümmern. Gebäudereinigung, Schneeräumen, Heizungswartung, Müllentsorgung, das erledigt alles die Hausverwaltung.

Dass keiner sich für die anderen interessiert, ist Robert in seiner jetzigen Situation durchaus recht. Hier registriert auch niemand, wen man zu Besuch empfängt. Er hat es zwar momentan nicht unbedingt vor, doch der Gedanke, jederzeit eine weibliche Zufallsbekanntschaft in seine Wohnung abschleppen zu können, ohne damit bei den Nachbarn Aufsehen zu erregen, gefällt Robert. Doch, er kann mit dem Fehlen einer "sozialen Kontrolle" sehr gut leben.

Eigentlich fühlt er sich inzwischen durchaus bereit für eine neue Beziehung, doch er ist sich nicht sicher, ob er sich jetzt schon auf eine einlassen will. Natürlich sehnt er sich oft nach einer Freundin, mit der er schmusen könnte, gemeinsam ausgehen, reden, verreisen.

Andererseits bedeutet ja eine feste Beziehung immer auch eine Einschränkung der eigenen Freiheit, und er hat sich inzwischen daran gewöhnt, seine Zeit frei einteilen zu können, sich nach niemandem richten zu müssen.

Er ist auch ein wenig stolz darauf, wieder ganz selbständig geworden zu sein, auch das allein zu bewältigen, was er während der Ehe seiner Frau überlassen und dadurch selbst verlernt oder nie gelernt hat. Die Ehe, findet er, macht im Laufe der Zeit zunehmend lebensuntüchtig.

Ja, Robert genießt es durchaus, ohne Rücksicht auf eine Partnerin tun zu können, was er will. Bei genauerer Betrachtung bemerkt er allerdings, dass dies nicht sehr viel ist.

Er isst wann und was er will, sieht fern was er will, geht ins Bett wann er will. Aber sonst? Hin und wieder schließt er sich zwei Kollegen an, die an den Wochenenden gerne in den Bergen wandern. Doch ansonsten verläuft sein Leben in den gewohnten Bahnen. Warum, fragt er sich oft selbst, unternimmst Du denn so wenig?

Er überlegt sich manchmal, was er Tolles machen könnte, das schon. Doch er kommt dabei regelmäßig zu dem Schluss, dazu sei es jetzt zu spät.

Zum Beispiel Gleitschirmfliegen. Das muss großartig sein. Aber jetzt noch damit anfangen? Die Ausrüstung ist gewiss sehr teuer. Das notwendige Wissen und Können zu erwerben ist sicherlich sehr zeitaufwendig. Ja, wenn er früher damit angefangen hätte, das wär's gewesen.

Da bleibt er dann doch lieber in der Welt der Phantasie und denkt zum Beispiel darüber nach, welches Tier er gerne wäre. Ein Vogel, ganz klar, aber ein großer Vogel. Keiner, der flattert, sondern einer, der schwebt. Wie mit dem Gleitschirm eben.

Warum eigentlich würde er so gerne fliegen? Vielleicht hat das was mit einer seiner ersten Erinnerungen zu tun, dem Flieger im Oberland, damals bei Tante Erna. In letzter Zeit träumt er manchmal davon.

Wie dem auch sei, es müsste auf jeden Fall ein Vogel sein. Ein Falke oder ein Adler vielleicht. Oder ein Geier. Am Boden, findet er, sind Geier hässlich und widerlich, aber in der Luft, da schweben sie so majestätisch ruhig, wie Robert sich das für sich vorstellt. Sich vom Aufwind nach oben tragen lassen und dann ohne Flügelschlag durch den weiten Himmel gleiten, das würde ihm gefallen. Ja, fliegen wie ein Vogelriese, das wäre ideal.

Die neue Kellnerin in "Emmis Eck" gefällt ihm. Sehr sexy sieht sie aus. Durch ihren engen hellen Rock zeichnet sich ein knappes Höschen ab, ihre Bluse ist tief ausgeschnitten. Wenn sie sich beim Servieren über den Tisch beugt, bedauert er, keine Sonnenbrille zu tragen, die seinen Blick verbirgt.

Eigentlich, findet er, passt ihre Aufmachung nicht so recht zu ihr. Als ob sie sich verkleidet hätte und dabei in die falsche Schublade gegriffen hätte. Sie sieht dadurch gewöhnlicher aus als sie vermutlich ist. Überhaupt hat sie etwas seltsam Widersprüchliches an sich, sie wirkt bemüht dienstfertig und doch überlegen, selbstbewusst und trotzdem ein wenig unsicher. Eine normale Kellnerin ist das jedenfalls nicht.

Sie ist zwischen zwanzig und dreißig Jahre alt. Irgendwie kommt sie ihm bekannt vor. Aber das hat er schon öfter erlebt, es gibt gewisse Typen, die immer wieder auftauchen. Bei Schülerinnen ist ihm das manchmal passiert, er meinte dann, sie doch vor Jahren schon einmal unterrichtet zu haben.

Er beobachtet die junge Frau fasziniert, ihre Bewegungen haben etwas Herausforderndes, Verführerisches. Sie strahlt eine gewisse Verdorbenheit aus. Nicht im Sinne von moralischer Anstößigkeit, eher wie eine erregende Hemmungslosigkeit. Wie Jazz, fällt ihm ein, erregend und „schmutzig" wie Jazz.

Von Dave Brubecks „Take five" hat Robert verschiedene Aufnahmen. Eine ganz unterkühlte, fast akademisch intellektuelle, aber auch einen heißen, aufregenden Live-Mitschnitt aus einem Konzert. Wenn er diese Aufnahme mit voller Konzentration hört, sich ganz auf sie einlässt, erlebt er ein Vibrieren, eine Spannung, die sich immer mehr steigert, bis sie buchstäblich körperlich spürbar ist als erhöhter Puls, schnellerer Herzschlag, fast wie sexuelle Erregung.

Ob sich das Mädchen wohl für Jazz interessiert? Er stellt sich vor, wie sie spät am Abend in ihre kleine Wohnung nach Hause kommt und sich müde auf die Couch legt. Sie ruht sich eine Weile aus, dann legt sie „Take five" auf.

Die junge Frau liegt ausgestreckt auf dem Rücken. Ihre Füße wippen im Rhythmus des Eingangsthemas, das Brubeck ins Klavier tippt wie Morsezeichen, lang-lang-kurzkurz-kurzkurz, die zweite, vierte und sechste Note betont, gleichsam hinkend oder eiernd wie ein verbogenes Rad. Nach wenigen Takten hat sich eine nervöse Spannung aufgebaut, der Körper der Frau hat sich gestrafft, ihr Blick ist steil an die Zimmerdecke gerichtet.

Das Saxophon setzt mit dem zweiten Thema ein, sanft und schwermütig, ihre angewinkelten Unterarme nehmen den eigentümlichen Fünfvierteltakt auf. Paul Desmond beginnt zu improvisieren, dehnt und hetzt abwechselnd die Töne, bläst sein Instrument, vom Schlagzeug angefeuert, nun derb und heiser. Die heftig atmende Frau fiebert im Rhythmus der Klänge, sie hat jetzt die Beine angezogen, bewegt sie wie in Trance.

Das Piano übernimmt, fährt das aufgeregte Tempo zurück. Der Körper der Frau entspannt sich mit der Musik. Sie dehnt sich wie eine Katze, ihre Hände gleiten in den Schoß, Becken und Beine beginnen sich unter den streichelnden Händen weich zu wiegen, bis sie wieder der erneuten musikalischen Aufheizung und dem hämmernden Stakkato des Klaviers folgen.

Jede musikalische Veränderung, von kühl zu leidenschaftlich, von sanft zu roh, spiegelt sich in ihren Bewegungen, bis das Saxophon schließlich die melancholische Melodie des zweiten Themas langsam verebben lässt. Erschöpft liegt die Frau auf der Couch.

Sie steht an der Theke und belädt ihr Serviertablett mit Getränken. Eigentlich sieht sie ja nicht unbedingt wie ein Jazzfan aus, wahrscheinlich hört sie lieber gängige Popmusik. Oder etwa deutsche Schlager?

Vielleicht hat sie ja Kopfschmerzen, wenn sie heim kommt, und überhaupt keine Lust auf Musik. Vermutlich ist sie ziemlich verschwitzt.

In ihrer Dachgeschosswohnung ist es warm, sehr warm. Sie geht ins Badezimmer, knöpft ihre Bluse auf, lässt ihren Rock auf den Boden gleiten. Slip und Büstenhalter fallen auf die Fliesen.

Die Duschkabine hat eine Glastür. Das Wasser perlt über ihr Gesicht, sie wischt mit den Händen sanft über Stirn und Wangen. Er sieht ihre runden, festen Brüste von der Seite. Sie dreht sich und steht jetzt breitbeinig, mit dem Rücken zu ihm, in der Kabine. Die Wasserstrahlen prallen auf ihre Schultern und rinnen in kleinen Bächen über die Hügel und Mulden ihres aufregend schönen Körpers...

„Möchten Sie noch etwas?"

Sie steht vor seinem Tisch. Er ist noch ganz weit weg, ganz nah bei ihr. Ob er was von ihr möchte, hat sie gefragt? Nein, das sagt er jetzt wohl besser nicht.

Es dauert einige Sekunden, bis Robert in die Wirklichkeit zurückgefunden hat.

„Zahlen bitte!"

Auf dem Weg zur Registrierkasse ziehen ihre langen, schlanken Beine seinen Blick unwiderstehlich mit sich.

Ob er sich wohl mit ihr verabreden könnte? Vielleicht zum Essen?

Kann man eine Kellnerin in ein Restaurant einladen? Wahrscheinlich will sie ihre Freizeit nicht auch noch in der Kneipe verbringen. Aber er könnte sie ja zu sich nach Hause einladen, selbst etwas kochen. Es gibt zwei, drei Gerichte, die ihm ganz gut gelingen würden und mit denen er durchaus Eindruck machen könnte.

Wenn sie bei ihm wäre, würde er ihr als erstes einen Aperitif anbieten. Er hätte eine Vorspeise hergerichtet, vielleicht ein Forellenfilet mit Meerrettich? Einen leichten Weißwein gäbe es dazu. Das Hauptgericht, ein Auflauf, wäre auch schon vorbereitet und könnte, während sie die Vorspeise essen, im Backofen garen. Er

hätte den Tisch festlich gedeckt, natürlich mit Kerzenlicht. Und nach dem Essen...

„13 Euro 20, bitte".

Sie steht vor ihm und reicht ihm die Rechnung.

„15 Euro!", entgegnet er. Ihr Lächeln macht ihm Mut.

„Haben Sie auch mal einen freien Tag?"

„Ja, heute!"

Robert überlegt, wie diese seltsame Antwort zu verstehen ist, während sie in ihrer Geldtasche kramt. Sie
reicht ihm das Wechselgeld und ergänzt:

„Weil ich heute frei habe, kann ich hier aushelfen. Das
Restaurant gehört einer Freundin von mir, ihre Kellnerin ist erkrankt."

Verdammt, jetzt hat er keine Bedenkzeit mehr, er
muss sofort reagieren, eine weitere Gelegenheit gibt
es nicht.

„Schade, dann werden Sie mich ja nie wieder bedienen?"

Sie sieht ihn halb belustigt, halb herausfordernd an.

„Vor zwei Jahren hätten Sie kommen sollen, da habe
ich als Studentin hier oft gekellnert. Aber Sie könnten
vielleicht etwas für mich tun."

Was meint die denn? Verwechselt sie ihn mit jemandem anderen? Für wen hält sie ihn? Oder wird das
etwa ein unanständiges Angebot?

„Zum neuen Schuljahr soll ich nach Rosenheim versetzt werden, ich würde aber gern in München bei meinem Verlobten bleiben. Könnten Sie da nicht vom Ministerium aus ein Wort für mich einlegen?"

An seinem Gesicht erkennt sie, dass er völlig überrumpelt und einigermaßen verwirrt ist.

„Sie waren doch einer der Prüfer bei meiner ersten Lehrprobe. Wissen Sie das nicht mehr?"

Er entschuldigt sich, doch, doch, jetzt fällt es ihm wieder ein. Sie sei ihm gleich so bekannt vorgekommen, aber er habe nicht mehr gewusst, woher. Er habe sehr viele Prüfungen abgehalten im letzten Jahr.

Robert spürt, dass er einen knallroten Kopf bekommen hat. Er fühlt sich ertappt, die Situation ist ihm unendlich peinlich. Aber sie kann ja keine Gedanken lesen. Hoffentlich jedenfalls, ganz sicher ist er sich da allerdings nicht.

„Das tut mir leid, aber auf die Übernahme und Verteilung der Lehrkräfte nach der Referendarzeit habe ich leider gar keinen Einfluss."

Immerhin, er kann der jungen Frau sagen, wer für ihr Anliegen zuständig ist. Das ist ja schon was. Als er das Lokal verlässt, bemüht er sich krampfhaft, möglichst locker zu wirken.

Er wundert sich über sich selbst. Und er ärgert sich darüber, doch es ist nicht zu ändern: als die Weihnachtstage nahen, wird er sentimental. Anstatt sich auf die freien Tage zu freuen, an denen er endlich mal wieder viel freie Zeit hat, um Musik zu hören und zu lesen, wo er lange schlafen und sich ausruhen kann, fühlt er sich plötzlich einsam.

Dabei verabscheut er doch eigentlich dieses ganze Theater, bei dem es ja heutzutage ganz offensichtlich und völlig ungeniert vor allem um Umsatz und Geschäft geht. Auch wenn in jedem noch so primitiven Zeitungsblättchen alljährlich die Mahnung zu lesen ist, nicht den wahren Grund für das Fest zu vergessen und an "Christi Geburt" zu denken. Anscheinend ist es nötig, daran zu erinnern, es soll tatsächlich Menschen geben, die diesen Grund gar nicht mehr kennen. Und Robert hat den Eindruck, auch für fast alle andern sei er bestenfalls noch nebensächlich.

Natürlich braucht jedes Fest einen Rahmen, es gibt ein Festessen, man kleidet sich festlich, und Geschenke gehören ebenfalls zu Weihnachten. Vor allem für die Kinder. Das war schon immer so und hat sogar eine biblische Begründung, schließlich haben die Heiligen drei Könige dem Christuskind auch Geschenke gebracht. Doch heute geht es fast nur noch um Geschenke, Essen und Trinken.

Robert erinnert sich noch gut an die Zeit, in der die Entwicklung von Weihnachten zum Konsumfest zwar schon deutlich erkennbar, aber vielen Leuten noch ein wenig peinlich war. Heute ist es umgekehrt. Jetzt sind eher diejenigen die Belächelten, die tatsächlich noch an das Märchen von Gottes Sohn glauben.

Und er? Er hat das Gefühl, früher, in seiner Kindheit, da sei Weihnachten tatsächlich noch schön gewesen. Er denkt wehmütig an diese Zeit zurück, er kann sich noch gut daran erinnern. Der Duft der Plätzchen, in Stuttgart heißt das "Guatsla", schon Wochen vorher. Das Spicken durchs Schlüsselloch ins abgesperrte Wohnzimmer am Nachmittag des Weihnachtstages. Der Kirchgang mit den Eltern. Und danach zu Hause der feine Klang des Messingglöckchens, der zur Bescherung rief. Der große Christbaum, geschmückt mit bunten Glaskugeln und Lametta, die flackernden Kerzen, der Duft von Bienenwachs. die Weihnachtslieder, erst danach durften die Geschenkpakete geöffnet werden.

Ist das jetzt nicht auch schon wieder peinlich, diese Verklärung der Erinnerung? Nein, ist es nicht, denn es war tatsächlich so! Und später dann, als Berti 14 war, bekam er die elektrische Eisenbahn. Spur H0 von Fleischmann, nicht Märklin, das war wichtig. Weil nämlich Fleischmann Gleichstrom hatte und damit kombinierbar war mit anderen Fabrikaten, vor allem mit Roko, die bauten die schönsten Lokomotiven. Jetzt muss er aber wirklich aufpassen, dass er nicht zu sehr ins Schwärmen kommt.

An der Eisenbahn hatte übrigens auch Bertis Papa seine Freude, die Mama war mehr für "was Praktisches". Was zum Anziehen meistens.

Aber was für Geschenke haben denn die königlichen Besucher Maria, Josef und dem Jesuskind mitgebracht? Gold, Weihrauch und Myrrhe. Auch nicht das Praktischste für deren Situation.

Damals ist er oft in die Kirche gegangen. Der Pfarrer der Johanneskirche hat gute Predigten gehalten, das hat ihn damals sehr beeindruckt. Robert war lange nicht mehr in einem Gottesdienst, sehr lange. Vielleicht sollte er...?

An Heiligabend bummelt er durch Schwabing, über den Weihnachtsmarkt an der Münchner Freiheit, wo gerade die letzten Verkaufsstände schließen, über die Leopoldstraße, wo die Geschäfte jetzt auch nicht mehr geöffnet sind. Sein Spaziergang endet schließlich, er hat das eigentlich gar nicht vorgehabt und ist selbst etwas überrascht davon, in der Kreuzkirche in der Hiltenspergerstraße.

Die Kirche ist restlos überfüllt, viele Leute haben keine Sitzplätze mehr gefunden. Robert staunt über diesen Andrang. Was wollen die denn alle hier? Stimmt das etwa gar nicht mit der Verweltlichung des Weihnachtsfestes, mit der Wandlung zum reinen Konsumereignis?

Die Pfarrerin beginnt ihre Predigt mit den Worten, sie wolle heute eine Geschichte erzählen von einer Familie, die in einer kalten Winternacht eine Herberge sucht. Und dann sagt sie:

„Nein, nicht was sie jetzt denken. Das Ereignis, das ich meine, geschah in der vorigen Woche, in dieser unserer Stadt!"

Robert bereut, dass er hier ist. Er hat die Weihnachts- geschichte hören wollen, warum auch immer, aber die- se penetranten sozialen Appelle gehen ihm auf die Nerven. Gibt es denn keinen Unterschied mehr zwi- schen der Predigt einer evangelischen Geistlichen und dem Vortrag eines Sozialarbeiters? Am liebsten würde er die Kirche wieder verlassen, aber er ist hoffnungslos eingepfercht.

Nach dem Gottesdienst geht er langsam durch die Straßen. Nur wenige Menschen sind noch unterwegs. Der weihnachtliche Lichterglanz in den Schaufenstern und über den Straßen wirkt ohne Passanten, die beim Einkaufsbummel unterwegs sind, eher trostlos. Kein Weihnachtskiosk, keine dampfende Würstchenbude, kein Maroniverkäufer oder Crèpebäcker stehen mehr am Straßenrand. Die meisten Gaststätten sind nun auch geschlossen.

An den Türen einiger Restaurants sind für den späte- ren Abend „Weihnachtsparties" angekündigt. Was für eine Geschmacklosigkeit, denkt Robert. Auch wenn er sich sehr einsam fühlt, zu einer Weihnachtsparty will er nicht gehen, wirklich nicht, Party und Weihnachten, das passt nicht.

Er ist fast der Einzige auf der Straße, die allermeisten Menschen scheinen nun daheim zu sein, im Kreis der Familie, bei ihrem Weihnachtsbaum. Ja, verdammt nochmal, er hätte jetzt auch gern eine Familie um sich.

Er findet noch ein Steakhouse, das geöffnet hat.

An den Küchengeräuschen merkte er es zuerst. Plötzlich ist richtig Leben in der Nachbarwohnung. Der bisherige Mieter, ein blasser und unauffälliger Typ, ist vor kurzem ausgezogen. Von ihm hat man kaum mal etwas gehört. Doch wenn Robert sich jetzt in seiner Küche aufhält, vernimmt er von nebenan oft Töpfeklappern, das Wasser fließt häufig, anscheinend wird da jetzt ausführlich gekocht.

Zu seiner eigenen Überraschung stört ihn das nicht. Am liebsten würde er ein kleines Loch in die Wand bohren, um zu sehen, wer da nun lebt, nur durch eine Mauer von ihm getrennt. Ob es ein Mann ist oder eine Frau? Ein Paar scheint es nicht zu sein, denn er hört nie Stimmen. Vermutlich ist eine Frau in das Appartement neben ihm eingezogen, Männer halten sich weniger in der Küche auf. Bestimmt ist es eine Frau.

Die neue Wohnungsnachbarin regt seine Phantasie gewaltig an. Er stellt sie sich jung, etwa Anfang 30, und schlank vor. Dunkle, halblange Haare, ungefähr einen Kopf kleiner als er.

Natürlich, das ist ihm klar, ist das eine pure Wunschvorstellung, vermutlich sieht die Dame völlig anders aus. Wenn sie überhaupt eine solche ist. Hoffentlich geht es ihm nicht wieder so wie damals als Student, als er mal aus dem Fenster seines Zimmers einer jungen Frau beim Duschen zusah. Auf der gegenüberliegenden Straßenseite, hinter einer beschlagenen Scheibe. Wie sich die nackte Nachbarin bewegte, sich drehte und streckte, wie sie sich dann abtrocknete, mit dem Handtuch ihren aufregend schönen Körper ausgiebig massierte. Schließlich öffnete die Frau das Badezimmerfenster und war plötzlich ein Mann, ein ziemlich fetter.

Zwei Tage später weiß Robert Genaueres. Diesmal ist er nicht nur einer Illusion aufgesessen. Als er morgens im Flur seine Schuhe anzieht, hört er die Tür der Wohnung nebenan ins Schloss fallen. Durch seinen Türspion sieht er, wie eine junge Frau zum Aufzug geht.

Sie sieht ein wenig anders aus, als er sich vorgestellt hat. Lange blonde Haare, fast so groß wie er, vielleicht etwas älter als gedacht, aber keineswegs weniger attraktiv, im Gegenteil. Ganz genau hat er sie natürlich nicht sehen können, der Türspion verzerrt ja auch ein bisschen.

Doch er ist auf jeden Fall sehr zufrieden. Hinter der Wand, welche die beiden Wohnungen voneinander trennt, wohnt tatsächlich eine attraktive Frau.

Am Abend horcht er angestrengt auf die Geräusche in der Nachbarwohnung und versucht sich vorzustellen, was sie gerade tut. Er will heute nicht fernsehen, liest nur Zeitung, schaltet nicht einmal das Radio ein, lässt die Tür zwischen Wohnzimmer und Küche geöffnet.

Als er zu Bett geht, stellt er sich vor, wie sich, nur wenige Meter entfernt, die junge Frau ebenfalls auszieht. Bei der sommerlichen Wärme schläft sie gewiss nackt. Sicher läge sie jetzt gerne in den zärtlichen Armen eines Mannes.

Mensch Robert! Er schüttelt den Kopf über sich selbst. Das ist ja erschreckend mit Dir! Geschmacklos, sentimental und infantil, man könnte auch sagen primitiv.

Doch so peinlich es ist, es zeigt, dass er sich nach einer Frau sehnt. Wenn man so einsam ist, dann denkt man eben manchmal dummes Zeug. Es ist Zeit, endlich wieder eine Freundin zu finden. Auf jeden Fall findet er, sie sollten einander möglichst schnell kennen lernen.

Obwohl er jeden Morgen hofft, ihr zu begegnen, gelingt es ihm an den folgenden Tagen nicht, gleichzeitig mit ihr auf den Etagenflur zu treten. Meist ist es bei ihr noch absolut still, wenn er seine Wohnung verlässt, um zur Arbeit zu gehen. Einmal jedoch hört er ihre Absätze auf dem Fußboden des Flurs klappern, als er eben aus der Dusche kommt.

Sie scheint keine regelmäßige Arbeitszeit zu haben. Offenbar hat sie einen Job, bei dem sie mal früher und mal später anfängt. Wenn er am Abend nach Hause kommt, stellt er meistens durch die Küchenwand fest, dass sie schon daheim ist. Theoretisch könnte sie Lehrerin sein, eine Kollegin sozusagen.

Er überlegt, ob er das gut finden soll.

Einige Tage später hört er, als er morgens sein Sakko anzieht, dass sie grade ihre Wohnungstür abschließt. Robert schlüpft rasch in seine Schuhe, greift nach dem Schlüsselbund und folgt ihr eilig. Als er die Aufzugtür erreicht, hat sie sich gerade geschlossen. Er eilt zu Fuß die Treppe hinunter, doch es ist zu spät, sie ist nirgendwo zu sehen. Am Busbahnhof meint er, sie an einem Fensterplatz des gerade abfahrenden Busses zu erkennen.

Er hört an diesem Tag schon mittags auf zu arbeiten. Am Omnibusbahnhof wartet er, einem spontanen Impuls folgend, zwei einfahrende Busse der Linie 31 ab. Und tatsächlich, aus dem zweiten steigt seine Nachbarin aus. Er folgt ihr und betritt unmittelbar nach ihr die Eingangshalle des Wohnblocks.

Sie sind allein im Aufzug. Er sieht sie von der Seite an. Ein wenig kühl und streng scheint sie auf den ersten Blick, ihre hohe Stirn und die schmale gerade Nase verleihen ihr einen vornehmen Ausdruck. Doch ihr gewelltes Haar und die vollen Lippen wirken sehr sinnlich. Sie hat etwas Geheimnisvolles, findet er.

„Ich glaube, wir sind Wohnungsnachbarn!", sagt er, als sie im achten Stock miteinander aussteigen. Der offene Blick ihrer großen, hellen Augen und ihr freundliches Lächeln faszinieren ihn und machen ihn zugleich nervös. Verdammt, Du musst jetzt doch ganz entspannt wirken!

Als er seine Wohnungstür hinter sich geschlossen hat, atmet er tief durch. Sein Herz klopft heftig und er muss erst mal einen großen Schluck Wasser trinken, um sich zu beruhigen. Das ist ja eine tolle Frau! Kein kleines, süßes Mäuschen, sondern eine aufregend schöne und sehr souveräne Persönlichkeit.

Sie hat sich als „Ursula Kling" vorgestellt, mehr weiß er noch nicht von ihr, doch er hat jetzt schon das Gefühl, ihr sehr nahe zu sein. Sie beschäftigt seine Gedanken und Wünsche, als ob er seit langer Zeit sehr vertraut mit ihr wäre. Sie scheint eine sensible, intelligente Frau zu sein. Er findet, sie würde gut zu ihm passen.

An den folgenden Tagen sieht Robert kaum noch fern. Stattdessen nutzt er endlich wieder seine Stereoanlage und hört viel klassische Musik. Symphonien und Violinkonzerte hat er früher besonders gern gehört, doch seit der Trennung von Elisabeth, warum auch immer, hörte er fast nur noch Unterhaltungsmusik oder Jazz.

Er überlegt, was Ursula wohl gefallen könnte und findet Mendelssohn-Bartholdy und Dvorak besonders geeignet. Wenn er in der Küche werkelt, schaltet er nun nicht mehr BR 3, sondern „Klassik-Radio" ein.

Eines Abends, er hat gerade „Aus der Neuen Welt" aufgelegt, klingelt es gegen 19 Uhr an seiner Wohnungstür. Durch den Türspion erkennt er Ursulas Gesicht. Sein Herz klopft heftig, er ist gespannt auf den Vorwand, mit dem sie ihren Besuch erklären wird. Vermutlich wird sie fragen, ob er ihr ein wenig Milch, ein paar Eier oder dergleichen borgen könne.

Fieberhaft überlegt er, ob er ausreichend Vorräte hat, um sie spontan einladen zu können. Er wirft noch einen raschen Kontrollblick in den Spiegel, streicht mit der Hand durch die Haare, um sie lässig in die Stirn fallen zu lassen, und öffnet die Tür.

„Hören Sie, Herr Waldner", sagt sie, noch bevor er sie begrüßen kann, „ich bin Ihre Rücksichtslosigkeit jetzt leid. Wenn Sie Ihre Musik weiterhin in dieser Lautstärke hören, werde in mich bei der Hausverwaltung über Sie beschweren!"

Damit wendet sie sich um und knallt ihre Tür hinter sich zu.

Als er in dieser Nacht gegen ein Uhr ins Bett taumelt, hat er drei Flaschen Bier und mehrere Gläser Korn getrunken und sich, zum ersten Mal wieder nach langer Zeit, zwei blöde Sexfilme reingezogen. Am nächsten Morgen verschläft er um eine volle Stunde und hetzt ohne Frühstück und unrasiert zur Arbeit, denn er muss einen wichtigen Termin einhalten.

Mehrere Tage lang geht es ihm ziemlich elend, doch seine anfängliche Wut auf die zickige Nachbarin weicht allmählich einer gewissen Zerknirschtheit. Er war wohl etwas naiv und, ohne es zu wollen, rücksichtslos. Bei der nächsten Gelegenheit wird er sich entschuldigen.

Langsam kehrt seine Zuversicht zurück. Sie wird gewiss merken, dass er seinen Fehler einsieht und ihre Beschwerde beachtet. Natürlich hätte sie auch freundlicher mit ihm reden können, aber sie ist anscheinend sehr temperamentvoll. Das gefällt ihm.

Seine Ungeduld auf eine Begegnung wächst von Tag zu Tag, dann beschließt er, nicht mehr auf den Zufall zu warten, sondern bei ihr zu klingeln. Er ist gerade auf dem Weg zum Blumengeschäft, um einen Versöhnungsstrauß für sie zu kaufen, als sie ihm vor dem Haus begegnet. Er lächelt sie an und grüßt liebenswürdig.

Doch sie geht wortlos und mit eindeutig abweisender Miene an ihm vorbei. Was ist das bloß für eine arrogante Person! Das Geld für die Blumen kann er sich sparen, enttäuscht und wütend kehrt er um.

Und es kommt sogar noch schlimmer, denn zwei Stunden später hört er, dass sie an ihrer Wohnungstür jemanden freundlich begrüßt. Die Stimme eines jungen Mannes antwortet.

Warum ist er auf den Gedanken, sie könnte einen Freund haben, eigentlich noch nicht gekommen? Schließlich ist sie attraktiv genug. Doch in der ganzen Zeit, seit sie neben ihm wohnt, hat er nie etwas von einem Besuch bei ihr bemerkt, sie schien immer absolut alleine zu sein.

Schon eine Stunde später hört er, wie der Mann sich wieder verabschiedet. Robert wundert sich über den nüchternen, fast geschäftsmäßigen Klang der Stimmen.

Als sie drei Tage später erneut männlichen Besuch empfängt, der sich nach etwa einer Stunde wieder verabschiedet, kommt ihm ein Gedanke, den er aber gleich wieder verwirft, weil er ihm doch zu unwahrscheinlich erscheint. In den folgenden Wochen aber erhärtet sich sein Verdacht bis zur Gewissheit, denn sie erhält immer wieder Besuche von Männern, die ungefähr eine Stunde bleiben.

Seine Nachbarin ist ein Callgirl, eine Edelnutte! Vermutlich empfängt sie auch tagsüber ihre Kunden, wenn er bei der Arbeit ist. Jetzt versteht er auch, warum dieses Weib morgens nicht regelmäßig die Wohnung verlässt.

Natürlich hat er gewusst, dass professionelle Damen gelegentlich in solchen großen Wohnblocks zu finden sind, aber dass seine gepflegte Nachbarin von dieser Sorte ist, überrascht und enttäuscht ihn doch sehr.

Seine Enttäuschung hält indes nur kurze Zeit an, dann gewinnt er seiner Entdeckung immer größeren Reiz ab. Das ist ja auch eine Möglichkeit, wahrscheinlich sogar viel besser als eine normale Liebesbeziehung, zumindest unkomplizierter.

In der folgenden Nacht träumt er von Anse. Sie hat ihn ans Bett gefesselt, streichelt ihn mit zarten Händen, liebkost und küsst ihn am ganzen Körper. Und plötzlich ist es nicht mehr Anse, sondern Ursula, die ihn da gaanz langsam erregt, bis er förmlich explodiert und völlig außer Atem erwacht.

Nachdem er in die Realität zurückgefunden hat, beschließt er, so schnell wie möglich Kunde seiner Nachbarin zu werden.

Es dauert nicht lange, bis eine günstige Gelegenheit für ihn gekommen ist. Er erreicht die Aufzugtür gerade noch, bevor sie hinter ihr zufallen kann. Sie sind allein in dem kleinen Raum.

Ursula würdigt ihn keines Blickes, sieht stur geradeaus zur Tür.

„Sie bekommen ja, Frau Kling, ziemlich häufig Besuch. Ihre Geschäfte scheinen gut zu laufen."

Jetzt blickt sie ihn an. Sie scheint etwas irritiert, doch dann lächelt sie süffisant.

„Haben Sie etwas dagegen?"

„Nein, nein", grinst er, „ich wollte nur fragen, ob ich Sie auch mal besuchen darf."

Sie runzelt die Stirn.

„Was soll das? Ich wüsste nicht, welchen Sinn das haben könnte. Was immer Sie sich davon versprechen, ich bin nicht interessiert an Ihrem Besuch."

Inzwischen ist der Aufzug im achten Stock angekommen und sie lässt ihn ohne ein weiteres Wort stehen.

Nun ja, sie ist wohl immer noch sauer auf ihn, und außerdem ist es vermutlich neu für sie, einen Kunden aus ihrer nächsten Umgebung zu haben. Vielleicht befürchtet sie, daraus könnten Probleme entstehen.

Wenn er wollte, könnte er ihr ja durchaus diese Probleme bereiten. Die Hausverwaltung wird gewiss nicht begeistert sein, wenn sie erfährt, welches Gewerbe sie da beherbergt. Aber diesen Gedanken verwirft er nach kurzem Nachdenken wieder, denn er will sie ja nicht noch mehr verärgern.

Außerdem ist er sich plötzlich wieder gar nicht mehr so sicher, dass seine schöne Nachbarin tatsächlich nichts anderes ist als eine bessere Nutte. Ihre Reaktion auf seine Anmache war ein bisschen seltsam, das hat nicht so recht gepasst.

Ihre Besucher kommen abends zwar relativ selten, aber regelmäßig. Durch den Türspion stellt Robert fest, dass sie auffällig junge Kunden hat, vielleicht ist sie ein Geheimtipp unter Nachwuchsmanagern. Er horcht oft an der Wand zwischen den Küchen, doch so sehr er sich bemüht, er kann nie laute Geräusche oder Lustschreie aus ihrer Wohnung hören. Irgend etwas stimmt nicht an der Sache.

Als er eines Tages nach Hause kommt, steigt ein junger Mann in Stockwerk acht mit ihm gemeinsam aus dem Aufzug. Robert hat ihn noch nie gesehen, das könnte einer von Ursula Klings Kunden sein. Diese Gelegenheit muss man unbedingt nützen.

„Suchen Sie etwas?", fragt er.

Der junge Mann verneint und steuert zielsicher Ursulas Wohnung an. Robert folgt ihm. Vor der Wohnungstür, noch bevor der Besucher klingelt, fragt er:

„Was für eine Therapie bietet Frau Kling denn eigentlich an?"

Diese Frage hat er sich für eine solche Situation zurechtgelegt. Sie ist nicht zu direkt und kann ausweichend beantwortet werden. Aber die Antwort ist vielleicht doch aufschlussreich.

Der junge Mann lacht.

„Therapie ist gut! Sie macht es wirklich ganz toll und arbeitet sehr effektiv, ich kann sie nur empfehlen. Aber es ist eine harte Sache. Na ja, ich bin schließlich selbst schuld, man wird halt für jeden Fehler im Leben bestraft."

Robert ist sich nicht sicher, ob diese Antwort ihn weiter gebracht hat. Sie macht es ganz toll, es ist hart, was meint der denn damit? Robert runzelt fragend die Stirn. Und er wird bestraft. Ist die Kling etwa...

Da ergänzt der Andere:

„In zwei Monaten muss ich das nötige Rüstzeug für die Vorprüfung haben. Ich habe leider in der Schule nicht bedacht, dass ich mal Jura studieren könnte und dafür Latein brauche. Doch Frau Kling ist wirklich eine sehr gute Lehrerin."

Robert gibt sich die größte Mühe, nicht allzu verdattert zu erscheinen. Mit krampfhaftem Lächeln stammelt er „Na dann, viel Glück!" und schließt eilig seine Tür auf. Drinnen lässt er sich aufs Sofa fallen.

Was bist Du doch für ein Idiot, Robert!

Er würde am liebsten in Grund und Boden versinken vor Scham. Er ist sich bloß nicht ganz im Klaren, worüber er sich mehr schämen soll: über seine unglaubliche Dummheit oder seine unendlich peinlichen Gedanken.

Inständig hofft er, dass seine Nachbarin ihn nicht durchschaut hat. Doch das ist, wenn er es recht bedenkt, nach ihrer letzten Begegnung im Aufzug und der Art, wie er sie dort angesprochen hat, ja kaum ernsthaft zu hoffen. Wenn sie wenigstens nicht weiß, was er beruflich macht! Unvorstellbar, wenn er dienstlich irgendwann mal mit ihr zu tun bekäme!

Glücklicherweise hat wenigstens niemand anderes etwas von seinen Verirrungen mitgekriegt. Oder etwa doch? Seine attraktive Wohnungsnachbarin könnte ja auch anderen Leuten von diesem geilen alten Bock erzählt haben. Die möglichen Folgen wären kaum auszudenken.

Er muss unbedingt seinen sexuellen Notstand beenden! Und nicht nur den, es geht ja nicht nur um Sex. Er hat offensichtlich ganz grundsätzliche intimsoziale Entzugserscheinungen. Anders lassen sich seine abwegigen und widerlichen Phantasien nicht erklären.

Er braucht dringend eine Freundin, er lebt schon viel zu lange allein.

Robert studiert nun intensiv die Bekanntschaftsanzeigen in den Wochenendausgaben der Münchner Zeitungen. Manche klingen ja ganz interessant. Er entwirft einen Text, den er mit Abwandlungen als Antwort auf viele Anzeigen verwenden kann.

Meistens ist schon das erste Telefonat ausreichend. Manchmal reicht der Klang der Stimme, um den Kontakt zu beenden, ehe er richtig begonnen hat. Spätestens beim Abgleich der Interessen ist in der Regel klar, ob es sinnvoll erscheint, sich näher kennen zu lernen. Häufig ist das nicht der Fall.

Eine Dame mit angenehmer Stimme und vielversprechenden Worten bringt ihn dazu, nach Starnberg zu fahren, um sie dort zu treffen.

Sie sieht sehr gut aus, südländischer dunkler Typ, ein wenig zu stark geschminkt, etwa im gleichen Alter wie er. Nach einem kleinen Spaziergang schlägt sie vor, in dem gepflegten Restaurant, an dem sie grade vorbeikommen, einzukehren. Drinnen wird die Dame persönlich begrüßt, offenbar ist sie hier Stammgast.

Sie hat Hunger. Robert bestellt sich nur eine Kleinigkeit zu essen, sie wählt ein teures Menü. Sie unterhalten sich angeregt, trinken noch ein Glas Wein, und noch eins. Mitten im Gespräch tritt der Kellner an den Tisch und bittet die Dame zu einem Telefongespräch ans Buffet. Aufgeregt kommt sie zurück, entschuldigt sich, sie müsse ganz dringend nach Hause, etwas mit ihrer Tochter. Und weg ist sie.

Robert bezahlt eine saftige Rechnung. Von der Dame hört er nie mehr etwas. So was soll ihm nicht noch einmal passieren. Lehrgeld eines Anfängers.

Nach dieser Erfahrung verabredet er sich nur noch in der Innenstadt. Oft genügt schon der erste Blick, um zu wissen, dass das wieder nichts werden kann. Warum, verdammt noch mal, sieht er jeden Tag so viele Frauen, die ihm gefallen, aber die, mit denen er sich trifft, findet er fast nie anziehend? Zu groß, zu dünn, hoffnungslos übergewichtig, die Negativliste ist lang.

Wenn ihm eine äußerlich gefällt, stellt sich beim gemeinsamen Spaziergang, Kaffee- oder Weintrinken stets ein anderer Hinderungsgrund heraus. Einige der Frauen haben kleine Kinder, das ist Robert zu kompliziert, er will nicht als potentieller Ersatzvater mit entsprechenden Verpflichtungen gesehen werden. Oder sie rauchen, das stört ihn so sehr, dass er nicht weiter über eine Beziehung nachdenken möchte.

Immerhin, nach ein paar Wochen hat er einige Frauen kennengelernt, die er durchaus sympathisch fand und mit denen er gute Gespräche hatte. Mehr aber kam nicht heraus dabei.

Mit zwei netten Damen verabredete er sich ein weiteres Mal. Bei der einen stellte sich dann leider heraus, dass sie verheiratet war und nur ein wenig Abwechslung suchte. Die andere hatte offenbar finanzielle Probleme und suchte einen Versorger. Auch keine gute Basis für eine Partnerschaft.

Wieder einmal hat er sich beim Fischbrunnen vor dem Rathaus verabredet. Und wieder hat er schon bei einem Glas Wein im Ratskeller festgestellt, dass es auch mit dieser Dame nichts werden konnte. Nachdem er sich verabschiedet hat, ist er deprimiert quer über den Marienplatz zu Hugendubel gegangen und blättert dort nun ziellos in Büchern.

Mit zwei Ratgebern zur Partnerwahl ist er unterwegs in Richtung Kasse. Auf halbem Weg bleibt er stehen und überlegt, warum er diese Bücher eigentlich in der Hand hält. Da kann doch gar nichts drinstehen, was er nicht schon weiß, das hilft doch alles nichts. Vielleicht ist so ein Buch interessant für ganz junge Leute, aber doch nicht für ihn.

Eine Verkäuferin, die anscheinend sein Zögern bemerkt hat, spricht ihn an.

„Kann ich Ihnen behilflich sein?"

Robert will schon verneinen, da sieht er, dass die Fragestellerin eine sehr attraktive Frau ist. Sie hat mittellanges dunkles, zu einem Pferdeschwanz gebundenes Haar, unter ihrem bunten Rock und der weißen Bluse kann man eine schlanke, aber nicht magere Figur erahnen.

„Welches dieser beiden Bücher würden Sie mir empfehlen?"

Ihre Antwort ist geschäftsmäßig routiniert. Beide Autoren seien sehr bekannt und anerkannt, beide Bücher würden gerne gekauft.

Natürlich, das war zu erwarten. So kommt er nicht mit ihr ins Gespräch.

Mit leiser Stimme hakt Robert nach.

„Zu welchem würden Sie denn ganz persönlich raten?"

Jetzt blickt sie ihn an. Sie hat sanfte braune Augen in einem, wie Robert findet, ebenmäßigen Gesicht. Warum sucht so eine eigentlich keinen Mann? Blöde Frage, weil sie einen hat natürlich.

„Ist es für Sie selbst?"

Wenn er jetzt „Ja" sagt, macht er sich lächerlich. Nein, das will er nicht, bei dieser Frau!

„Es ist ein Geschenk. Für einen Neffen von mir."

Sie schaut ihn immer noch an, und Robert hat das Gefühl, sie wisse genau, dass er geschwindelt hat. Klar, es hat auch zu lange gedauert, bis ihm eine Antwort eingefallen ist. Und seine Stimme war auch leicht wacklig dabei. Er ist schon immer ein schlechter Lügner gewesen.

Er meint, ein leichtes Lächeln in ihrem Gesicht zu sehen, als sie ebenfalls die Stimme senkt.

„Das ist jetzt vielleicht geschäftsschädigend, aber ich ganz persönlich würde weder das eine noch das andere zu Rate ziehen."

„Verstehe."

Robert stellt die beiden Bücher wieder ins Regal zurück.

In der S-Bahn denkt er über ihre letzte Formulierung nach. Sie würde keines der Bücher zu Rate ziehen, hat sie gesagt. Sie meinte damit natürlich: wenn sie einen Partner suchen würde, dann würde sie kein Buch zu Rate ziehen. Aber das hat sie nicht gesagt.

Hätte Sie gesagt „wenn ich einen Partner suchen würde", dann hätte sie damit klargestellt, dass sie keinen sucht. Sie hat also, logischer Umkehrschluss, offen gelassen, ob sie einen sucht. Vielleicht hat sie das ja absichtlich getan, um ihm zu signalisieren, dass sie als potentielle Partnerin durchaus in Frage kommt?

Er merkt, dass seine Überlegungen sehr theoretisch-konstruiert sind. So kompliziert denkt man nicht bei einer spontanen Antwort. Trotzdem, zu seiner Frage, die ja auf den Neffen bezogen war, passte ihre Antwort nicht. Eigentlich hat sie doch nur Sinn als ganz persönlichen Rat an ihn.

Sie weiß also, dass er eine Frau sucht, da ist er sich jetzt ganz sicher. Er hat es ja auch ziemlich eindeutig bestätigt, indem er die Bücher ins Regal zurückstellte. Für seinen Neffen hätte er ja eines kaufen können.

Robert ärgert sich jetzt, dass er das Gespräch mit ihr nicht weiter vertieft hat. Andererseits, im Laden, sie war ja im Dienst, wahrscheinlich wäre da sowieso nicht viel mehr möglich gewesen. Er muss sie unbedingt wiedersehen.

In der folgenden Nacht wacht er schweißgebadet aus einem heißen Traum auf. Sein Atem hetzt und sein

Herzschlag rast, er braucht eine Weile, bis er in die Realität zurückgefunden hat.

Er ist sicher, dass sie es war, die er da in seinen Armen gehalten, mit der er sich in den Laken gewälzt hat. Er versucht, sich an jede Einzelheit des Traums zu erinnern, an die Wärme ihres weichen Körpers, an ihre zärtlichen Berührungen und ihre festen Rundungen, die seine Hände ertastet haben. Und mit der Erinnerung kommt seine Erregung wieder.

An den nächsten Tagen geht er nach Dienstschluss immer gleich zu Hugendubel am Marienplatz. Doch erst am vierten Tag sieht er sie wieder im Laden. Sie ist ihm schon so vertraut, dass es ihm schwer fällt, sich wie der zufällige Kunde zu benehmen, der er für sie sein muss.

Er hat sich einen großen Bildband über die wichtigsten Vulkane der Erde ausgesucht. Mit ihm in der Hand schlendert er zu dem kleinen Tisch, an dem sie vor einem Bildschirm sitzt. Endlich nimmt auch sie ihn wahr und lächelt ihm freundlich zu. Sie hat ihn also wiedererkannt, sie hat ihn nicht vergessen.

„Ich suche noch etwas, speziell über die Vulkane von La Palma. Haben Sie da auch was?"

„Schaun wir mal", sagt sie, steht von ihrem Tischchen auf und steuert mit ihm auf die Ecke „Reisen" zu.

Robert hat das La-Palma-Buch zuvor aus dem Regal der Reisebeschreibungen genommen und bei den Bildbänden falsch einsortiert. Während sie suchend vor der Regalwand steht, mustert er sie von der Seite und findet seine Vorstellung von ihrer reizvollen Gestalt bestätigt.

„Ich bin mir sicher, dass wir da etwas haben. Vielleicht wurde es von elnem Kunden falsch zurückgestellt. Das kommt oft vor."

Sie sucht das Regal ab, dann das daneben.

„Waren Sie schon mal auf La Palma?", fragt Robert.

„Nein, leider nicht. Auf Teneriffa und La Gomera schon, aber nicht auf La Palma."

„Da haben Sie was verpasst. Für mich ist La Palma die schönste der Kanareninseln."

Jetzt hat sie das Buch gefunden, sie reicht es ihm. Robert schlägt es auf, blättert darin. Er hat sich gut vorbereitet.

„Schauen Sie mal, das ist der Roque de los Muchachos, der höchste Berg der Insel, mit einem großen Observatorlum. "

Und dann beginnt er, vom Wandern auf der Insel zu schwärmen. Sie hört aufmerksam zu. Mitten im Satz unterbricht Robert seinen Redefluss.

„Entschuldigen Sie, ich stehle Ihnen Ihre wertvolle Zeit. Sie haben gewiss viel zu tun."

„Nein, nein - also doch, ich habe schon zu tun, aber das hört sich wirklich sehr interessant an, was Sie da erzählen. Irgendwann muss ich unbedingt auch mal nach La Palma reisen."

Das ist es! Das ist eine Reaktion, wie er sie erhofft hat. Wenn das keine Steilvorlage ist!

„Ich würde Ihnen sehr gern mehr darüber erzählen. Wissen Sie was? Wir könnten doch mal, außerhalb Ihrer Arbeitszeit, einen Kaffee zusammen trinken. Dann haben wir Zeit und können ausführlich reden. Darf ich Sie einladen?"

Er darf.

Tatsächlich, sie nimmt seine Einladung an!

Das war, endlich mal wieder, ein schönes Wochenende. Nach langer Zeit war ihr großer Sohn zu Besuch. Und, das hat sie am meisten gefreut, Berti hat ihnen seine neue Freundin vorgestellt, von der er am Telefon schon so viel berichtet hat.

Marianne ist richtig glücklich darüber, dass der Junge wieder eine Frau hat. Also so gut wie. Frau oder Freundin, heutzutage macht das ja keinen Unterschied mehr. Rosi heißt sie, ein ganz nettes Mädle.

Auch Paul ist von ihr sehr angetan, das will was heißen. Das sei, hat er gesagt, als sie wieder allein waren, eine gestandene, reife Frau, die gefalle ihm. Und Robert würde die bestimmt gut tun, dem müsse man immer noch manchmal sagen, wo's lang geht. Und die Rosi, die könne das ganz bestimmt.

Rosi ist zwar erst Mitte 40, aber schon seit vielen Jahren verwitwet. Ihr Mann ist bei einem Autounfall ums Leben gekommen, als sie acht Jahre verheiratet waren, ihre Tochter war da grade in die Schule gekommen. Eine schreckliche Geschichte, die arme Frau!

Zum Glück kam sie wenigstens nicht in materielle Schwierigkeiten. Durch den Tod ihres Gatten trat eine Versicherung in Kraft, die alle Darlehen tilgte, so dass sie ab sofort in einem schuldenfreien Haus wohnte. Und da wohnt sie heute noch. Ihr Robert braucht das zwar nicht, aber die Rosi ist sogar eine gute Partie.

In einem Münchner Bücherladen, in dem Rosi drei Tage in der Woche arbeitet, haben sie sich kennen gelernt. Zum ersten Mal nach langer Zeit hat Marianne ihren Berti wieder entspannt und fröhlich erlebt. Seit seiner Scheidung war er nicht mehr so unbeschwert. Rosi tut ihm sichtlich gut. Die beiden verstehen sich offenbar prächtig, sie haben sich ein paar Mal sehr verliebt angeschaut.

Und demnächst werden sie auch richtig zusammen wohnen. Rosis Tochter ist schon 18, im nächsten Jahr wird sie ihr Abitur machen und dann studieren. Davor will sie noch für ein Jahr ins Ausland.

Es wäre ja auch die pure Geldverschwendung, wenn Rosi dann ganz allein in ihrem großen Haus wohnen würde und Berti für seine Zweizimmerwohnung in München Miete zahlen würde.

Rosi wohnt in Olching, einem Ort in der Nähe von Fürstenfeldbruck. Marianne hat sich auf der Landkarte gleich angesehen, wo das liegt. Schließlich wird ihr Sohn da demnächst leben. Sie findet, das ist viel besser als München. Und vor allem ist ein großes Haus viel besser als Bertis jetzige kleine Wohnung in einem großen Wohnblock, mitten in der Stadt. Sie war schon immer der Meinung, dass so eine Wohnung zu ihrem Sohn doch eigentlich gar nicht passt. Bei seiner Position! Er ist schließlich im Ministerium!

Marianne hat nicht danach gefragt, aber sie denkt sich im Stillen, die beiden werden, wenn sie richtig zusammen wohnen, dann gewiss auch bald heiraten. Das wäre ihr schon lieber. Es sollte doch alles seine Ordnung haben.

Er hat jetzt einen etwas längeren Weg zur Arbeit als zuvor, aber das ist leicht zu verschmerzen. Robert hat auch schon vor dem endgültigen Einzug in das Haus seiner Freundin viele Tage und Nächte dort verbracht. Es ist wunderschön, mit Rosi zusammen zu sein.

Mit ihr kann man auch sehr gut reden. Sie ist eine aufmerksame Zuhörerin, hat ein gutes Allgemeinwissen und vertritt bei vielen Themen klar und entschieden ihren Standpunkt, ohne jedoch stur oder arrogant zu sein.

Durch ihr langes Alleinleben ist sie, im Vergleich zu anderen Frauen, ungewöhnlich lebenstüchtig geworden. Ob Hausarbeit oder geschäftliche Angelegenheiten, sie ist es gewohnt, alles selbst zu meistern, und sie macht das, findet Robert, ganz großartig.

Trotz ihrer umfassenden Tüchtigkeit ist sie aber nicht derb oder eingebildet geworden, sondern eine liebenswürdige und weiche Frau geblieben. Sie ist sanft und zärtlich, sein Traum hat ihm nicht zu viel versprochen. Sie ist eine tolle Frau, in jeder Hinsicht.

Der Umzug ist einfach gewesen, er besitzt ja nicht viel. Bei der Trennung von Elisabeth hat er das allermeiste zurückgelassen im Haus, in dem sie, damals noch mit Andrea, nach wie vor wohnen blieb. Und beim jetzigen Umzug ließ er ein paar Möbelstücke für den Nachmieter zurück.

Mit Rosis Tochter Inge kommt er auch prima zurecht. Sie ist ein temperamentvolles und intelligentes Mädchen. Solche Allüren, wie seine Tochter im gleichen

Alter hatte, hat sie nicht. Sie ist eine gute Schülerin, aber alles andere als eine Streberin.

Manchmal erinnert sie ihn an die junge Anja, bevor sie zum Studium nach Köln umgezogen und ihm abhanden gekommen ist.

Doch Inge ist witziger, sie kann richtig frech sein. Und wenn sie gelegentlich eigensinnig ist, ist das kein zickiger Pubertätseigensinn, sondern ein ziemlich erwachsener Dickschädel. Das Mädchen gefällt ihm.

Soll sie etwa ein schlechtes Gewissen haben? Weil sie sich befreit und wohl fühlt wie lange nicht? Marianne findet: nein, muss sie nicht.

Paul ist ein guter Mann gewesen, aber dass er immer alles bestimmt hat, das ging ihr zeitlebens gegen den Strich. Er hat sie gefragt, wie viel Haushaltsgeld sie brauche, und das hat sie bekommen. Wenn sie sagte, sie brauche jetzt mehr, dann hat sie das auch bekommen, ohne Diskussion. Aber eigenes Geld, über das sie frei verfügen konnte, das hatte Marianne während der ganzen Zeit ihrer Ehe nie. Wenn sie etwas zum Anziehen brauchte, sind sie zusammen ins Bekleidungsgeschäft gegangen, und er hat anstandslos bezahlt, was sie ausgewählt hat.

Er war nicht kleinlich, wirklich nicht. Er hat ihr sogar ein paar wertvolle goldene Armbänder und Ketten gekauft. Aber sie wusste nicht einmal, was er verdiente. Sie hat ihn ein paar mal danach gefragt, aber er sagte jedes Mal, das müsse sie nicht wissen. Wenn sie mehr für den Haushalt benötige, könne sie das gerne haben.

Nein, sie will jetzt nicht dauernd in Trauerkleidung rumlaufen. Sie ist zwar nicht froh, dass er gestorben ist, nein, das kann man nicht sagen. Aber traurig? Es ist ja abzusehen gewesen, dass er es nicht mehr lange machen würde. Und er selbst wollte ja auch gar nicht mehr leben, das hat er in letzter Zeit immer öfter gesagt, es war schließlich kein Vergnügen mehr.

Sie fühlt sich erleichtert. Erleichtert, dass sie endlich frei bestimmen kann. Wie sie sich den Tag einteilt, ob und was sie essen möchte, wann sie ins Bett gehen will, alles. Vor allem aber kann sie jetzt selbst bestimmen, wofür sie ihr Geld ausgibt.

Als erstes will sie endlich die Wohnung so einrichten, wie es ihr gefällt und wie sie es schon immer gern getan hätte. Aber nie durfte, weil Paul keine Lust hatte, neue Möbel zu kaufen. Das sei überhaupt nicht nötig, fand er. War es auch nicht unbedingt, man konnte mit den alten Möbeln auskommen. Aber sie waren halt nicht mehr schön, Marianne wollte neue.

Und jetzt, wo sie endlich frei und selbständig ist, wird sie sich nicht von ihren Söhnen oder gar von deren Weibern Vorschriften machen lassen. Die fragen sie ja auch nicht, wenn sie sich was für ihren Haushalt kaufen.

Und sie will jetzt auch endlich ihren Ring zurück. Den Goldring mit dem Diamanten. Den hat sie vor längerer Zeit ihrer Schwiegertochter geliehen, das weiß sie noch ganz genau. Die wollten auf einen Ball der Schreinerinnung gehen, und Helga hatte keinen schönen Schmuck für diesen festlichen Abend, nur lauter billiges Zeug. Und jetzt erinnert sich Helga nicht mehr daran, behauptet, sie habe nie einen Ring von ihr bekommen!

Vor ein paar Wochen, an Manfreds Geburtstag, war Marianne mit ihm und seiner Familie zum Essen im Restaurant.

Also, die Frau ihres lieben Enkels Ralf, die gefällt ihr immer weniger. Die erzieht ja ihre Söhne überhaupt nicht! Die können machen, was sie wollen und kriegen, was sie wollen. Ihre Mama will ihnen eine Freundin sein! Das waren wirklich ihre Worte! Eine Freundin, die Mutter!

Marianne hat sich beherrscht, hat nichts gesagt, sie wollte ja ihrem Manni nicht den Tag verderben. Aber es ist ihr sehr schwer gefallen.

Ralfs Buben haben die Hälfte von ihrem Essen - wohlgemerkt, teures Essen, das sie selbst ausgewählt hatten - stehen lassen. So etwas hätte es bei ihren Söhnen niemals gegeben. Da wurden die Teller leer gegessen! Die Mutterfreundin aber störte das ungeheure Benehmen ihrer Kinder überhaupt nicht. Und dass der Ralf auch nichts dazu sagte, das fand Marianne schon sehr schlimm. Der Bub steht ganz schön unter dem Pantoffel. Und dann gab es sogar noch ein Dessert für den Nachwuchs! Obwohl die Burschen zuvor nicht aufgegessen hatten!

Der eine von den verwöhnten Lausbuben isst grundsätzlich nichts Grünes, weder Salat noch Gemüse, der andere möchte keine Gurke im Salat. Und was sie nicht wollen, müssen sie nicht essen.

„Das Kind verträgt das nicht", erklärt dann ihre Mama.

Marianne hat für so was absolut kein Verständnis. Paul und sie waren nicht immer einer Meinung, wirklich nicht, aber darüber wären sie sich einig gewesen:

„Was auf den Tisch kommt, wird gegessen."

Es ist ein schleichender Prozess. Lange Zeit bemerkten sie ihn gar nicht. Sie wurde immer vergesslicher, klar, doch wer wird das mit zunehmendem Alter nicht. Auch Roberts Gedächtnis wird nicht besser.

Nach dem Tod des Vaters war die Mutter richtig aufgeblüht. Endlich konnte sie sich frei entfalten!

Dass sie als erstes neue Möbel gekauft hat, ziemlich teure Möbel, finden Manfred und er zwar nicht sehr sinnvoll. Sich mit 80 Jahren die Wohnung völlig neu einzurichten, das ist schon ziemlich ungewöhnlich. Doch sie schluckten es ohne Widerspruch. Es hätte sonst ja der Eindruck entstehen können, es gehe ihnen um die Erbschaft. Nein, das haben sie nicht nötig.

Der Vater hat ihre Mutter zur Alleinerbin bestimmt, sie soll mit ihrem Geld machen dürfen, was sie will. Sie hat schließlich kein leichtes Leben gehabt. Die Söhne wollen der Mutter noch ein paar Freuden in ihren letzten Jahren gönnen.

Das mit dem Wohnungskauf aber geht dann doch zu weit, das kann man nicht unwidersprochen lassen. Manfred hat ihn angerufen und Robert gebeten, mit der Mutter zu reden. Er selbst hat es erfolglos versucht, vielleicht hört sie ja auf ihren älteren Sohn eher.

Robert erklärt ihr, dass sie überhaupt keine Angst haben müsse, aus der Wohnung gekündigt zu werden. Sie wohnt schon mehr als 30 Jahre in ihr und genießt als langjährige Mieterin einen absoluten Kündigungsschutz. Eine Kündigung wegen Eigenbedarfs ist auch nicht zu befürchten, das Haus gehört schließlich keiner

Privatperson, sondern einer großen Wohnbaugesellschaft. Es ist also völlig unnötig, vor allem aber unvernünftig, die Wohnung zu kaufen.

Doch hört sie überhaupt zu? Die Mutter ist alles andere als dumm, sie ist, findet Robert, immer eine ziemlich tüchtige Frau gewesen. Aber jetzt hat er, zum ersten Mal, das Gefühl, sie könne ihm überhaupt nicht folgen.

Sie habe sich schon immer gewünscht, in einer eigenen Wohnung zu wohnen, sagt sie.

"Aber Du hast doch gar nicht das dafür nötige Geld für den Kauf!"

Sie werde einen Bausparvertrag abschließen, damit sei das überhaupt kein Problem.

Zum ersten Mal kommt Robert der Gedanke, seine Mama könnte langsam altersdebil werden. Oder ist es doch nur ihr ganz normaler Eigensinn?

Die finanziellen Dinge hat immer der Vater geregelt. Jetzt endlich kann sie selbst entscheiden. Robert hat durchaus Verständnis für ihr Bedürfnis, etwas nachzuholen.

Vor vielen Jahren hat sie, als sie mal eine Stunde allein waren, ihm ein Geheimnis verraten. Sie holte einen Stapel Papiere aus einer Schublade und breitete ihn auf dem Tisch aus. Die Mutter hatte da die Kursentwicklung von Aktien großer deutscher Unternehmen grafisch dargestellt, sie hatte richtige Charts aufgezeichnet. Robert war platt.

Und dann beichtete sie ihm, dass sie über Jahre, Monat für Monat, einen kleinen Teil des Haushaltsgelds abgezweigt und auf einem eigenen Konto, von dem der Vater nichts wusste, angesammelt hatte. Davon hatte sie sich ein paar Aktien gekauft. Viel Gewinn hat sie nicht erzielt, dazu waren die Stückzahlen zu gering und die Gebühren anteilig zu hoch. Aber die Wahl der Papiere und die Zeitpunkte für Kauf und Verkauf waren, fand Robert, durchaus vernünftig.

Nun aber ist sie dabei, etwas ganz Dummes zu machen. Robert rechnet ihr vor, welche Belastung sich aus einem Bausparvertrag ergeben würde. Doch offensichtlich versteht ihn seine Mama gar nicht. Sie wird jetzt sogar richtig grob, will sich „so einen Unsinn" nicht anhören. Und dann wirft sie ihm vor, er habe ja noch nie mit Geld umgehen können. Und überhaupt, er solle sie in Ruhe lassen mit seinen Ratschlägen, sie wisse selbst, was gut und richtig sei für sie.

So hat er seine Mutter noch nie erlebt. Nein, das ist nicht der normale Eigensinn. Sie ist nicht mehr ganz klar im Kopf.

In den nächsten Wochen wird es rasch immer deutlicher: Man kann die Mutter auf Dauer nicht mehr alleine lassen. Manfred berichtet am Telefon von mehreren bedenklichen Situationen.

Sie brauchen dringend einen Altenheimplatz für sie. Doch einen solchen zu finden, das ist alles andere als einfach. Vor allem aber, und das ist noch viel schwieriger, muss es der Mutter klargemacht werden.

Wenn sie das geahnt hätte, wäre sie gar nicht gekommen. Inge mag ja dieses ganze Theater eigentlich sowieso nicht und fährt nur aus Gewohnheit und ihrer Mutter und Robert zuliebe an Weihnachten heim. Aber das ist jetzt wirklich zu viel des Friedens.

„Warum habt Ihr mir das nicht gesagt? Das ist doch unglaublich, einfach scheiße ist das! Ihr hättet mich vorher fragen müssen!"

Doch ihre Mutter lächelt sie nur nachsichtig an und antwortet mit sanfter Stimme:

„Ach Kind, es ist doch Weihnachten. Komm, zieh' Dir was anderes an, Du musst mir ein bisschen helfen, allein schaffe ich das nicht alles."

Robert habe dieses Jahr nicht mal den Baum aufstellen und schmücken können. Sein Hexenschuss mal wieder.

Soll sie jetzt gehen? Das bringt sie einfach nicht übers Herz. Wie gesagt, sie hält nichts von diesem ganzen Weihnachtstheater, alles nur verlogene Geschäftemacherei. Aber, na ja, irgendwie hat man sich halt von Kindheit an daran gewöhnt. Weihnachten ganz allein, das ist auch öde. Außerdem: sie kann doch ihre Mama jetzt nicht einfach sitzen lassen, wo sie sich so viel Mühe gemacht hat. Und auf die Gans, gefüllt mit Hackfleisch, Äpfeln und Nüssen freut sie sich auch schon seit Tagen.

Um 17 Uhr käme er, hat Mama gesagt. Sie wird einfach so tun, als wäre Achim gar nicht da. Vielmehr, als wäre es ganz selbstverständlich, dass er da ist, so wie das Klavier da ist. Zum Reden wird sowieso keine Zeit sein, zur Begrüßung ein kurzes „hallo", sie ist schließlich voll beschäftigt, Baum schmücken, aufräumen, umziehen...

Dieses Mal geht sie sogar gern in die Kirche. Sie setzt sich zwischen ihre Mama und ihren Stiefvater. Als sie wieder daheim sind, muss der Tisch gedeckt werden. Kerzen anzünden, „Stille Nacht" und „Oh, Du fröhliche", so ein festes Programm ist manchmal ganz hilfreich. Gut, dass sie dieses Jahr auf „Ihr Kinderlein kommet" verzichten, das hätte sie irgendwie unpassend gefunden.

Dann ist der Geschenkaustausch dran. Früher sind die Päckchen immer unter dem Baum gelegen, aber dieses Jahr werden sie persönlich überreicht, weil Robert sich ja nicht bücken kann.

Achim kommt mit einem kleinen Schächtelchen in der Hand auf sie zu, holt Luft und setzt mit bedeutungsvollinniger Miene zum Sprechen an. Doch noch bevor er was sagen kann, muss sie ganz eilig eine Kerze ausblasen, die schon fast herunter gebrannt ist.

„Wenn man richtige Kerzen am Baum hat, keine elektrischen, muss man sie immer im Auge behalten, der Baum könnte sonst in Flammen aufgehen", gibt sie bekannt und händigt dann ihrer Mama und Robert umständlich ihre Geschenke aus. Sie achtet darauf, dass bloß keine Pause in all dem belanglosen Geschwätz eintritt. Immer wenn Achim sie ansieht und was sagen will, kommt sie ihm mit irgendwas zuvor.

Ist ziemlich anstrengend. Aber er ist ja, das muss man ihm lassen, nicht blöd. Und glücklicherweise auch nicht so stur wie sie. Er stellt also seine Absicht, eine Friedens- und Versöhnungszeremonie zu veranstalten, vorläufig zurück. Der Heilige Abend ist erst mal gerettet, sie können zum Kartoffelsalat mit Würstchen kommen.

Nach dem Essen äußert Inge den Wunsch, Monopoly zu spielen. Robert und ihre Mama sehen sie befremdet an. Doch Inges Begründung, sie werde an Silvester, wo sie das traditionell immer spielen, nicht da sein, macht Robert schon ziemlich schwach. Monopoly ist schließlich sein Lieblingsspiel. Mit einem kleinen Augenzwinkern und einem Ellbogenknuff überzeugt ihn Inge endgültig.

Damit ist es mehrheitlich beschlossen, denn Achim hütet sich, gegen sie zu stimmen.

„Und das Weihnachtsoratorium", sagt sie zu Mama, „hören wir morgen!"

Inge kommt schon früh zur Badstraße und handelt ihrer Mama die Turmstraße ab. Bevor die andern einen kompletten Straßenzug besitzen, auf dem sie Häuser bauen und Miete kassieren können, sind schon ihre Hotels eröffnet.

„Billigabsteigen", spottet Achim.

„Ganz recht", antwortet sie, „das sind Stundenhotels im Hafenviertel. Aber damit lässt sich sehr gut Geld verdienen. Du wirst bestimmt einer meiner besten Kunden sein!"

Mama runzelt missbilligend die Stirn, Achim schluckt. Und in der nächsten Runde kehrt er prompt in der Turmstraße ein.

„Zum doppelten Preis erfüllen wir Ihre ganz speziellen Wünsche! Für Sie als Erstbesucher unseres Etablissements gibt es die Sonderbehandlung heute sogar mit nur halbem Aufschlag", bietet Inge ihm an.

Er zahlt säuerlich die einfache Miete, und Rosi wirft Robert einen vorwurfsvollen und empörten Blick zu, weil er das unanständige Gerede seiner Stieftochter offenbar lustig findet. Als sie später auch noch die Schlossallee erwürfelt und Robert kurz vor seiner endgültigen Pleite die Parkstraße abknöpft, ist Inge unschlagbar. Immer süßer klingeln die Glocken ihrer Kasse. Eigentlich, sozusagen bei Kerzenlicht betrachtet, ist Monopoly das ideale Spiel für Heiligabend.

Mama ist immerhin feinfühlig genug, Achim diesmal im Gästezimmer unterzubringen. Inge schläft herrlich im Bett ihrer Mädchenjahre, und nach dem Frühstück geht sie, wie immer, wenn sie zu einem Besuch daheim ist, für ein kleines Plauderstündchen rüber zu Heidi. Die ist so was wie ihre kleine Schwester, seit der Sandkiste blickt das Mädchen aus dem Nachbarhaus zu Inge auf.

Es sind nicht nur die drei Jahre, die sie jünger ist als Inge, auch ihre spießig-frommen Eltern sorgen dafür, dass bei Heidi alles mit erheblicher Verzögerung passiert. Aber dieses Mal hat sie eine echte Überraschung für Inge.

Selig strahlend erzählt sie ihr von ihrem Freund! Sie befinden sich noch im Frühstadium der verliebten Blicke und harmlosen Zärtlichkeiten. Heidi brennt förmlich darauf, endlich die Erfüllung ihrer Sehnsüchte, das Glück der Liebe zu erleben. So wie Inge mit Achim. Bevor sie fragen kann, wie es ihnen gehe, verabschiedet sich Inge eilig.

„Ich muss jetzt meiner Mutter in der Küche helfen."

Der Gänsebraten schmeckt besser als jemals zuvor. Beim anschließenden Verdauungsspaziergang sieht Achim, als Inges Mutter und Robert kurz mit Bekannten reden, endlich die Gelegenheit für gekommen, auf die er die ganze Zeit gewartet hat.

„Könnten wir nicht..."

Inge unterbricht ihn in kühlem, geschäftlichem Ton:

„Zwischen Weihnachten und Neujahr ist es ganz schlecht. Nach der Inventur, wenn die Bestände neu sortiert sind, haben wir wieder mehr Auswahl. Vielleicht schauen Sie dann nochmal vorbei."

Achim gibt resigniert auf.

Beim Quarkstollen am Nachmittag kommt ihr ein genialer Einfall. Sie fragt Achim, wie denn eigentlich die teuren Neueinkäufe des FC Bayern in dieser Saison eingeschlagen hätten. Der ist völlig überrascht, denn Inge hat noch nie mit ihm über Fußball geredet.

„Sehr gut, die Bayern stehen mit sechs Punkten Vorsprung an der Tabellenspitze. Warum fragst Du?"

„Ach, nur so, ich weiß ja, dass Du Bayernfan bist."

Doch natürlich geht es ihr um etwas ganz anderes. Ihr Stiefvater, der sich eigentlich für Fußball überhaupt nicht interessiert, mag trotzdem den FC Bayern nicht. Sein Bruder Manfred aus Stuttgart ist Fachmann in Sachen Fußball und VfB-Fan. Von ihm weiß der Stiefvater, dass die Münchner der Bundesligaclub mit dem meisten Geld sind. Und Robert hat schon immer was gegen ungleichen Wettbewerb gehabt.

Für ein Männergespräch über Fußball und seine Finanzierung könnte es reichen.

Inge hat sich nicht getäuscht. Als sie Achim fragt, wie viel denn die Bayern für ihre neuen Spieler ausgegeben haben, steigt Robert in das Gespräch ein. Und schon beginnt eine heiße Diskussion über Sport und Geld. Die beiden Männer sind für eine Weile beschäftigt.

Inge zieht ihre Mama in ihr Zimmer und legt das Weihnachtsoratorium in den CD-Player.

Als Achim nach dem Abendessen ankündigt, er werde jetzt nach München zurückfahren, versuchen auch ihre Mutter und Robert nicht, ihn umzustimmen. Sie haben endlich kapiert, dass nicht mal Weihnachten gegen Inges Dickkopf ankommt.

Sie atmet tief durch, nun kann der erholsame Teil des Urlaubs beginnen.

Ein stechender Schmerz holt sie ins Bewusstsein zurück, wie aus dichtem Nebel kommt sie langsam wieder ans Licht, kann sich wieder orientieren. Marianne liegt auf dem Boden. Mit dem linken Arm stemmt sie sich gegen das Sofa und dreht sich mühsam von der Rückenlage auf die rechte Seite.

Was man von da unten alles sieht! Unter dem Heizkörper liegen dicke Staubknäuel. Und da hinten, ganz in der Ecke, da ist er ja, ihr goldener Ring mit dem Diamanten! Die Möbel, die sehen von hier auch ganz anders aus, viel größer und höher.

Beim Gedanken an ihre herrlichen Möbel lächelt sie selig, trotz der Schmerzen. Paul hätte das ja niemals mitgemacht. Nicht weil sie ihm zu teuer gewesen wären, das wäre nicht das Problem gewesen. Aber er hätte sich gar nicht die Zeit genommen, diese schönen Stücke, die schönsten in der ganzen Stadt, zu suchen.

Als sie mal mit ihm im Möbelgeschäft war, ging das so: Wir brauchen ein Sofa – Lederbezug, braun, zwei Meter 50 lang. Und einen Wohnzimmerschrank – helle Eiche, drei Meter, Barfach, Fernsehfach. Diese Angaben mussten dem Verkäufer genügen, mehr als zwei Stücke zur Auswahl wollte Paul nicht sehen. Die letzte Entscheidung überließ er dann ihr, was es kostete, war ihm egal.

Nach der Bestattungsfeier, im Café Kroll, hat Berti den anderen schmunzelnd erzählt, wie sein Vater vor vielen Jahren zum letzten Mal etwas mit ihm kaufte. Es waren Roberts Hochzeitsschuhe, Paul spendierte sie ihm, den dunklen Anzug hatte er auch bezahlt.

Sie waren also zusammen im Schuhgeschäft. Schwarze Schuhe, Größe 42. Die Verkäuferin brachte drei Paar. Berti zog das erste Paar an, sie passten. Als er die anderen Schuhe anprobieren wollte, sagte sein Vater völlig verständnislos:

„Was soll das? Die passen doch und schwarz sind sie auch...".

So war er. Mit ihm konnte man nicht einkaufen. Aber ohne ihn leider auch nicht. Weil er ihr nur das Haushaltsgeld gab, über alle größeren Anschaffungen bestimmte er.

Drei Wochen nach Pauls Beerdigung ist sie dann zu Möbel-Böhm gefahren, dem besten und feinsten Einrichtungshaus in der Stadt. Der Verkäufer war erst ziemlich von oben herab, aber als sie ihre Wünsche geäußert hatte, wurde er plötzlich sehr freundlich.

„Selbstverständlich, gnädige Frau. Wir haben da etwas ganz Besonderes!"

Mehr als 60.000 Mark haben die neuen Möbel gekostet, aber das sind sie auch wert. Ihre Söhne waren platt, als sie ihre neue Einrichtung sahen. Und auch ein bisschen sauer. Aber sie kann schließlich mit ihrem Geld machen, was sie will.

Sie kriecht in den Flur, der linke Oberschenkel tut sehr weh. Sie versucht, das Telefon auf der Kommode zu erreichen, es fällt herunter. Man hört das Freizeichen aus dem Hörer, der Apparat ist anscheinend nicht kaputt. 110, das ist die Nummer, die sie anrufen soll, wenn sie ein schlimmes Problem hat und ihn nicht erreicht, hat Manfred gesagt.

Seine Telefonnummer hat sie immer auswendig gewusst, jetzt fällt sie ihr auf einmal nicht mehr ein. Und ihr Kalender mit den Nummern ist nicht runtergefallen mit dem Telefon. Mit zitternden Fingern wählt sie.

Der Polizei-Notruf meldet sich. Worum es geht? Abstauben wollte sie, auf dem Wohnzimmerschrank aus Kirschbaumholz, das war mal wieder höchste Zeit. Zuletzt hat sie vor einer Woche...

„Wie kann ich Ihnen helfen?", fragt die Frauenstimme.

„Nein, nein, das schaff ich schon alleine, ich hab noch nie eine Putzfrau gebraucht."

„Warum haben Sie uns angerufen?"

„Der Stuhl ist umgefallen, das Bein, ich kann nicht mehr aufstehen."

Wo sie wohne, will die Frau wissen. Wie man in die Wohnung rein kommt? Erster Stock, ihr Name steht an der Tür. Nein, aufmachen kann sie nicht, sie liegt doch auf dem Boden. Ach so, jetzt versteht sie.

„Die Rothfuß hat einen Zweitschlüssel, die wohnt im ersten Stock."

Die Schmerzen werden immer schlimmer. Vielleicht kann sie morgen gar nicht in die Stadt. Aber sie hat doch den Termin bei der Bausparkasse! Um 15 Uhr. In drei Jahren, hat sie sich ausgerechnet, ist die Wohnung bezahlt, wenn sie jetzt einen Bausparvertrag abschließt. Und dann gehört sie richtig ihr.

Sie muss das jetzt endlich unter Dach und Fach bringen. Manfred ist ein Dummkopf. Der hat einen eigenen Betrieb, eine Schreinerei, und hat trotzdem keine Ahnung, wie man mit Geld umgeht. Und Berti auch nicht. Ausgelacht hat er sie. 20 Jahre würde das dauern mit der Abzahlung, hat er gesagt, sie wäre dann 112 Jahre alt. Und von riesigen Zinsbeträgen hat er geredet. So ein Unsinn. Aber ihre Söhne haben noch nie was vom Sparen verstanden. Kein Wunder, bei den Frauen.

Sie hört Stimmen im Treppenhaus. Ganz aufgeregt ist sie mal wieder, die Rothfuß, erzählt lauter dummes Zeug. Die denkt wohl nicht, dass sie das alles mithören kann. In letzter Zeit sei es immer schlimmer geworden mit der Frau Waldner, sagt sie jetzt, von Tag zu Tag werde sie verwirrter, dreimal habe sie sich allein in den letzten zwei Wochen ausgesperrt aus ihrer Wohnung, sie koche sich nicht mal mehr was Richtiges...

So eine dumme Person! Die versteht einfach nicht, dass es wichtigere Dinge gibt als das Essen. Sie hat schon immer gern Marmeladenbrot gegessen und dazu eine Tasse warme Milch getrunken. Mehr braucht man nicht. Wenn man ein bisschen sparsam ist, kommt man mit 200 Mark aus im Monat. Davon hat früher eine ganze Familie gelebt.

Sie hat es satt, dauernd mit ihren Söhnen zu streiten. Vor ein paar Wochen hat Manfred doch tatsächlich gewagt, ihr den Prospekt eines Altersheims vorzulegen. Diese Schnapsidee hat sie ihm aber ganz schnell ausgetrieben.

Und Robert faselte von gesetzlich geregeltem Kündigungsschutz. Das interessiert sie doch gar nicht. Sie wollte schon immer eine Eigentumswohnung. Bloß weil Paul aus purer Faulheit lieber Miete gezahlt hat, bloß deshalb hat sie noch keine. Der wollte sich um nichts selbst kümmern müssen, ihm war es lieber, wenn er sich wegen jeder kleinen Reparatur an den Vermieter wenden konnte.

Jetzt kommen sie zur Türe rein. Die Rothfuß redet immer noch dummes Zeug.

„Wie riecht's denn hier?", ruft sie und rennt in die Küche. Die Herdplatte sei glühend heiß. So ein hysterisches Weib.

„Die Frau kann man doch nicht allein in der Wohnung lassen! Die wird noch das ganze Haus abbrennen!"

Sie heben sie hoch, die Rothfuß macht die Schlafzimmertür auf, man legt sie auf's Bett.

„Diese Luft", sagt die Rothfuß ganz angeekelt, „und schauen sie sich bloß an, wie's da aussieht!"

Einer macht das Fenster weit auf. Wenn sie gewusst hätte, dass die heute kommen, hätte sie natürlich ein bisschen aufgeräumt. Aber dann hätten sie sich eben anmelden müssen.

Der Arzt tastet ihr Bein ab.

„Vermutlich Oberschenkelhalsfraktur", sagt er leise.

Man gibt ihr eine Spritze, legt sie auf die Krankentrage. Als sie aus der Wohnung gebracht wird, schaut sie sich um und flüstert stolz:

„Meine Wohnzimmermöbel, sind die nicht schön? Probieren sie mal aus, wie leicht die Schubladen von der Kommode laufen!"

Der Doktor versteht sie, das ist ein Netter, er nickt und lächelt sie freundlich an. Wenn sie wieder zurück ist, muss sie gleich bei Wüstenrot anrufen.

Die Mutter wurde aus dem Krankenhaus direkt ins Heim eingeliefert. Pflegeabteilung, den ganzen Tag über lag sie im Bett. Es war erschreckend, wie sie in kürzester Zeit abbaute, sie wurde völlig apathisch, jeder Lebensmut hatte sie verlassen. Sie verfiel förmlich und schlief die meiste Zeit. Schon nach zwei Monaten war sie total abgemagert, einen weiteren Monat später schlief sie endgültig ein.

Der Tod seiner Mutter setzte Robert ziemlich zu. Wie wichtig sie für ihn gewesen war, wurde ihm erst jetzt richtig bewusst. Er war sehr froh, dass er in dieser Situation nicht alleine war.

Rosi ist sein großer Halt. Bald zehn Jahre sind sie nun verheiratet, und sie verstehen sich nach wie vor prächtig.

Oft denkt er daran zurück, wie schlecht es ihm ging, bevor er sie kennen lernte. Und was für ein Leben er in dieser Zeit führte. Er schämt sich noch immer, wenn er an die haarsträubenden Erlebnisse und Verirrungen denkt, die ihn damals von einer Peinlichkeit in die andere geführt haben. Und er muss schmunzeln bei der Erinnerung an diese Ratgeberbücher zur Partnerwahl, die er bei Hugendubel gefunden hat und die ihm das große Glück beschert haben. Großartig waren die, auch wenn er sie nicht gekauft hat, geschweige denn gelesen.

Seit zwei Jahren ist Robert nun im Ruhestand, Rosi und er führen ein beschauliches Leben zu zweit. Gelegentlich kommt Inge zu Besuch, seit Jahren lebt sie nun schon in Berlin. Kurz nachdem sie sich von ihrem damaligen Freund Achim getrennt hat, bekam sie den tollen Job in der Hauptstadt.

Jetzt endlich, nach turbulenten Jahren, Rosi war schon ganz verzweifelt über ihre Tochter, scheint sie auch ihr Privatleben solide und dauerhaft geregelt zu haben. Mit ihrem jetzigen Freund Jens ist sie nun schon seit zwei Jahren zusammen, vor kurzem haben die beiden eine herrliche Dachterrassenwohnung bezogen. Bei einem der letzten Telefonate hat Inge ihrer Mama gesagt, sie wollten demnächst heiraten.

Rosi hat sich riesig gefreut. Nun hofft sie darauf, vielleicht doch noch Oma zu werden. Sie hatte die Hoffnung auf Enkel fast schon aufgegeben, Inge wird immerhin bald 35!

Seit einigen Wochen fühlt sich Rosi oft müde und erschöpft. Sie hat auch wenig Appetit. Es ist höchste Zeit, mal wieder eine schöne Reise zu unternehmen, findet Robert, die Abwechslung würde ihr gewiss gut tun. Aber vorher muss sie sich unbedingt noch mal von der Hausärztin gründlich untersuchen lassen, darauf besteht er.

Langsam streicht Frau Dr. Seidel bei der Ultraschalluntersuchung mit der Sonde über Rosis Bauch und blickt konzentriert auf den Monitor.

„Wo genau ist dieses Druckgefühl?"

Robert hat das Gefühl, die Ärztin sei etwas beunruhigt. Er fragt nach dem Grund, doch sie gibt keine klare Antwort.

„Ich schreibe Ihnen eine Überweisung für die Klinik. Die sollen sich das mal genau ansehen, ich kann nichts Eindeutiges feststellen. Die sollen ein MRT machen", sagt Frau Dr. Seidel.

Wahrscheinlich ist die Ärztin einfach besonders gründlich und schickt Rosi nur vorsichtshalber ins Krankenhaus. Robert versucht, sich seine aufkommende Besorgnis gleich wieder auszureden. Doch es gelingt ihm nicht so recht.

Auf dem Heimweg sprechen sic über unwichtigen Kram, aber es liegt etwas Beängstigendes in der Luft. Bei der Verabschiedung hat die Ärztin nochmal sehr nachdrücklich gesagt:

„Gehen Sie bitte gleich morgen in die Klinik."

Robert sitzt im Wartezimmer, während Rosi untersucht wird. Es dauert lange, sehr lange. Nach fast einer Stunde wird er ins Arztzimmer gerufen.

Der Professor begrüßt Robert mit Handschlag, zeigt und erklärt ihm mit ruhiger und ernster Stimme die Aufnahmen. Robert wird immer nervöser.

Warum redet der denn so langsam? Der will wohl eine schlechte Nachricht behutsam vorbereiten. Jetzt sag endlich, was los ist, Mann!

Die Stimme des Professors wird noch leiser. Ohne Robert anzusehen, verkündet er die Diagnose.

Robert wird schwarz vor Augen, er hält sich an der Stuhllehne fest. Wie aus weiter Ferne hört er den Arzt sagen:

„Für Leberkrebs gibt es keine typischen und auffälligen Symptome, deshalb bleibt die Erkrankung leider oft lange unentdeckt..."

„Im Endstadium, was bedeutet das?", unterbricht Robert mit zitternder Stimme.

„Vielleicht ein halbes Jahr, vielleicht auch nur zwei Monate."

Der Professor bietet an, Rosi, wenn sie möchte, ein ruhiges Einzelzimmer in der Klinik bereitzustellen und ihr eine „professionelle und weitgehend schmerzfreie Sterbebegleitung zu ermöglichen". Doch Rosi lehnt das Angebot sofort entschieden ab.

„Danke, aber ich will nach Hause. Ich will den letzten Sommer meines Lebens daheim, in meinem Haus und meinem Garten und mit meinem Mann erleben."

Es wurden vier Monate.

Zum ersten Mal seit langem ist Robert wieder in die Stadt gefahren - um eine Orchideenvase zu kaufen, für Andrea. Eine Orchideenvase! Das hat sie sich gewünscht.

Robert hat es mehr mit schlichten Gartenblumen, er mag Margeriten, Astern, Tulpen, auch Rosen. Nelken sind ihm schon zu unübersichtlich ausgefranst. Und mit Orchideen, diesen schwülstig-fleischigen, affektiert-feinen oder überzüchteten Gewächsen, kann er nicht viel anfangen. Die kommen ihm irgendwie unanständig vor. Und besondere Vasen brauchen sie auch noch! Da muss er sich beraten lassen.

Die Verkäuferin spricht gerade mit einer Kundin, die ein Teeservice zurück brachte, weil die Tassen zu uneinheitlich gebrannt sind. Sehr gepflegt sieht die Dame aus und strahlt zugleich eine frische Natürlichkeit aus. Sie erinnert ihn an Rosi, obwohl sie deutlich größer ist und ihr auch nicht wirklich ähnlich sieht. Aber sie spricht, genau wie seine Rosi, mit angenehm warmer, lebhafter Stimme. Mitte 50 schätzt er sie.

Mit Rosi war er oft in der Stadt. Sie bummelte gern mit ihm durch die Geschäfte, fragte ihn, wenn sie etwas anprobierte, wie es ihm gefalle und kaufte dann, natürlich völlig unbeeindruckt von seiner Meinung, was sie für gut hielt. Immerhin, sie waren oft der selben Ansicht.

Manchmal entdeckte sie auch ein schönes Hemd, eine Krawatte oder einen Pullover für ihn, und wenn er ein Sakko oder eine Hose brauchte, war ihre Beratung für ihn unverzichtbar. Seit ihrem Tod hat er sich kein einziges Kleidungsstück mehr gekauft. Aber wenn man fast 70 Jahre alt ist, lohnt sich das ja auch gar nicht mehr.

„Eigentlich wollte ich lieber Bargeld", sagt die Dame.

„Das tut mir leid", bedauert die Verkäuferin, „aber bei einem Umtausch kann ich Ihnen nur einen Gutschein geben."

Die Kundin zögert, die Verkäuferin wendet sich zu ihm und fragt ihn nach seinem Wunsch.

„Hören Sie", sagt Robert mit energischer Stimme – und er ist selbst überrascht, er hört sich gleichsam reden, es ist einfach über ihn gekommen – „Hören Sie", sagt er, „die Dame will nichts umtauschen, sie macht vielmehr einen Qualitätsmangel geltend. Ich finde es unerhört, dass Sie sich weigern, ihr Bargeld auszuzahlen!"

Die Verkäuferin blickt sich unsicher um und bittet um einen Augenblick Geduld. Halb entschuldigend, halb fragend sieht Robert die Dame an, sie nickt lächelnd mit dem Kopf. Und da kommt der Geschäftsführer schon.

Er bittet die beiden Kunden in sein Büro und erklärt Robert, das Service, das seine Frau gekauft habe, sei preisreduziert gewesen und deshalb...

Aus den Augenwinkeln sieht Robert, dass „seine Frau" Mühe hat, ernst zu bleiben. Aber er zieht das jetzt durch, mit voller Konzentration.

Als sie 15 Minuten später gemeinsam vor dem Laden stehen, strahlen sie einander an und stellen sich lachend gegenseitig vor. Nun habe sie ja doch das Bargeld ausbezahlt bekommen, nun könne sie sich einen Besuch ihres Lieblingscafés leisten, scherzt seine neue Bekannte.

„Und da müssen Sie mitkommen, bitte!"

Der ältere Herr, der da mit seiner bezaubernden Begleiterin an einem Ecktisch des Cafés sitzt, das ist ein ganz anderer als der alte Mann, der gestern noch dachte, sein Leben sei nun bald vorbei und der sehr froh war, dass er es in den verbleibenden Jahren leichter haben werde als bisher. Er hat den Vorschlag seiner Tochter gut gefunden.

Andrea hat ihm geholfen, Rosis Kleiderschränke auszuräumen. Seit ihrem Tod vor einem Dreivierteljahr hat er sich dazu nicht aufraffen können. Überhaupt war ihm alles zu viel, er war vollkommen kraft- und antriebslos geworden. Ohne Rosi fühlte er sich ganz verlassen in dem großen Haus.

Was er davon halte, hat Andrea gefragt, wenn sie mit ihrer Familie ins Haus einzöge und er die Zweizimmer-Einliegerwohnung im Dachgeschoss nähme. Robert bat um Bedenkzeit, doch er war schon fast sicher, dass er zustimmen würde.

Er behielte seine gewohnte Umgebung, könnte so selbständig leben, wie er wollte, doch er hätte weniger Arbeit mit dem Garten, und im Winter müsste er auch nicht mehr Schnee räumen. Wenn er wollte, könnte er bei seiner Tochter essen. Und er hätte seine Enkel und die hätten ihren Opa bei sich. Für die junge Familie wäre es natürlich auch eine sehr vorteilhafte Lösung: statt der engen Stadtwohnung hätten sie ein Haus im Grünen, das sie sich auf andere Weise niemals würden leisten können. Seine Tochter, hat er gestern Abend gedacht, hat Recht: es wäre eine perfekte Lösung für alle Beteiligten.

Der charmante ältere Herr am Ecktisch hat schon lange nicht mehr so angeregt über Musik, Theater und alte Filme geplaudert. Und seine Lieblingsbücher kennt diese Julia auch fast alle! Die Frau ist gescheit, selbstbewusst, kritisch und dabei kein bisschen eingebildet. Und schön ist sie, wunderschön.

Wie ihre blauen Augen blitzen, wenn sie voll Begeisterung erzählt! Robert kann sich kaum satt sehen an ihrem feinen Gesicht mit der schmalen Nase und dem sinnlichen Mund. Wenn man genau hinsieht, erkennt man die Fältchen in ihrer gepflegten Haut, vor allem um die Augenwinkel. Aber das macht sie kein bisschen weniger attraktiv, es verschönert sie eher. Das Leben hat in diesem Gesicht Spuren hinterlassen, hat es reifen lassen. Aber da ist keinerlei Müdigkeit und Resignation zu erkennen, diese Frau ist hellwach und voller Lebensfreude. Er hätte wirklich große Lust, mit ihr...

Er traut sich gar nicht, weiter zu denken. Auf jeden Fall will er sie wiedersehen. Er wundert sich selbst, was für komische Gefühle so ein alter Knabe auf einmal wieder kriegt.

Beim dritten Cappuccino sind sie in der Bretagne und am Atlantik angelangt. Julia beschreibt gerade mit leuchtenden Augen die Hortensienblüte, als die Kellnerin fragt, ob sie kassieren dürfe, das Café schließe in wenigen Minuten. Sie sehen beide erschreckt auf die Uhr, sind ganz überrascht, wie spät es geworden ist.

Sie tauschen ihre Telefonnummern aus und beim Abschied fragt Julia, ob er nicht Lust habe, mit ihr mal ins Konzert zu gehen, sie habe ein Abonnement für die Philharmonie. Sonst gehe sie immer mit ihrer Freundin zu den Konzerten, aber die sei beim nächsten Mal im Urlaub.

Und ob er Lust hat!

Als er auf der Autobahn aus der Stadt in Richtung Fürstenfeldbruck fährt, hat er ein Gefühl, wie er es seit fast 20 Jahren nicht mehr kannte. So ähnlich wie nach dem Tag, als er zum ersten Mal mit Rosi im Kino war und anschließend im indischen Restaurant.

Wenn man erst Ende 60 ist und noch einigermaßen bei Gesundheit, findet er, dann hat man heutzutage noch viele schöne Jahre vor sich. Was kann man da alles noch erleben! Er ist doch nicht blöd und verschenkt, verdämmert diese herrlichen Jahre. Rosi würde das bestimmt genau so sehen. Ihr wäre es nicht recht, wenn er nach ihrem Tod nur noch vor sich hin vegetierte, da ist er ganz sicher. Mann, das Leben ist schön!

Ein lautes Hupen schreckt ihn auf, er wechselt eilig auf die rechte Spur.

Andrea wird enttäuscht sein, wenn er ihr sagt, dass er sich lieber eine Wohnung in der Stadt suchen will. Aber schließlich ist es sein Leben! Für den Opa im Dachgeschoss ist er einfach noch zu jung.

Sie könnten doch einfach tauschen! Er in ihre Stadtwohnung, sie ins Haus. Das ist es, mit diesem Vorschlag wird sie sicher einverstanden sein.

Morgen wird er Julia anrufen und sie fragen, ob sie ihm beim Kauf einer Orchideenvase helfen kann.

"Wie kommst Du denn grade jetzt auf Maikäfer und Limonade aus Brausewürfeln?", wundert sich Julia.

"Ich habe in alten Alben geblättert. Da bin ich auf ein Klassenfoto aus meiner Grundschulzeit gestoßen. Und da ist mir auf einmal ein Erlebnis aus dieser Zeit eingefallen, das ich völlig vergessen hatte."

Und dann erzählt Robert von der Schulbank in der Fensterreihe eines Klassenzimmers, dem schönen blonden Mädchen Sabine, der Brauseflasche auf der Fensterbank. Und von diesem Jungen namens Hans, größer und stärker als er. Was der mit den Maikäfern gemacht hat. Wie er im Schulhof plötzlich diesem brutalen Kerl gegenüberstand, umringt von den Mitschülern. Und Sabine war auch dabei. Da musste der schmächtige Berti jetzt auch die Fäuste hochnehmen, es ging nicht anders...

Julia ist sehr behütet auf dem Land aufgewachsen, in einem oberbayerischen Dorf. Und sie ist acht Jahre jünger als Robert. Da hat sie von der Not der Nachkriegsjahre, die die Menschen in den Großstädten erlebten, natürlich nichts mitbekommen. Er erinnert sich sogar noch verschwommen an die letzten Jahre im Krieg.

Allerdings ist er sich da nicht immer sicher, was wirklich seine eigene Erinnerung ist. Vielleicht hat sich auch manches aus den Erzählungen seiner Mutter so tief in sein Gedächtnis eingegraben, dass er nun glaubt, er habe es bewusst erlebt.

Zum Beispiel die Nächte im Luftschutzkeller. Die Mutter hat oft von dem fürchterlichen Schrecken der Bombenangriffe erzählt. Er meint, sich vage an einen engen, ziemlich dunklen Raum zu erinnern, in dem sich viele Menschen drängten. Aber vermutlich ist das mehr seine Vorstellung, wie es gewesen sein könnte, als seine wirkliche Erinnerung.

Die Zeit im Oberland jedoch hat er schon deutlicher vor sich. Das Haus von Onkel Herbert und Tante Erna, das Zimmer, in dem seine Mama und er schliefen. Rundum im Dorf lauter Bauernhöfe, man konnte dort Kühe und Schweine besuchen, einer der Nachbarn hatte sogar Pferde. Lauter ungeheuer spannende Sachen für den kleinen Jungen aus der Großstadt.

Hinter dem Haus lag ein großer Garten, in dem seine Mama oft mit ihm spielte, manchmal war er auch ganz alleine draußen. So war es auch an jenem Tag, als der Flieger kam.

Seine Mutter hat davon später oft gesprochen, zum Beispiel bei Familienfesten, wenn im Laufe des Abends regelmäßig von „früher" die Rede war. Doch sie erzählte immer eine ganz andere Geschichte als die, an die sich Robert auch heute noch ganz genau zu erinnern meint.

Für ihn war das ein großartiges, ein unvergessliches und herrliches Erlebnis. Wie das Flugzeug ganz tief über ihn hinwegflog. Und dann noch einmal, extra für ihn! Dieses Mal schloss er nicht die Augen wie beim ersten Anflug, als er, das muss er zugeben, schon ein bisschen erschreckt und ängstlich war. Denn das Flugzeug war ja ziemlich laut. Jetzt aber wollte er alles ganz genau sehen. Er winkte, winkte mit beiden Armen. Und als der Flieger ganz nahe war, sah Berti, wie der Pilot ihm zurück winkte.

Wenn Robert später seine Version der Geschichte erzählte, schüttelten die meisten Leute ungläubig den Kopf oder schmunzelten bestenfalls skeptisch. Sie glaubten eher die fürchterliche Erzählung seiner Mutter.

Aber er hat ganz genau gesehen, wie der Pilot ihm winkte. Noch heute hat Robert das Gefühl einer innigen Vertrautheit zwischen diesem fremden Mann und ihm, wenn er daran denkt. Er ist sich sicher, dass der Pilot freundlich lächelte, als er ihn, das winkende Kind, sah. Robert ist stets den Tränen nah, wenn er davon erzählt.

Julia ist eine der wenigen, die seine Geschichte zu glauben scheint. Also fast. Nicht so ganz, aber wenigstens vielleicht. Auch sie lächelt, als er ihr erzählt, wie der Pilot ihm gewinkt hat, aber ihr Lächeln ist nicht abschätzig oder mitleidig, als wäre er ein verrückter Spinner, sie lächelt eher ein wenig nachdenklich.

„Wahrscheinlich", meint sie, „hatte der Pilot selbst ein Kind und hat deshalb nicht geschossen."

Sie schaut ihn versonnen an und fügt nach einer Weile hinzu:

„Mir gefällt Deine Version besser."

Wie sie das sagt, klingt es fast wie eine Liebeserklärung.

Sehr gut erinnert sich Robert auch an die französischen Besatzungssoldaten, die mit ihnen im Haus von Onkel Herbert wohnten. Seine Mama hatte Berti zuvor von den „bösen Negern" erzählt, vor denen man sich verstecken musste. Aber die waren in Wirklichkeit keineswegs böse, nein, überhaupt nicht.

Im Gegenteil, Robert hat die dunkelhäutigen Soldaten als sehr nette Männer im Gedächtnis. Einer von ihnen wurde sein erster Freund. Sein Neger war ein ganz lieber.

Reden konnten sie nicht viel miteinander, doch das war auch gar nicht nötig. Schuschu sprach zwar in einer ganz anderen Sprache, aber sie verstanden sich trotzdem prächtig.

Wenn sein großer Freund mit dem Fahrrad im Dorf unterwegs war, um Aufträge seiner Vorgesetzten zu erledigen, setzte er oft den kleinen Berti vor sich auf den Lenker. Der fand es herrlich, wenn Schuschu ihn auf seine Fahrten mitnahm und jubelte vor Freude, wenn der für ihn ein paar Extrakurven fuhr.

Von Schuschu bekam Berti das erste Stück Schokolade seines Lebens, mit ihm spielte er im Hof und auf der Wiese Ball. Der schwarze Soldat warf Berti oft hoch in die Luft und fing ihn wieder auf, er trug Berti auf den Schultern durchs Haus, er spielte mit ihm Verstecken. Die Zeit mit Schuschu war toll.

Die ersten eineinhalb Jahre nach der Evakuierung im Oberland, als sie wieder nach Stuttgart zurückgekehrt waren, müssen für seine Mutter sehr schwer gewesen sein. Ohne Mann, mit zwei Kindern, kaum etwas zu essen, ein grausam kalter Winter.

Robert hat an die Not dieser Zeit nur sehr vage Erinnerungen. Was er allerdings noch genau weiß: dass es wenig zu essen gab und dass er sich, als er dann in die Schule ging, jeden Tag auf die Schulspeisung gefreut hat. Der erste Urlaub mit seinem Vater, das weiß er auch noch, war vor allem ein Fressurlaub in einem Gasthof mit Metzgerei.

„Du hast ja wirklich eine schwere Kindheit gehabt",
sagt Julia.

Komisch, Robert hat das nie so empfunden. Er findet,
seine Kindheit war herrlich. Wenn er sich die Kinder
von heute ansieht, denen geht es doch viel schlechter.
Die tun ihm regelrecht leid.

Natürlich, unterernährt sind die nicht. Dafür oft viel zu
fett. Kein Wunder bei dem Essen und den Freizeitge-
wohnheiten. Die halten sich doch viel zu viel drinnen
auf, kommen kaum mehr an die frische Luft.

Kinder und Jugendliche von heute haben jedes er-
denkliche Spielzeug, eigene Zimmer mit Fernsehapparat und Computer, ihnen fehlt anscheinend nichts. Die
werden sogar von den Eltern mit dem Auto zur Schule
gebracht und wieder abgeholt!

Soll das etwa gut sein? Ein Irrsinn ist das, findet Robert. Seiner Ansicht nach fehlt diesen Kindern fast alles, was Kindheit schön macht.

Er konnte mit seinen Freunden auf der Straße spielen.
Das ginge doch heute überhaupt nicht mehr! Damals
fuhren kaum Autos, man wurde selten beim Spiel ge-
stört. Wenn mal ein Fahrzeug kam, rief zum Beispiel
einer „Ball fest!", man ging zur Seite oder blieb stehen,
wo man gerade war, und wenn das Auto oder Motor-
rad vorbei war, ging es weiter. Da kommt doch kein
aufwändig konstruierter Abenteuerspielplatz von heute
mit.

Nein, Robert hatte, davon ist er überzeugt, eine viel schönere Kindheit als Kinder von heute sie jemals haben können. Ja, sie hatten wenig Spielzeug, aber was sie hatten, war ihnen sehr wichtig und wurde sorgsam behandelt.

Und unmittelbar nach dem Krieg hatten sie kaum was zu essen, das stimmt auch. Wenn es was gab, waren es sehr einfache Gerichte, doch die wurden mit Appetit und bis auf den letzten Rest aufgegessen. Wenn Du richtig Hunger hast, schmeckt alles.

Auch wenn er das Gefühl von Hunger seit Jahrzehnten nicht mehr wirklich kennt, isst Robert seinen Teller selbstverständlich auch heute noch stets vollständig leer und kratzt die Töpfe und Schüsseln aus, wenn der Rest nicht für eine weitere Mahlzeit aufbewahrt werden kann.

Nahrungsmittel muss man achten. Er hat's nicht sehr mit der Religion, aber Essen wegwerfen, das ist für ihn eine Sünde, eine ganz schlimme Sache ist das, findet er.

Neulich hat Julia ihn mal wieder geschimpft, weil er einen Rest Kartoffelsalat gegessen hat, der drei Tage alt war. Sie meinte, das sei ungesund, der Salat könnte schon schimmlig sein, so könne man sich gefährlich den Magen verderben. Aber man kann den Salat doch nicht einfach wegschmeißen!

Wenn er daran denkt, was er als Kind zum Essen bekam, das kennen die heute gar nicht mehr. Gebrannte Grießsuppe zum Beispiel, die mochte er besonders gern, oder Brotsuppe mit gerösteten Zwiebeln. Hat alles gut geschmeckt, viel besser jedenfalls als Reisbrei. Den hat er aber natürlich auch gegessen.

Vor Kurzem hatten sie Besuch von einer jüngeren Freundin Julias, einer Realschullehrerin. Die hat erzählt, dass unter den Schulbänken heute oft Wurst- und Käsebrote verschimmeln, weil die Kinder sich lieber Schokoriegel kaufen statt das Pausenbrot von daheim zu essen. Da kann man doch nur angewidert den Kopf schütteln!

Verstört wacht Robert auf, er braucht eine Weile, um in die Gegenwart zu finden. Da war er wieder, dieser furchtbare Traum, den er schon mehrfach geträumt hat. Er träumt in letzter Zeit viel von früher, immer öfter auch aus seinem Leben als Lehrer. Und jetzt wieder diese Geschichte.

Er irrt durch die langen Flure eines riesigen Schulhauses, sucht nach dem Klassenzimmer, in dem er unterrichten muss und findet es nicht. In jedem Zimmer unterrichtet schon ein anderer. Seinen Taschenkalender mit dem Stundenplan hat er nicht bei sich. Er rennt ins Lehrerzimmer, aber dort hängt nicht mal ein Gesamtplan an der Wand und die Kollegen im Raum kennt er nicht. Lauter Fremde.

Schließlich landet er in einem anderen Stockwerk und findet irgendwann auch seine Klasse. Er ist viel zu spät dran, die Hälfte der Stunde ist schon um, die Schüler rennen und krakeelen durchs Zimmer. Und er weiß nicht, um welches Fach und welchen Stoff es geht, er hat auch keinerlei Unterrichtsmaterial bei sich.

Mit dem Gefühl völliger Desorientierung wacht er auf.

Warum träumt er immer wieder diese Geschichte? Und warum kommt sie ihm so seltsam bekannt vor, obwohl er etwas Ähnliches in Wirklichkeit nie erlebt hat? Hat er früher Angst vor einer solchen Situation gehabt? Oder erscheint sie ihm einfach nur deshalb bekannt, weil er sie schon mehrmals geträumt hat?

Er fühlt sich fremd in der Schule in diesem Traum, vollkommen fremd. Ein Schulhaus, in dem er sich verirrt,

Kollegen, die er nicht kennt. Und er ist völlig desorientiert, weiß nicht einmal, wo und was er unterrichten soll.

Das Schlimmste aber ist das Gefühl, zu den Schülern keinen Zugang zu haben. Sie warten nicht auf ihn, im Gegenteil, sie scheinen froh zu sein, dass er sie so lange nicht gefunden hat. Offensichtlich wäre es ihnen am liebsten, wenn er gar nicht gekommen wäre.

Warum träumt er diese blöde Geschichte, die mit der Realität gar nichts zu tun hat, grade jetzt? Er ist doch nun schon seit mehr als 15 Jahren im Ruhestand. Und er liebte seinen Beruf, er war doch gerne Lehrer.

Anscheinend empfindet er seinen Wechsel ins Ministerium noch heute als eine Art Scheitern, als Flucht aus dem Beruf des Lehrers. Denn damals, in den letzten Jahren seines Lehrerlebens, hatte er tatsächlich das Gefühl, die Schüler nicht mehr wirklich zu erreichen, ihnen immer fremder zu werden. Der Wechsel in die neue Aufgaben tat ihm gut, er empfand ihn als Erlösung.

Julia meint, der Traum zeige, wie engagiert er in seinem Beruf gewesen sei, wie wichtig ihm das Verhältnis zu seinen Schülern war. Im Grunde ein Angsttraum, sagt sie, Angst vor einer Situation, die glücklicherweise nie eintrat. Seine Entscheidung, ins Ministerium zu wechseln, sei gut und richtig gewesen, so habe er sich weitere Enttäuschungen erspart.

Wahrscheinlich hat sie Recht. Wenn er heute von seinen Enkeln hört, was sie über ihren Schulalltag erzählen, wird ihm bewusst, wie sehr sich die Atmosphäre in den Gymnasien geändert hat. Er ist wirklich froh, dass er das nicht mehr als Lehrer miterleben muss.

Es ist schön, mit Julia zu reden. Nicht, dass sie immer nur Verständnis für ihn hätte und dass sie immer einer Meinung wären. Nein, durchaus nicht. Sie widerspricht ihm oft, sie streiten nicht selten. Doch es ist ein sachliches Streiten mit Argumenten. Julia kennt seine Schwächen und Fehler. Und sie schätzt seine Stärken. Sie haben eine gute Balance gefunden zwischen Stütze und Kritik, zwischen Distanz und Nähe.

Es war eine gute Entscheidung, in die Stadt zu ziehen und mit Julia zusammen zu leben. Sie hat seinem Leben noch einmal richtig Pep verliehen und eine großartige Phase beschert.

Der Wohnungstausch mit seiner Tochter hat außerdem auch deren Leben sehr positiv verändert. Andrea und ihre Familie genießen das geräumige Haus, sie sind nach wie vor sehr zufrieden mit dem Leben außerhalb der Großstadt. Zu Roberts Überraschung hat sein Mädchen sogar die Freude am eigenen Garten entdeckt, er ist tatsächlich schöner und gepflegter als zu Rosis Zeiten. Das will was heißen.

Es wird höchste Zeit, seine Tochter und die Enkel mal wieder zu besuchen.

Tut das gut, sich wieder auf die Eckbank in der Küche zu setzen. Der Besuch bei Andrea und den Enkeln hat ihn angestrengt. In letzter Zeit fällt ihm vieles immer schwerer. Ständig spürt er Schmerzen in seinen morschen Knochen. Und auch sonst funktioniert so manches nicht mehr wie früher. Zum Beispiel sein Gedächtnis. Seit einer Weile hat er eine nicht nur eine theoretische Ahnung davon, was der Begriff Altersschwäche bedeuten könnte.

Seiner Tochter hat er heute einen Strauß Orchideen mitgebracht, die haben sogar ihm gefallen. Aus dem exklusiven Blumenladen, den er neulich in der Stadt entdeckt hat. Orchideen als Schnittblumen, nicht ganz billig, aber das war es ihm wert, denn schließlich verdankt er Andreas Orchideenvase das Glück seiner späten Jahre.

Sehr gern fährt er nicht mehr nach Olching. Es ist ihm jetzt lieber, wenn Andrea zu ihm und Julia auf Besuch kommt. Manchmal bringt sie dann eines der Kinder mit, doch meistens haben die Enkel Wichtigeres zu tun.

Auch der Schwiegersohn kommt fast nie zu ihnen. Und wenn Robert Andrea besucht, spielt Jens meistens Tennis oder ist beruflich beschäftigt. Auch heute war er nicht da. Doch Robert ist darüber nicht sehr traurig, er kann mit der distanziert höflichen Art von Jens ohnehin nicht viel anfangen, mit diesem Typ kann man nicht warm werden.

Als seine Enkelkinder klein waren, hat er sie zusammen mit Rosi alle paar Wochen in der Stadtwohnung besucht. Und später ist er dann mit Julia oft nach Olching gefahren. Es war schön und spannend, die Kleinen heranwachsen zu sehen, zu erleben, wie sie sich entwickelten, von Krabbelkindern bis zu selbstbewussten, kritischen Jugendlichen, vom Kindergarten über die Grundschule bis zum Gymnasium.

Anfangs fiel es Robert manchmal schwer, zu sehen, wie die Kinder das Haus in Besitz nahmen, wie sie die Räume, in denen er so lange mit Rosi gewohnt hatte, nach ihren Bedürfnissen umfunktionierten. Er verband mit jedem Zimmer Erinnerungen an das Leben mit Rosi. Doch dann überwog bald die Freude darüber, wie wohl sich die junge Familie im Haus fühlte. Es war schön, zu erleben, wie die Enkel sich über die Besuche ihres Großvaters und, nach kurzer Gewöhnungsdauer, auch der neuen Oma freuten.

Seit Thomas und Kathrin nun keine Kinder mehr sind, sind die Großeltern für sie unwichtiger und uninteressanter geworden. Thomas studiert nun schon im dritten Semester, wohnt aber noch im Hotel Mama. Kathrin wird nächstes Jahr das Abitur machen.

Die Enkel stellen nun immer öfter fest, dass Opas und Omas zu manchen Dingen ganz seltsame Ansichten haben. Neulich hat Kathrin mit Opa Robert heftig gestritten, weil der gemeint hat, man könne nicht 50 oder 100 Freunde haben. Und von „facebook und so was", hat er gesagt, halte er überhaupt nichts. Die Großeltern sind halt, im wahrsten Sinn des Wortes, von gestern. Eigentlich eher von vorgestern. Die kennen sich kein bisschen aus mit den Dingen, die heutzutage wichtig sind, sie verstehen vieles einfach nicht.

Der Opa hat ja tatsächlich seit kurzem ein Smartphone. Aber er kann es nicht richtig bedienen, kennt viele Funktionen gar nicht. Anscheinend will er sie gar nicht alle kennen. Ihm reicht es, mit „dem Ding" zu telefonieren, gelegentlich ein Foto zu machen und vielleicht mal den Wetterbericht anzuschauen. Sind schon komisch, diese Alten.

Während Andrea in der Küche war, saß Robert heute einige Minuten allein auf der von spätsommerlicher Sonne beschienenen Terrasse und nickte dabei ein. Da sah er sich als jungen Vater seiner kleinen Tochter, der in eine ferne Zukunft blickt und sich vorstellt, wie aus seiner süßen Andrea eine Frau in den besten Jahren geworden ist, die zwei fast erwachsene Kinder hat.

Roberts kurzer Schlaf ging in einen noch kürzeren Halbschlaf über, und er schmunzelte darüber, was ihm dieser alberne Traum über die Zukunft seines kleinen Töchterchens weismachen wollte.

Als dann plötzlich die Andrea der Gegenwart vor ihm stand, schreckte er aus der Vergangenheit hoch und stellte überrascht fest, dass die Zukunftsahnung seines Traums die Realität war. Und für einen kurzen Moment war er absolut nicht sicher, ob er diese Realität und seine Gegenwart als Opa gut finden sollte.

Auf der Heimfahrt sinniert er wieder einmal darüber nach, wie sich das Leben in den letzten Jahren und Jahrzehnten verändert hat. Wie das bei ihm war damals, als er so alt war wie seine Tochter beziehungsweise seine Enkel heute sind.

Ende 40, das war die Zeit nach der Scheidung, als er lange allein lebte. Ach Du meine Güte! In diesem Alter leistete er sich einige seiner peinlichsten Dummheiten. Da war die Geschichte mit der aufregend attraktiven Aushilfskellnerin, die seine erotische Phantasie anregte. Dumm nur, dass er sich nicht mehr daran erinnerte, ihr kurz zuvor in der Abschlussprüfung ihres Referendariats gegenüber gesessen zu haben. Und dann, noch viel peinlicher, die Sache mit seiner höchst seriösen Wohnungsnachbarin, der Lateinlehrerin, die in seiner schmutzigen Phantasie zur Prostituierten verkam und, das war das Allerpeinlichste, die er auch noch wie eine solche ansprach. Junge, Junge, warst Du damals blöd! Da kommt ihm seine Tochter heute doch deutlich reifer vor.

Und als er so alt war wie Thomas? Auch er hat da studiert. Und seine ersten realen Erfahrungen mit der Erotik gemacht. Doch nur bis 22 Uhr, dann war Schluss mit Damenbesuch. Da ist die heutige Jugend schon viel weiter. Thomas hat seit drei Jahren eine Freundin, die ganz selbstverständlich oft bei ihm übernachtet. Und auch Kathrin hat schon einen festen Freund.

Als er Andrea und seinen Enkeln von seinem Leben als Student und Untermieter der Frau Oberdorfer erzählt hat, mussten die immer wieder lachen. Robert verstand manchmal gar nicht, was die so lustig fanden. Am Kanonenofen und den täglich zwei Briketts im möblierten Zimmerchen, an der Körperpflege im Nordbad und anderen Dingen des studentischen Alltags. Was damals ganz normal war, erzeugt heute Verwunderung und Heiterkeit, gelegentlich auch Mitleid.

Trotzdem, da ist sich Robert ganz sicher, war sein Studentenleben viel schöner als das der heutigen Studenten. Sein Studium war wesentlich freier und spannender als das seines Enkels, findet er. Nein, er würde nicht mit Thomas tauschen wollen, wirklich nicht.

Ins Kino gehen seine Enkel übrigens viel seltener als er damals. Man schaut sich heute seine Filme lieber daheim und allein an. Da kann man natürlich niemand kennenlernen und verpasst so einiges. Liberty Valance kennen die natürlich auch nicht, Robert hat extra nachgefragt.

James Bond gibt es zwar tatsächlich noch, aber das ist inzwischen natürlich nicht mehr Sean Connery als Hauptdarsteller, die ganzen Filme sind nicht vergleichbar mit den ersten Bondfilmen. Im Fernsehen hat Robert neulich den Anfang eines dieser neuen Bondfilme gesehen - und gleich wieder ausgeschaltet.

Gerade noch rechtzeitig fällt ihm ein, wie er, als er jung war, über die Alten gelächelt hat, wenn sie sagten, früher sei alles besser gewesen. Nein, war es nicht, natürlich nicht, es war halt nur anders. Und er ist schlicht nicht mehr auf der Höhe der Zeit.

Ja, es ist tatsächlich so, er ist nicht mehr richtig dabei. Er spielt nicht mehr wirklich mit, betrachtet das Geschehen eher als Zuschauer. Es ist ein ganz ähnliches Gefühl wie damals, als er in die erste Klasse des Gymnasiums kam, da hatte er auch das Gefühl, "draußen" zu sein. Doch im Unterschied zu heute wollte er damals gerne dabei sein, er bewunderte die "Großen" und sehnte sich nach der Zeit, in der er sein würde wie sie. Jetzt ist er froh, dass er nicht mehr lange all diesen modernen Blödsinn miterleben muss.

Es ist nicht so, dass er den aktuellen Verhältnissen hilflos gegenüber stünde. Auch er hat einen Computer, schreibt E-mails, surft im Internet, bestellt gelegentlich etwas im Versandhandel und erledigt sogar seine Bankgeschäfte online. Er kann das alles. Aber er hat oft kein gutes Gefühl dabei.

In seiner Jugend fand er die Dinge des täglichen Lebens, so wie sie damals waren, selbstverständlich und gut so. Wie sie heute für die jetzigen Jungen auch selbstverständlich sind. Er aber betrachtet viele „moderne" Entwicklungen misstrauisch, beunruhigt oder angewidert. Doch im Unterschied zu seinen mittleren Jahren kämpft er nun nicht mehr an gegen Dinge, die ihm nicht gefallen. Es ist einfach viel zu viel, was sich verändert.

Jetzt auch noch die Sprache! Die unterliegt ja einem ständigen Wandel, das ist ganz normal. Aber nun soll sie ganz offiziell "gendergerecht" werden. Man darf nicht mehr einfach von Studenten reden, sondern muss "Studentinnen und Studenten" sagen. Auch der „Fußgänger" geht jetzt nicht mehr, das ist nun die „zu Fuß gehende Person", und sogar "Vater" und "Mutter" sollen ersetzt werden durch "Elternteil 1" und "Elternteil 2". Weil ja neuerdings auch Schwule und Lesben Kinder haben können. Ein Glück, dass er nicht mehr Deutschlehrer ist!

Er fühlt sich immer weniger daheim in der Welt von heute. Manches macht ihm richtig Angst. In der Industrie werden für einfache Arbeiten immer mehr Roboter eingesetzt. Sind billiger als menschliche Arbeitskräfte. Die Autos werden demnächst ganz selbständig fahren, man muss nicht mehr lenken, schalten, bremsen, alles geht von alleine. Robert findet das eher gruselig als bequem. Und im Supermarkt werden automatische Kassen eingeführt, an denen es kein Personal mehr braucht. Keine Kassiererin mehr, kein nettes Lächeln, kein freundliches Wort. Das soll Fortschritt sein?

Er versucht sich einzureden, ihn betreffe das alles nicht mehr. Er ist ein alter Mann. Sollen die Jungen doch machen, was sie wollen. Sie müssen damit leben, nicht er.

Nach dem Abendessen, bei einem Glas Wein, schlägt Julia vor, noch einmal, so lange das Wetter so herrlich ist, eine kleine Reise zu unternehmen. Ohne Julia, ihre guten Ideen und ihre Initiative würde Robert nur noch zu Hause sitzen und der guten alten Zeit nachtrauern. Auch in dieser Hinsicht tut sie ihm gut.

In die kleine, gemütliche Pension in Pertisau am Achensee, in der sie schon vor zwei Jahren waren, sind sie gefahren. Die Kraft für eine Bergwanderung, wie noch beim letzten Aufenthalt hier, hat Robert nicht mehr. Sie fahren mit der Rofanseilbahn nach oben.

Es ist Ende September, ein warmer, sonniger Tag. Die Luft ist so klar, dass die Gipfel des Karwendelgebirges und der Stubaier Alpen so nah scheinen, als könnte man sie greifen. Robert hat das Gefühl, nicht nur weit ins Land zu sehen, es ist vielmehr, als ob man von hier oben zumindest ahnen könnte, was ganz weit hinter dem Horizont kommt.

Wahrscheinlich ist es die Höhe, die ihn so wacklig macht. Sie bleiben nicht lange und fahren bald wieder ins Tal zurück.

Sie gehen schon früh zu Bett an diesem Abend. Julia kommt in dem hellblauen Seidennachthemd aus dem Bad, das er ihr vor Jahren geschenkt hat. Sie kuschelt sich zärtlich an ihn, er spürt ihren warmen, weichen Körper und das Streicheln ihrer Hände.

„Morgen," sagt er lächelnd, „morgen bin ich wieder bei Kräften."

Erschöpft und glücklich schläft er ein. Er träumt wieder von früher in dieser Nacht. Von einem Flieger. Doch dieses Mal ist da kein lautes Motorengedröhne. Leise und friedlich wie ein Segelflieger schwebt das Flugzeug auf ihn zu. Berti winkt nach oben. Und der Pilot winkt zurück. Es ist ein sehr vertrautes Winken unter zwei Menschen, die sich kennen. Die sich gut kennen.

Zeitfracht Medien GmbH
Ferdinand-Jühlke-Straße 7
99095 Erfurt, Deutschland
produktsicherheit@kolibri360.de